KB036116

기억 속의 우리

붉은 박물관 두 번째 이야기

기억 속의 유괴

記 憶 の 中 の 誘 拐

오야마 세이이치로 지음 | 한수진 옮김

REAbie

차례

황혼의 옥상에서

1

문을 열어 보니 옥상은 온통 석양빛으로 물들어 있었다.

체육관 쪽에서 취주악부가 연주하는 〈졸업 사진〉이 희미하게 들려왔다. 내일 졸업식에서 사용할 곡이었다.

그 선율에 맞춰 움직이듯이 소녀는 천천히 발을 내디뎠다.

옥상에는 곳곳에 벤치와 콘크리트 화단이 설치되어 있었다. 저녁 바람을 받아 하얗고 노란 수선화가 살랑살랑 흔들리고 있었다. 2월 말의 바람은 아직 차가워서, 세일러복에 감싸인 소녀의 몸이 바르르 떨렸다.

옥상은 낮에 자유롭게 출입할 수 있으므로 점심때는 벤치에 앉아 도시락을 먹는 학생들이 몇몇 있지만, 지금 벤치에 앉아 있는 사람은 한 명밖에 없었다. 소녀의 발소리를 들었는지 그 사람이 이쪽을 돌아봤다.

"선배, 저도 앉아도 돼요?"

소녀가 물어보자 상대는 미소를 지으면서 "물론이지."라고 대답했다.

소녀는 옆자리에 살며시 앉았다. 서서히 행복감이 가슴속에 차올랐다.

둘이 나란히 앉아서 울타리 너머에 있는 교정을 바라봤다. 주황색으로 물든 교정에는 사람 그림자가 거의 없었다. 주위에 늘어서 있는 여러 집들의 창문에서는 불이 켜지기 시작했다.

가느다란 구름들이 길게 뻗어 있는 하늘은 주황색과 보라색으로 된 태피스트리였다. 〈졸업 사진〉의 느릿한 선율이 하늘로 날아올라 사라져 갔다. 내일 졸업식을 앞두고 취주악부의 연주는 한층 더 기합이 들어간 것 같았다.

오늘은 체육관에서 졸업식 합동 리허설을 했다. 지금까지는 각각 따로 연습했던 3학년과 1, 2학년 학생들이 얼굴을 마주 대했다. 〈G선상의 아리아〉가 흘러나오는 가운데 3학년생들이 한 명 한 명 단상에 올라가 졸업장 대신 어떤 종이를 받았다. 이어서 취주악부의 반주에 맞춰 1, 2학년생들이 〈졸업 사진〉을 불렀고, 3학년생들이 〈반딧불의 빛〉을 불렀다. 촌스러운 옛날 노래라고 생각했는데, 그 〈반딧불의 빛〉을 듣자 소녀는 살짝 눈물이

날 뻔했다.

3학년생 중에는 여름까지 소속되어 있던 각자의 동아리에 찾아가 본 사람도 많았다. 그들이 1, 2학년생을 지도해 주기도 해서 어느 동아리나 조금 활기를 띠었다. 그러나 이제는 그것도 끝나고 지금은 오후 5시 20분이 넘은 시각이었다. 대부분의 사람들은 이미 하교했다.

"……선배. 이제 곧 작별이네요."

소녀는 석양빛을 받은 옆얼굴을 향해 말했다. 온화한 눈동자가 소녀를 바라봤다. 그 눈동자는 겨우 한 학년 위라는 것이 믿어지지 않을 정도로 단단해 보였다.

"그래. 이제 곧이네."

"만나지 못하게 되더라도 저를 기억해 주세요."

"만나지 못하게 된다니, 너무 과한 표현이잖아. 방학이 되면 언제든 만날 수 있을 거야."

"하지만 그러면 일 년에 한두 번밖에 못 만나잖아요."

"네가 나에게 전화를 해도 되고, 편지를 써도 돼. 답장은 꼭 할게."

"그래요? 기뻐요."

소녀의 가슴속에서 뜨거운 감정이 울컥 솟구쳤다. 그 감정에 휩쓸린 소녀는 과감하게 입을 열었다.

"저는 선배를 좋아해요. 앞으로도 쭉, 계속 같이 있고 싶어요. 그러면 안 될까요?"

기어코 말을 해 버렸다. 소녀는 숨을 죽이고 상대를 쳐다봤다. 선배는 깜짝 놀란 것처럼 눈을 크게 떴는데, 그 얼굴에는 미소가 떠올라 있었다. 다행이야, 나를 싫어하지는 않나 봐. 소녀는 용기를 내어 그다음 말을 이어서 했다. 맑은 목소리가 저녁 하늘 위로 흘러갔다.

소녀는 앞으로 어떤 운명이 자신을 기다리고 있는지 몰랐다.

2

2월 28일 금요일. 도모나가 신고는 오이마치에 있는 직장에서 나와, 평소에 이용하는 도큐 오이마치선이 아니라 JR 게이힌도호쿠선 전철을 타고 신바시로 향했다.

"안녕? 오랜만이다."

신바시역 개찰구에서 빠져나왔을 때 갑자기 누군가가 어깨를 두드렸다. 뒤를 돌아봤더니 오노자와 히로시가 하얀 이를 드러내며 웃고 있었다. 그 사건을 겪었던 미술부 3학년생들 중 한 명. 지금은 중학교 미술 교사로 일하고 있다.

"오랜만이네."

신고는 그렇게 대답했다.

"나쓰미 씨는 잘 지내?"

"잘 지내지. 요코 씨는?"

"너무 잘 지내. 덤으로 요새는 토실토실 살이 쪄서 어쩌면 좋을지 모르겠어."

"그러고 보니 네 아들은 내년에 대학 수험생이지 않아?"

"응, 맞아. 그런데도 전혀 공부를 안 해. 위기감이 눈곱만큼도 없어서. 나 참, 정말 골치 아프다니까."

"너희 부모님도 똑같은 말씀을 하셨던 것 같은데."

오노자와는 대학을 졸업하자마자 바로 결혼해 아이를 낳았다. 아니, 실은 애인을 임신시켰기 때문에 서둘러 결혼했다는 것이 더 정확한 설명이다. 그래서 41세인데도 벌써 자식이 내년에 대학 수험생이 된다.

신고와 오노자와가 예약해 둔 술집에 들어갔더니, 가쓰라기 고헤이가 먼저 와서 방에서 기다리고 있었다. 황갈색 좌식 테이블 앞에서 양반다리를 하고 방석에 앉아 있는 모습이 매우 자연스럽고 멋있어 보였다.

"야, 사무차관 취임은 언제 하냐?"

오노자와가 놀리자 가쓰라기는 "경쟁자가 스무 명쯤 사라져 주지 않으면 사무차관이 되긴 어려워."라고 하면서 웃었다. 그는 도호쿠 대학교에 진학했고, 졸업 후 국토교통성에 커리어로 들어간 남자다. 지방을 전전하다가 지금은 도쿄에 돌아왔다.

그들 세 사람은 1991년 3월에 도립 니시가하라 고등학교를 졸업한 동창생이다. 셋 다 미술부에 속했었다. 졸업한 지 이십삼 년이 넘어서 각자 다른 일을 하고 있지만 지금도 일 년에 한 번씩은 만난다. 대학교 동아리 친구라면 몰라도, 고등학교 동아리 친구끼리 지금까지 연락을 한다는 것은 흔치 않은 일이다. 보통은 졸업한 후 한동안 연락하다가도 이윽고 뿔뿔이 흩어질 것이다. 그런데 세 사람이 지금도 계속 만나는 것은, 졸업식 전날 일어난 그 사건 때문이다. 그 사건이 세 사람을 끈끈하게 연결해 줬다.

신고의 뇌리에 이십삼 년 전 3월 1일의 사건이 되살아났다.

*

아침 7시쯤에 신고는 거실 겸 부엌에서 급하게 아침밥을 먹고 있었다. 드디어 오늘이 졸업식 날이지만 아쉬움은 전혀 느껴지지 않았다. 오히려 해방감과 들뜨는 마음이 느껴졌다. 아쉬워하고 있는 사람은 어머니라서 "교복을 입은 네 모습을 보는 것도 오늘이 마지막이구나……."라고 말하면서 눈물짓고 있었다.

그런데 갑자기 전화벨이 울렸다. 전화를 받은 어머니가 놀라서 큰 소리를 냈다. "……알겠습니다." 그렇게 말하고 즉시 수화기를 내려놨다.

"아즈치 선생님이셔. 졸업식은 취소됐으니까 오늘은 자택에서 대기하라고 하셨어."

"어, 왜?"

"2학년 여자애가 학교에서 사망했대."

"학교에서 사망했다고?"

영문을 알 수 없었다. 아무튼 무슨 상황인지 알고 싶었다. 돌연 졸업식이 취소됐다는 말을 들었으니 납득이 갈 리 없었다.

친한 친구인 오노자와, 가쓰라기의 집에 전화를 걸었더니 둘다 같은 연락을 받았다고 했다. 그들도 역시 납득할 수 없다고 말했다. 누가 먼저랄 것도 없이 학교에 가 보자는 말이 나왔다.

신고가 외출 준비를 하자 어머니는 당황한 것 같았다.

"얘, 너 뭐 하니? 졸업식은 취소됐으니까 자택에서 대기하라고, 선생님이……."

"그래도 아 네, 그렇군요! 하고 집에서 얌전히 있을 수는 없잖아?"

걱정스런 표정을 짓는 어머니의 만류도 뿌리치고 등교했다.

신고와 마찬가지로 납득을 하지 못했는지, 3학년 7반 학생들중 절반 정도는 교실에 와 있었다. 어떤 사람은 흥분한 것처럼 떠들어 댔고, 어떤 사람은 불안한 듯이 침묵을 지켰고, 어떤 사람은 눈물을 글썽이고 있었다.

이윽고 담임인 아즈치가 나타났다. 잠을 제대로 자지 못했는지 얼굴은 초췌했고, 눈은 충혈되어 있었다.

"……얘들아. 오늘은 자택에서 대기하라고 했잖아."

아즈치는 학생들을 둘러보면서 쓴웃음을 지었다.

"하기야 네, 그렇군요! 하고 순순히 지시에 따를 마음이 들지 않는 것도 이해는 간다만."

"사망했다는 그 학생은 누구예요?"

오노자와가 물어봤다.

"2학년 1반의 후지카와 유리코라는 학생이다."

신고는 제 귀를 의심했다. 후지카와 유리코는 미술부 후배였다. 오노자와의 얼굴에도 경악한 표정이 떠올랐다. 오노자와가 이어서 질문했다.

"대체 왜 죽었는데요?"

아즈치는 한순간 망설이다가 대답했다.

"머리를 부딪쳤어."

"어디서 부딪쳤는데요?"

"제1동 옥상에서."

"넘어지기라도 한 거예요?"

"그래."

아즈치는 어색하게 대답했다. 그리고 학생들을 둘러보며 말했다.

"오늘 졸업식은 취소됐으니까 너희들은 그만 집에 돌아가라. 졸업식에 관해서는 나중에 다시 연락할게. 국공립 대학의 후기 시험을 앞둔 녀석도 있잖아? 쓸데없이 낭비할 시간은 없어."

학생들은 어쩔 수 없이 일어나서 교실을 나갔다.

"뭔가 이상하지?"

신발장 앞에서 오노자와가 말했다.

"아즈치 말이야. 분명히 뭔가 숨기고 있는 거야. 늙은이도 아니고, 고등학생이 넘어져서 머리를 부딪쳐 죽는다는 게 말이 돼?"

"나도 이상하다고는 생각해. 하지만 넘어져서 머리를 부딪친 게 아니라면, 후지카와는 대체 왜 죽은 건데?"

"누가 죽인 거 아냐?"

"후지카와를 해치려고 하는 사람이 있을 리 없잖아."

옆에 있는 8반의 신발장으로 다가온 가쓰라기가 끼어들었다.

"그러네."

오노자와가 고개를 끄덕이며 말을 이었다.

"이 세상에서 아무한테도 미움받지 않는 사람이 있다면, 그건 후지카와일 거야."

신고는 전날 졸업식 합동 리허설 때문에 등교해서 오노자와, 가쓰라기와 함께 오랜만에 미술실에 들렀던 때의 상황을 떠올렸다. 유리코는 다른 2학년이나 1학년 학생들과 함께 그림을 그리고 있었다.

"도모나가 선배, 오랜만이에요. 라쿠슈칸 대학교에 합격하신 것을 축하드려요."

유리코는 온화한 미소를 지으며 말했다.

"고마워."

"교토에 가는 거예요? 좋으시겠어요."

"아니 뭐, 나는 교토든 어디든 상관없었는데. 아무튼 부모님 곁을 떠나고 싶었거든. 아버지는 도쿄에도 대학교는 얼마든지 있다, 하숙을 하면 돈이 드니까 안 된다고 반대하셨지만. 그래서 어머니한테 말했지. 내가 교토에서 대학 생활을 하면, 교토 여행을 할 때 우리 하숙집에 묵으면 되니까 숙박비가 필요 없어질 거라고. 그랬더니 어머니가 완전히 내 말에 넘어가서 아버지를 설득해 주셨어. 우리 집은 어머니가 아버지보다 더 세거든."

신고가 일부러 악당같이 말하자 유리코는 쿡쿡 웃었다.

"도모나가 선배, 사악한 지혜를 발휘하셨네요."

그렇게 평범한 대화를 하면서 최근에 유리코가 그렸다는 그림을 구경했다. 유리코의 그림은 풍경화가 많은데, 본인의 성격이 그대로 반영된 듯한 온화한 분위기에 감싸여 있었다. 저번에 봤을 때보다 훨씬 더 기법이 좋아져서 신고는 감탄했다. 과연 꾸준히 노력을 계속하는 유리코다웠다.

가쓰라기는 도호쿠 대학교의 후기 시험을 코앞에 두고 있었으므로 잠깐 얼굴만 내밀었다가 금방 집에 갔다. 신고는 오노자와와 함께 다른 후배들의 그림을 구경하기도 하고, 지도를 해 주기도 하다가 5시 넘어서 미술실을 나왔다.

"졸업해도 미술부에 놀러 와 주세요. 교토에서 선물 사 오시는 것을 기대할게요."

유리코는 그렇게 말하면서 우리를 전송해 줬다.

말도 안 돼. 도대체 누가 그런 유리코를 해치려고 마음먹었단 말이야?

*

유리코의 집에서 고인을 추모하는 밤샘 작업이 이루어진 것은 그로부터 이틀 뒤인 3월 3일이었다. 친족끼리만 한다고 해서 학생들은 일부러 찾아가지 않았다.

다음 날인 4일 오후 2시부터 장례식장에서 장례식이 치러졌다. 신고와 오노자와와 가쓰라기, 그렇게 세 사람은 미술부 후배들과 함께 장례식에 참석했다. 다정하고 친절한 유리코는 남녀 불문하고 많은 사람들에게 사랑을 받았다. 장례식에는 백 명이 넘는 학생들이 왔다.

니시가하라에서 빵집을 경영하는 유리코의 부모님은 너무 울어서 눈이 새빨갛게 부어 있었다. 부모님은 외동딸인 유리코를 매우 사랑한 것 같았다. 두 사람의 초췌한 모습이 정말로 딱해 보였다.

그때쯤에는 유리코가 누군가에게 살해됐다는 것은 공공연한 비밀이 되어 있었다. '제1동 옥상에서 유리코가 누군가에게 떠밀려 넘어져 머리를 부딪친 것 같다…….' 그런 소문이 학부모들이나 학생들 사이에서 떠돌았다. 유리코가 사망한 지 삼 일이나 지난 후에 밤샘을 했다는 사실도 그 소문을 뒷받침해 줬다. 밤샘이 늦어진 것은 사법해부를 했기 때문이라고 생각할 수밖에 없었다.

사태가 터무니없는 방향으로 전개된 것은 그다음 날이었다. 형사 두 명이 신고의 집을 방문한 것이다.

"자네도 이미 알고 있겠지만, 후지카와 유리코 씨는 누군가에게 살해됐을 가능성이 있어. 제1동 옥상에서 누군가에게 떠밀리는 바람에 콘크리트 화단에 머리를 부딪친 것 같거든. 사망 시각은 오후 5시부터 6시 사이야."

역시 살해된 거였구나. 신고는 그렇게 생각했다. 형사가 우리 집을 찾아왔다는 것은, 유리코가 살해된 이유를 조사하고 있는 걸까?

"사건 당일에는 졸업식 합동 리허설을 해서 3학년생 모두 등교했다고 하던데. 그 후 자네가 무엇을 했는지 가르쳐 줘. 리허설이 끝난 다음에는 곧바로 귀가했나?"

"왜 저한테 그런 것을 물어보세요? 제가 후지카와에게 무슨 짓을 했을 거라고 의심하시는 겁니까?"

신고는 그렇게 되물었다.

"의심하는 것은 아닌데……. 실은 후지카와 씨가 살해되기 직전에 옥상에서 누군가에게 말을 거는 것을, 제1동 4층 교실에서 왁스를 칠하던 작업자가 들었다고 했거든. 오후 5시 20분 정도였다고 하던데. 그 이야기에 의하면 후지카와 씨는 상대에게 '……선배. 이제 곧 작별이네요.'라고 했다는 거야. 2학년인 후지카와 씨가 '선배'라고 불렀으니까 상대는 3학년인 거지. 그리고 편하게 선배라고 부를 정도로 상급생과 친해질 기회가 있다면, 그건 동아리 활동 아니겠어?"

"그래서 미술부 3학년생을 의심하시는 건가요?"

"그렇지."

"선배라고 불렀다고 해서, 꼭 같은 동아리의 상급생이라고 할 수는 없잖아요. 동아리 말고도 어디 다른 곳에서 상급생과 친해질 수는 있으니까요."

"그건 그래. 예를 들면 학생회 같은 데서 말이지. 하지만 자네도 알다시피 후지카와 씨는 학생회는 물론이고 어떤 위원회에도 들어가지 않았어. 공부나 취미 분야의 학원을 다니지도 않았다고 하고. 친구들의 이야기를 들어 봐도, 미술부 상급생 이외에는 그런 존재가 딱히 발견되지 않았어."

신고는 입을 다물었다. 형사의 말이 옳다는 것을 인정하지 않을 수 없었다.

"그 작업자가 범인일 가능성은 없나요? 실은 왁스를 칠하던 교실에서 후지카와를 죽이고 어쩔 줄 몰라 하다가, 옥상으로 시체를 옮겨 놓고 가공의 범인을 꾸며 내기 위해 거짓말을 한 게 아닙니까? 후지카와가 누군가에게 말을 거는 것을 자기가 들었다고."

"경찰을 만만하게 보지 말아 줘. 그 작업자도 물론 철저하게 조사했어. 아무튼 현시점에서는 사망 추정 시각에 후지카와 씨와 가장 가까이 있었던 사람이니까. 그래서 조사한 결과, 그는 결백하다고 판단했다. 작업자는 후지카와 씨를 죽일 만한 동기가 없고, 또 후지카와 씨가 누군가에게 말을 거는 소리를 들었다고 거짓말을 할 필요도 없어. 말을 건 상대에 해당되는 인물이 없다는 사실이 판명되면, 그때는 오히려 거짓말을 한 작업자가 의심을 받게 될 테니까. 게다가 후지카와 씨가 옥상에서 죽은 것은 확실해. 후지카와 씨는 옥상에 있는 콘크리트 화단 모서리에 뒤통수를 부딪쳤는데, 그 모서리에는 피가 묻어 있었고, 머리에 난 상처의 형태도 모서리와 정확히 일치했거든. 그리고 왁스 칠을 전문으로 하는 작업자가 옥상에 갈 이유는 없어."

"그 작업자는 후지카와를 죽이려고 할 동기가 없다고 하셨는데요, 정말로 그럴까요? 이런 상상은 하고 싶지 않지만, 저녁에 사람이 거의 없는 고등학교에서 여학생을 발견한다면 한번 나쁜 짓을 해 볼까? 하고 생각하는 남자가 있어도 이상하진 않잖아요?"

"경찰도 그런 가능성은 생각해 봤어. 하지만 작업자는 총 네 명이었다. 한두 명이면 몰라도, 네 명이나 되는 사람들이 나쁜 짓을 시도했다고는 생각할 수 없어. 그동안 클레임이 걸린 적도 없는, 평판이 좋은 작업자이기도 하고."

그리고 형사는 신고를 똑바로 바라봤다.

"자, 이제 이야기해 주지 않을래? 사건 당일, 졸업식 리허설이 끝난 다음에 무엇을 했는지."

"리허설이 끝난 다음에는 매점에서 빵을 사서 점심으로 먹었고, 그 후 미술부에 갔습니다."

"동아리 활동은 미술실에서 하는 거지?"

"네. 거기서 후배와 이야기도 하고, 지도도 해 주다가 미술실에서 나온 것이 오후 5시 넘어서였을 겁니다."

"미술부에는 자네 말고도 3학년생이 두 명 더 있었지? 오노자와 히로시 군과 가쓰라기 고헤이 군이라고 했던가. 자네가 미술실에서 나왔을 때 이 두 사람은 무엇을 하고 있었나?"

"가쓰라기는 도호쿠 대학교의 후기 시험을 코앞에 두고 있어서, 리허설을 마치고 미술실에는 잠깐 얼굴만 내밀었다가 금방 돌아갔어요. 오노자와는 5시 넘어서 저와 같이 미술실을 나왔습니다. 정문에서 헤어졌고요. 서로 집으로 가는 방향이 달라서요."

"자네는 그 후 무엇을 했나?"

"니시가하라 4가에서 도덴*을 타고 히가시이케부쿠로 4가에서 내렸습니다. 그리고 이케부쿠로의 서점에서 한 시간쯤 있었고요. 그 후 다시 도덴을 타고 가쿠슈인시타에 있는 집으로 돌아왔습니

● 도쿄도가 운영하는 전차

다. 집에 도착한 시간은 6시 30분 정도였던 것 같아요."

"하나 더 물어보고 싶은데, 후지카와 씨가 좋아했던 사람이 누구였는지 혹시 알고 있나?"

"후지카와가 좋아했던 사람이라뇨? 그게 무슨 말씀이세요?"

"아까 말했던 왁스 칠 작업자가 말이지, 후지카와 씨의 말을 하나 더 들었다고 했거든. '저는 선배를 좋아해요. 앞으로도 쭉, 계속 같이 있고 싶어요. 그러면 안 될까요?'란 말을. 후지카와 씨는 옥상에서 만난 상대에게 좋아한다고 고백했던 거야. 즉, 후지카와 씨가 좋아했던 상대가 그 사람을 죽인 거지."

"후지카와가 좋아했던 상대라니, 전 몰라요."

"자네는 후지카와 씨와 자주 이야기를 했었잖아?"

"네, 그건 그렇죠. 선후배 사이이니까요. 하지만 누구를 좋아한다느니 하는 이야기는 해 본 적이 없습니다."

"후지카와 씨가 좋아하는 상대가 자네였을 가능성은 없을까?"

형사의 엉뚱한 말에 신고는 쓴웃음을 지었다.

"저요? 말도 안 돼요. 후지카와한테 그런 고백을 받은 적은 없습니다."

*

형사가 돌아가고 나서 신고는 오노자와와 가쓰라기에게 전화를 걸어 봤다. 그 두 사람의 집에도 형사가 찾아왔다고 한다. 세 사람은 니시가하라 고등학교 근처에 있는 카페에서 모이기로 했다.

"형사의 말에 의하면, 후지카와는 제1동 옥상에서 '선배'를 만나 좋아한다고 고백을 했대. 형사는 그 '선배'란 사람이 우리들 중 누군가가 아닐까? 하고 의심하는 것 같았어. 그날 졸업식 리허설이 끝난 다음에 무엇을 했느냐고 물어보더라고."

신고가 그렇게 말하자 "나한테도 그랬어!" 하고 친구들은 맞장구를 쳤다. 신고는 후지카와 유리코가 죽었을 때 이케부쿠로의 대형 서점에 있었으므로 뚜렷한 알리바이는 없었다. 오노자와는 그때 집에 가 있었는데, 부모님이 맞벌이를 하셔서 집을 비웠으므로 알리바이가 없기는 마찬가지였다. 가쓰라기는 자기 집에서 후기 시험에 대비해 공부를 하고 있었는데, 그것을 증명해 주는 사람은 어머니밖에 없었다. 경찰은 육친의 증언은 위증이라고 간주할지도 모른다. 요컨대 셋 다 의심하려고 하면 얼마든지 의심할 수 있었다.

"우선 확인부터 하고 넘어가자. 그날 후지카와가 옥상에서 만난 '선배'란 사람이 여기 있다면 솔직하게 말해 줘."

신고는 오노자와와 가쓰라기에게 말했다.

"난 아니야."

가쓰라기가 담담하게 대답했다.

"나도 아니야."

오노자와가 발끈한 것처럼 대답하더니 신고를 쏘아봤다.

"그러는 넌 어때?"

"당연히 나도 아니지."

가쓰라기와 오노자와 두 명 모두 거짓말을 하는 것 같지는 않았다. 그러나 아직 십팔 년밖에 살지 못한 신고는, 상대가 거짓말을 하는지 안 하는지 꿰뚫어 볼 만한 능력이 없었다.

"그럼 후지카와가 좋아했던 상대가 누구인지는 알아?"

"난 몰라. 후지카와랑 그런 이야기는 안 했으니까."

가쓰라기가 대답했다.

"오노자와, 넌 어때? 혹시 알아?"

신고의 말에 오노자와는 잠시 망설이다가 말했다.

"도모나가. 아마 후지카와는 너를 좋아했을 거라고 생각해."

"……뭐? 그게 무슨 소리야?"

"후지카와는 너를 자주 쳐다봤거든. 미술실에서 다 같이 그림을 그릴 때, 후지카와는 네가 그림을 그리는 모습을 열심히 봤었어. 이런 말 하기는 뭐하지만, 사실 네가 뛰어나게 그림을 잘 그리는 편은 아니잖아. 네가 그림 그리는 모습을 열심히 봤던 것은, 네 그림이 아니라 너라는 사람한테 관심이 있어서 그랬던 게아닐까?"

신고는 망연자실했다. 그런 사실은 전혀 눈치채지 못했다.

"도모나가, 나도 너에게 물어보고 싶어. 후지카와가 옥상에서 고백을 했던 '선배'는 너였던 거 아냐? 솔직하게 대답해 줘."

오노자와가 추궁했다.

"아니라고 좀 전에 말했잖아. 내가 거짓말하는 것 같아?"

신고는 발끈하여 그렇게 대꾸했다.

"하지만 후지카와가 '선배'라고 불렀으니까 그 상대는 우리 세 사람 중 하나일 거야. 이 세 명 중에서는, 가능성이 있는 사람은 평소에 후지카와가 열심히 봤던 너밖에 없어."

"웃기지 마. 설마 경찰한테도 그렇게 말한 거야?"

신고가 오노자와를 노려보자, 오노자와도 "말 안 했어."라고 하면서 똑같이 노려봤다. 가쓰라기가 냉정한 목소리로 말했다.

"너희 둘 다 진정해. 친구끼리 서로 싸울 때가 아니잖아. 나는 도모나가를 믿어. 얘는 거짓말을 할 녀석은 아니니까. 오노자와, 너도 도모나가가 거짓말을 할 거라고 생각하진 않잖아?"

"뭐, 그건 그래."

오노자와는 조그맣게 대답했다.

"그럼 후지카와가 말을 걸었던 그 '선배'는 우리들 말고 다른 사람일 거야. '선배'란 단어에 해당되는 사람은 얼마든지 있잖아. 경찰도 무능하진 않으니까 반드시 그 '선배'를 찾아낼 거야. 우리가 걱정할 필요는 없어."

그가 차분한 음성으로 그렇게 말하자, 신고는 마음이 진정되는 것을 느꼈다.

"아까는 내가 미안했다."라고 오노자와가 말하자, 신고는 "됐어, 신경 쓰지 마."라고 대답했다.

그러나 결국 경찰은 '선배'를 찾아내지 못했다. 신고와 오노자와와 가쓰라기는 계속 의혹의 대상이 되었다. TV 정보 프로그램에서는 흥미 위주로 유리코의 죽음을 다루면서 '의혹의 선배'가 어쩌고저쩌고 떠들어 댔다. 졸업식은 열흘 늦게 진행됐는데, 그때 기자들이 몇 명이나 교문 부근에 모여 있었다.

신고는 교토의 라쿠슈칸 대학교, 오노자와는 후쿠오카의 세이카이가쿠인 대학교, 가쓰라기는 도호쿠 대학교에 진학하여 각각 도쿄를 떠났다. 상황이 그렇게 된 덕분인지, 한 달쯤 지나자 TV 정보 프로그램에서는 더 이상 그 사건을 다루지 않게 되었다. 틈틈이 하숙집에 형사가 찾아오긴 했지만, 그 횟수는 점차 줄어들더니 신고가 대학교를 졸업할 무렵에는 전혀 오지 않게 되었다.

유리코의 죽음은 세상 사람들의 기억에서 사라졌다. 그러나 신고를 비롯한 세 사람은 잊지 않았다.

*

"난 후지카와를 좀 좋아했었어."

오노자와가 혼잣말하듯이 중얼거렸다. 술을 마시는 속도가 조금 빨랐다. 아까는 농담처럼 말했지만 실은 아들의 대학 입시 문제로 고민하고 있는 걸지도 모른다. 어쩌면 중학교 미술 교사로서 이런저런 고민거리를 가지고 있을지도 모르고.

가쓰라기가 웃었다.

"그럴 줄 알았어. 그래서 '후지카와가 미술실에서 도모나가가 그림 그리는 모습을 열심히 봤다.'라고 말했던 거잖아? 자기 그림에 몰두했다면 그런 것을 눈치채진 못했을 테니까. 오노자와가 그만큼 열심히 후지카와를 지켜보고 있었다는 거지."

오노자와는 부끄러운 것처럼 고개를 끄덕였다.

"도모나가한테 살짝 시비를 걸었던 것도, 부러워서 그랬던 걸지도 몰라."

"후지카와가 나를 열심히 보고 있었다는 것은 진짜야? 도저히 믿을 수가 없어."

신고는 고개를 갸우뚱했다.

"글쎄, 네가 그렇게 말하니까 자신이 없어지는데…….."

"오노자와, 너 아내분은 잘 챙기고 있어? 왠지 걱정된다."

가쓰라기가 농담조로 말했다. 이십삼 년 사이에 이 녀석도 변했구나. 신고는 그런 생각을 했다. 고등학교 시절에는 좀 더 딱딱한 녀석이었는데.

신고는 일본주 술잔을 입으로 옮겼다.

이십삼 년 전 그날, 황혼의 옥상에서 유리코가 '선배'라고 부른 사람은 누구였을까. 유리코가 사랑했던 상대는 누구였을까.

약간 취기가 오른 그의 머릿속에 문득 기묘한 생각이 떠올랐다.

실은 이십삼 년 전에 오노자와가 카페에서 말했듯이, 옥상에서 유리코가 '선배'라고 부른 사람은 나였던 게 아닐까. 유리코가 나를 좋아한다고 말해 줬던 게 아닐까. 그런데 나는 어떤 이유로 유리코를 죽이고 말았고, 그 충격으로 옥상에서 일어난 사건 자체를 잊어버린 게 아닐까.

어처구니없군. 신고는 그렇게 생각했다. 충격으로 잊어버렸다는 것은 말이 안 된다. 나는 그날 서점에서 집어 들었던 책의 내용을 분명히 기억하고 있다. 그게 환상의 기억이라니, 그건 있을 수 없다. 황혼의 옥상에서 유리코를 죽게 만들었다는 것을 잊어버리다니, 그런 일은 있을 수 없다······.

*

요코하마시 아오바구에 있는 아파트로 돌아온 것은 자정이 되기 직전이었다.

카드 키로 현관문을 열자, 거실에서 아내 나쓰미가 나타났다. 이미 목욕을 다 했는지 잠옷으로 갈아입은 상태였다. 화장을 지웠는데, 39세라는 게 믿기지 않을 정도로 젊어 보였다.

"왔어? 어서 와."

"미안, 늦었지?"

"차라도 마실래?"

"응, 고마워."

신고는 양복을 벗어 나쓰미에게 건네주고 거실 소파에 앉았다. 나쓰미는 녹차가 든 찻잔을 유리 테이블에 올려놨다.

"고생했어. 오노자와 씨와 가쓰라기 씨는 잘 지내셔?"

나쓰미도 니시가하라 고등학교 미술부 소속이었다. 신고와 친구들보다 두 살 어린 후배였으므로, 오노자와와 가쓰라기를 알고 있었다.

"잘 지내더라. 오노자와는 아들이 내년에 대학 수험생이 된대. 공부를 전혀 안 한다고 한탄하던데. 옛날에는 오노자와의 부모님이 완전히 똑같은 말씀을 하시면서 한탄하셨을 거야. 가쓰라기는 전보다 한층 더 잘나신 엘리트 공무원처럼 변했고."

나쓰미는 쿡쿡 웃었다. 그리고 진지한 표정을 지었다.

"실은 말이지, 오후 7시가 다 됐을 때 당신을 찾는 이상한 전화가 왔었어."

"이상한 전화?"

"경시청 범죄 자료관이라는 데서 전화가 왔는데, 남편분에게 여쭤볼 것이 있다고 했어. 이십삼 년 전 도립 니시가하라 고등학교에서 일어난 여고생 살해 사건에 관해서."

이십삼 년 전 사건. 술기운이 급속도로 사라졌다. 오늘 밤 오노자와와 가쓰라기를 만난 직후에 그런 이야기를 듣다니. 뭔가 기묘한 운명 같은 것이 느껴졌다.

"저기, 그건 후지카와 씨 사건이지?"

"……맞아."

나쓰미는 미술부에 신고보다 이 년 늦게 들어온 후배였으므로 후지카와 유리코에 관해서는 알고 있었다. 그런데 고등학교 2학년으로 올라가는 4월부터는 아버지의 일로 인해 캐나다로 이사를 가서 졸업할 때까지 그곳에서 살았기 때문에 신고, 오노자와, 가쓰라기가 얼마나 의심을 받았는지는 몰랐다. 신고 본인도 나쓰미에게는 그 이야기를 거의 하지 않았다. 그 화제를 무의식중에 피했기 때문이다.

"남편분은 언제 집에 오시냐고 물어보기에, 오늘은 늦게 올 거라고 대답했어. 그랬더니 다음 주 월요일 저녁 7시 정도는 어떠냐고 했어. 그래서 그때는 아마 집에 와 있을 거라고 대답했는데, 그래도 되는 거였어?"

"응, 괜찮아."

경찰은 이제 와서 도대체 무엇을 물어보고 싶어 하는 걸까. 경찰한테는 몇 번이나 되풀이해 이야기했다. 더 이상 이야기할 것은 아무것도 없을 것이다. 범죄 자료관이라는 부서는 들어 본 적도 없는데, 대체 무엇을 알고 싶어 하는 걸까?

3

데라다 사토시의 하루는 판에 박힌 것처럼 정해져 있다.

아침 8시 50분에는 미타카시에 있는 그의 직장인 경시청 범죄자료관에 출근한다. 수위인 오쓰카 게이지로와 인사하고 출퇴근 카드를 찍는다.

조수실에 가방을 내려놓고 손을 씻으러 화장실로 간다. 거기서 미화원인 나카가와 기미코와 마주친다. 쉰이 넘은 파마머리 여성이다. 둘이서 가볍게 잡담을 하고, 그 사람이 고무장갑 낀 손으로 건네주는 사탕을 정중히 사양한다.

그 후 관장실에 들러서 관장인 히이로 사에코 경정에게 인사했다가 무시를 당한다. 그렇다고 관장이 사토시에게 악감정을 품고 있는 것은 아니다. 히이로 사에코는 누구에게나 평등하게 무뚝뚝해서 거의 인사란 것을 하지 않는다. 요컨대 의사소통 능력이 결여된 것이다.

그다음에는 조수실에서 형사사건의 증거품이나 유류품이 들어간 비닐 팩에 끊임없이 QR 코드 라벨을 붙인다. 점심시간에는 근처에 있는 밥집에 가거나, 편의점에서 도시락을 사 와서 먹는다. 5시 30분이 되면 일을 그만두고 퇴근한다. 야근은 전혀 하지 않는다.

수사1과 형사였던 사토시가 실수를 저지르는 바람에 이 범죄 자료관으로 좌천된 지 일 년이 지났다. 한번 사건이 일어나면 휴일도 반납하고 심야까지 일했던 수사1과 시절과는 사뭇 다른 환경이다.

범죄 자료관은 2차 대전 이후에 경시청 관내에서 일어난 모든 형사사건의 유류품과 증거품과 수사 서류를 보관하고, 또 그것을 형사사건의 조사·연구 및 수사관 교육에 활용하는 시설이다. 런던 광역 경찰청 범죄 박물관을 모방하여 1956년에 설립됐다. 그 원조가 '검은 박물관(Black Museum)'이란 별명으로 불리는 것처럼 이쪽은 '붉은 박물관'이라고 불리기도 한다. 붉은 벽돌 건물이기 때문이다.

그런데 형사사건의 조사·연구 및 수사관 교육에 도움을 준다는 것은 명목상 그런 것일 뿐이고, 그 실태는 대형 보관고에 불과하다. 솔직히 말하자면 한직이다.

경시청에는 CCRS라는 데이터베이스가 있다. 'Criminal Case Retrieval System', 즉 형사사건 검색 시스템의 약자인데, 2차 대전 이후 경시청 관내에서 발생한 모든 형사사건이 등록된 데이터베이스이다. 구 년 전에 관장으로 취임한 히이로 사에코는 이 CCRS를 바탕으로 한 증거품 관리 시스템을 구축했다. 보관되어 있는 유류품과 증거품에 QR 코드 라벨을 붙여, 거기에 스캐너를 대면 기본 정보가 컴퓨터에 표시되도록 하는 시스템이다. 여기서 사토시에게 주어진 업무는 유류품과 증거품에 QR 코드 라벨를 붙이고, 관장이 작성한 기본 정보 데이터와 그 코드를 연결하는 것이다.

현재 유류품과 증거품에 QR 코드 라벨을 붙이고 있는 대상은, 이십삼 년 전인 1991년 2월에 기타구의 도립 니시가하라 고등학교에서 발생한 여고생 살해 사건이다.

시체가 발견된 것은 2월 28일 목요일 오후 7시 이후. 학교 직원은 두 개 있는 학교 건물 중에서 제1동의 옥상으로 나가는 문을 잠그기 전, 옥상을 한번 둘러보다가 시체를 발견했다.

옥상은 학생이 자유롭게 출입할 수 있도록 되어 있었고, 벤치와 콘크리트 화단이 설치되어 있었다. 시체는 화단 하나의 옆에 쓰러져 있었다.

시체는 2학년 1반 여학생인 후지카와 유리코(17세)였다. 후두부가 화단 모서리에 세게 부딪쳐 뇌타박상으로 사망했다. 사망 추정 시각은 오후 5시부터 6시 사이.

관할 경찰서인 다키노가와 경찰서는 처음에 사건과 사고를 둘 다 가정하여 수사를 진행했는데, 사고의 가능성은 금방 배제했다. 바닥은 건조했고 장애물도 없었으므로 거기서 미끄러지거나 뭔가에 발이 걸려 넘어지진 않았을 것이다. 또 만약에 그렇게 넘어졌어도, 열일곱 살밖에 안 된 젊은이라면 반사적으로 손을 뒤로 뻗어 몸을 받칠 수 있었을 것이다. 그런데 유리코의 손바닥은 지면의 모래나 돌멩이나 오물 같은 것이 붙은 흔적 하나 없이 깨끗한 상태였다. 손을 뒤로 뻗어 짚지 않았던 것이다. 손을 뒤로 뻗어 몸을 받치지도 못할 정도로 갑작스럽게 넘어진 것이다. 그 점을 바탕으로 생각해 본다면 누군가가 피해자를 밀었거나, 또는 피해자의 머리를 붙잡아 화단에 확 내리친 것이리라. 살인, 아니면 적어도 상해치사일 가능성이 높았다.

그날 오후 유리코는 제1동 2층에 있는 미술실에서 미술부 활동을 하고 있었다. 마지막으로 목격된 것은 오후 5시 10분경. 동아리 활동을 마치고 모두가 집에 돌아가려고 했는데, 유리코는 "옥상에서 황혼의 풍경을 스케치하고 싶어."라고 하더니 계단 위로 올라갔다. 그 후에는 아무도 유리코를 보지 못했다.

단, 그 후의 목격 증언은 얻지 못했지만, 목소리를 들었다는 증언은 얻었다.

이날 저녁 4층에 있는 3학년 교실에서는 청소업자가 바닥에 왁스 칠을 하고 있었다. 이 시기에 3학년은 더 이상 교실을 사용하지 않으므로 왁스 칠을 하기 딱 좋은 시기였다.

청소업자는 네 사람이었다. 두 사람이 책상과 의자를 이동시키고, 한 사람이 바닥을 닦아 내는 연마 기계 청소기를 돌리고, 나머지 한 사람이 그 후 왁스를 칠하는 일을 담당했다.

작업은 순조롭게 진행되어 3학년 5반 교실까지 왔다. 책상과 의자가 밖으로 운반되자, 청소기 담당자가 세제 냄새를 빼내기 위해 창문을 열어 놓고 청소를 시작하려고 창가의 한구석에 가서 섰다. 바로 그때였다.

"선배. 이제 곧 작별이네요."

그런 소녀의 목소리가 옥상에서 희미하게 들려왔다. 여학생이 상급생에게 말을 거는 듯했다. 그런데 그 직후 청소업자는 기계 청소기의 스위치를 켰으므로, 그 소음 때문에 '선배'의 대답은 들리지 않았다.

창가의 나머지 한쪽 귀퉁이까지 청소기를 이동시켰을 때 작업자는 갑자기 화장실에 가고 싶어져서 스위치를 껐다. 2월 말의 저녁은 추웠다. 더구나 세제 냄새를 빼내려고 창문을 열어 놨으므로 차가운 공기가 흘러 들어오고 있었다. 그런 상황에서 장시간 작업을 했기 때문이리라.

"저는 선배를 좋아해요. 앞으로도 쭉, 계속 같이 있고 싶어요. 그러면 안 될까요?"

스위치를 끈 직후에 소녀의 목소리가 또다시 옥상에서 희미하게 들려왔다. 상급생에게 고백을 하고 있는 것이었다. 작업자는 상급생이 뭐라고 대답할지 궁금했지만, 화장실에 가고 싶다는 욕구가 더 커서 그곳을 떠났다. 십 분쯤 후에 돌아왔을 때는 더이상 아무런 목소리도 들리지 않았다.

3학년 5반 교실은 옥상에서 유리코가 사망한 위치의 바로 밑이었다. 유리코의 목숨을 빼앗은 콘크리트 화단 옆에는 벤치가 있었고, 유리코는 거기 앉아 있었을 것이다. 그래서 유리코의 목소리가 바로 밑에 있는 작업자에게 들린 것이리라. 작업자가 십 분쯤 후에 돌아왔을 때는 더 이상 어떤 목소리도 들리지 않았다고 하니, 그때 이미 유리코는 살해됐을 것이다.

다키노가와 경찰서의 수사관들은 흥분했다. 유리코가 연극부 학생은 아니니까 혼자 대사 연습을 했다고 생각하기는 어렵다. 그때 옥상에는 유리코 외에도 분명히 또 한 사람이 있었을 것이다. 유리코가 '선배'라고 부른 상대, 그 사람이 범인일 가능성이 높았다.

수사관은 나머지 세 명의 작업자들에게도 물어봤지만 그들은 아무것도 듣지 못했다. 책상 및 의자 운반 담당자 두 명과 왁스 칠 담당자 한 명은 각자 다른 교실에 가 있었다. 게다가 책상 및 의자 운반 담당자 두 명은 교실 창문을 닫아 놓은 상태에서 책상과 의자를 복도로 나르고 있었으므로 옥상의 목소리는 듣지 못했다. 왁스 칠 담당자 한 명은 왁스가 빨리 마르도록 교실 창문을 열어 놨지만, 옥상에서 목소리가 들렸을 때는 마침 복도 쪽 바닥에 왁스를 칠하고 있어서 그 목소리가 그의 귀에는 닿지 않았다.

결국 목소리를 들은 사람은 3학년 5반 교실에 있었던 청소기 담당자밖에 없었다. 게다가 그도 '선배'의 목소리는 듣지 못했다.

그럼 '선배'는 어떤 인물일까.

2학년인 유리코가 '선배'라고 불렀다는 점, "이제 곧 작별이네요."라고 말했다는 점을 보면 3학년인 것은 확실했다. 그리고 '선배'라고 가볍게 부를 정도로 친한 사이였으니까 아마도 같은 동아리에서 활동한 3학년생일 것이다.

미술부에 3학년생은 세 명 있었다. 도모나가 신고, 오노자와 히로시, 가쓰라기 고헤이. 도모나가와 오노자와는 3학년 7반이고 가쓰라기는 3학년 8반이었다.

이날은 다음 날 졸업식을 준비하느라 1, 2학년생과 3학년생이 모여 합동 리허설을 했다. 리허설을 마치고 미술부 3학년생들은 셋 다 미술실에 얼굴을 내밀었다. 셋 중에서 가쓰라기는 금방 집에 갔고, 도모나가와 오노자와도 5시경에는 그곳을 떠났다.

5시 10분경. 유리코를 포함한 2학년생 네 명과 1학년생 두 명도 미술실에서 나와 문을 잠갔다. 그리고 유리코 혼자만 옥상으로 올라갔다. 그것이 유리코가 마지막으로 목격된 상황이었다.

수사관은 미술부의 3학년생 세 사람 중 누군가가 몰래 학교로 돌아와 옥상에서 유리코를 만난 게 아닐까 하고 생각했다. 미술실에 있는 동안 유리코와 미리 약속을 해서, 이따가 옥상에서 몰래 만나기로 했던 것이 아닐까.

도모나가와 오노자와는 오후 5시 정도에 같이 미술실을 나왔지만, 집으로 가는 방향이 달라서 정문에서 헤어졌다. 도모나가는 니시가하라 4가 정거장에서 도덴을 타고 가다가 히가시이케부쿠로 4가 정거장에서 내렸다. 그리고 그 부근의 대형 서점에

한 시간쯤 머무르다가, 다시 도덴을 타고 가쿠슈인시타 정거장 근처에 있는 집으로 오후 6시 반경에 돌아갔다고 한다. 오노자와는 자전거를 타고 통학을 했는데, 가미나카자토에 있는 자기 집에 5시 반쯤에 도착했다.

도모나가는 서점에 한 시간쯤 머물렀다고 말했지만 실제로는 학교에 돌아갔을지도 모른다. 대형 서점이다 보니 서점 직원은 도모나가를 기억하지 못했다. 또 오노자와의 집은 부모님이 맞벌이를 하기 때문에, 그가 집에 돌아갔을 때는 아무도 없어서 그가 정말로 5시 반에 귀가했는지 증명해 주는 사람이 없었다.

가쓰라기는 도보로 오후 1시 전에 다키노가와에 있는 자기 집으로 돌아갔고, 그 후 계속 입시 공부를 했다고 한다. 그때 집에 있었던 어머니가 그의 알리바이를 증언해 줬다. 그러나 육친의 증언은 100퍼센트 신용할 수는 없다.

도모나가와 오노자와와 가쓰라기는 모두 다 자신이 그 '선배'임을 부정했다. 셋 중 누군가가 '선배'란 사실을 보여 주는 증거나 증언도 얻지 못했다.

수사관들은 그 '선배'와 유리코가 중학교 시절에 같은 동아리였을 가능성도 고려해서 중학교 시절까지 거슬러 올라가 수사했다. 유리코는 중학교에서는 탁구부 소속이었다. 이때 유리코보다 한 학년 위였고 현재 니시가하라 고등학교 3학년인 사람이 있는지 조사해 봤지만, 해당되는 사람은 한 명도 없었다.

'선배'가 스스로 나타나지 않는 것을 본다면 그 '선배'가 범인일 가능성이 높았다. 그와 유리코 사이에 뭔가 다툼이 발생해서, 충동적으로 살인을 해 버린 게 아닐까.

그럼 그것은 도대체 무슨 다툼이었을까. 유리코는 '선배'에게 "저는 선배를 좋아해요. 앞으로도 쭉, 계속 같이 있고 싶어요." 라고 말했다. 그것은 사랑 고백이다. 그런 고백을 받았는데도 '선배'는 왜 유리코를 죽여 버린 걸까.

여기서 떠올릴 수 있는 것은, '선배'가 다른 여자를 사랑하고 있어서 그 사실을 유리코에게 털어놨다가 두 사람이 다투게 되었을 가능성이다.

'선배'가 누구인지 알아내지 못한 수사관들은 수사 범위를 3학년생 전체로 넓혔다. 미술부 사람들 외에도 유리코가 '선배'라고 부를 정도로 친하게 지냈던 학생이 없는지 조사해 본 것이다. 하지만 그런 학생은 끝내 발견되지 않았다. 3학년생은 이미 졸업했고, 진학이나 취직을 해서 도쿄를 떠나는 사람도 많았다. 그것이 수사를 더욱 어렵게 만들었다.

그리하여 사건은 미궁에 빠졌다.

2004년 형사소송법 개정에 의해 살인죄의 공소시효는 15년에서 25년으로 연장됐고, 그 후 2010년 개정 형사소송법에 의해 살인죄의 공소시효는 폐지됐다. 그러나 2004년 형사소송법 개정의 경우에는 공소시효 연장은 소급 적용이 되지 않았으므로,

개정 이전 발생한 사건의 시효는 여전히 15년이었다. 그래서 이 사건도 실제로 발생한 지 십오 년이 지난 2006년 2월 28일 오전 0시에 공소시효가 만료됐다.

*

이 사건의 증거품은 피해자가 입고 있었던 세일러복과 그 외 조금밖에 없었다. QR 코드 라벨을 붙이는 작업은 금방 끝났다.

사토시는 커피를 끓이려고 탕비실로 갔다. 거기서 걸레질을 하고 있던 나카가와 기미코와 딱 마주쳤다.

"1991년 2월에 도립 니시가하라 고등학교 2학년 여학생이 옥상에서 살해된 사건을 혹시 기억하십니까?"

문득 생각이 나서 나카가와 기미코에게 물어봤다. 이 여성은 뭔가 충격적인 사건에 관해서는 발군의 기억력을 자랑한다.

나카가와 기미코는 잠시 허공을 노려보더니 곧바로 "생각났어."라고 말했다.

"'피해자의 선배가 범인이 아니냐?' 하고 TV 정보 프로그램에서 아주 요란하게 떠들어 댔었지. '선배, 이제 곧 작별이네요.'라고 피해자가 말했고, 고백을 하는 목소리가 들렸다고 했잖아. 피해자는 미술부에 들어가 있었는데 거기에는 선배가 세 명 있어서, 그중 누군가가 범인이 아닐까? 하는 거였지. 그 선배도 미성

년자라서 이름은 나오지 않았지만."

지금 같으면 인터넷의 거대 커뮤니티에서 이름이 공개됐을 것이다.

"그런데 봄에 선배가 졸업해서 작별하다니. 꼭 〈봄이 왔지만〉 같지 않아?"

그러더니 마이크를 쥐는 흉내를 내면서 "졸업만이~ 이유인가요~?" 하고 가느다란 목소리로 노래를 하기 시작했다. 그래서 사토시는 커피도 끓이지 않고 허둥지둥 거기서 달아났다.

조수실에 돌아왔더니 설녀(雪女)가 서 있었다.

아니, 설녀가 아니다. 관장인 히이로 사에코 경정이다.

날씬한 몸매와 그 위에 걸친 백의만큼이나 하얀 피부. 어깨까지 길게 기른 매끄러운 검은 머리카락. 나이를 짐작할 수 없는 인형같이 차갑고 단정한 외모. 긴 속눈썹으로 에워싸인 쌍꺼풀 진 커다란 눈. 설녀가 현실 세계에 존재한다면 아마도 이럴 것 같은 분위기였다. 참고로 백의를 입고 있는 이유는, 증거품이나 유류품이 옷에 부착된 미세 물질로 오염되는 것을 막기 위해서이다. 실은 사토시도 같은 차림새다.

히이로 사에코는 국가공무원 1종 시험(2012년부터는 종합직 시험)에 합격해 경찰청에 들어온 이른바 '커리어'다. 그러나 한직인 범죄자료관의 관장 노릇을 구 년이나 계속하고 있는 것만 봐도 알 수 있듯이 엘리트 코스에서는 완전히 벗어나 있다. 일단 두뇌 쪽은 문제가 없으므로, 완벽하게 결여된 의사소통 능력이 그 원인인 것이 분명하다.

"지금 자네가 QR 코드 라벨을 붙이고 있는 것은, 도립 니시가하라 고등학교 여고생 살해 사건의 증거품이지?"

히이로 사에코는 낮은 목소리로 질문했다.

"네."

"수사 서류는 읽었나?"

"대충 훑어보긴 했습니다."

"그럼 잘됐구나. 이 사건의 재수사를 실시한다."

히이로 사에코는 특별한 의욕도 없이 담담하게 말했다. 마치 기계 같았다.

'재수사를 실시한다.' 그렇게 히이로 사에코가 선언한 것은 이번이 여섯 번째였다. 사토시가 범죄 자료관으로 이동한 다음부터 지금까지 이 여자는 미제 사건이나 피의자 사망으로 처리된 사건을 총 다섯 건 해결했다.

지난 일 년 사이에 알게 된 사실이 있다. 히이로 사에코는 범죄 자료관을 '진실을 밝혀낼 최후의 보루'로 여기고 있다는 것이다. 그래서 증거품이나 유류품, 수사 서류를 재검토하여 수상한 점이 있으면 재수사를 한다. QR 코드를 이용한 관리 시스템을 구축한 것도 실은 재검토를 쉽게 하기 위해서인 듯했다.

단, 의사소통 능력이 부족한 이 여자는 탐문 수사에는 소질이 없었다. 그래서 재수사를 하려면 조수가 필요했다. 지금까지 몇 번이나 조수가 도망쳤으므로, 히이로 사에코는 수사1과에서 쫓겨나게 된 사토시를 범죄 자료관으로 이동시키기 위해 손을 썼다. 전직 수사1과 형사로서의 능력을 높이 평가한 것이다. 사토시는 그동안 해결된 다섯 건의 사건에서 매번 탐문 수사를 담당했다.

"알겠습니다. 우선 어디서부터 착수하면 될까요?"

"니시가하라 고등학교 측에 문의해서, 사건 당시의 재학생 중에 '어떤 조건'을 만족시키는 학생이 없는지 조사해 줘."

그리고 그 조건을 이야기했다.

"그 조건을 만족시키는 학생이 뭔데요?"

그러자 설녀는 무표정하게 대답했다.

"그 조건을 만족시키는 학생이 범인이다."

*

도립 니시가하라 고등학교는 단독주택과 공동주택이 뒤섞여 있는 주택가에 자리 잡고 있었다. 가까운 곳에는 도덴 아라카와 선이 지나가고 있었다.

사토시는 학교 정문 옆 수위실에서, 오후 3시에 방문하기로 약속한 경시청 부속 범죄 자료관 직원이라고 말했다. 수위는 그에게 방문객 명찰을 주고, 교장실은 제1동 1층 동쪽 끝에 있다고 가르쳐 줬다.

학교 건물 앞에 펼쳐진 운동장에서 남학생들이 축구를 하고 있었다. 고등학교 안에 들어가는 것은 자신이 고등학교를 졸업한 이후로 십삼 년 만이었다. 자신이 나이를 참 많이 먹었다는 느낌이 들었다.

교장은 오십 대 후반의 안경을 쓴 남자였다. 응접세트의 소파에 앉으라는 권유를 받고 교장과 마주 보고 앉았다.

"범죄 자료관이라는 곳은 어떤 곳입니까?"

교장은 인사도 대충 하고 성급한 말투로 질문했다.

"형사사건의 증거품과 유류품과 수사 서류를 보관하면서 연구 및 수사관 교육에 도움을 주는 부서입니다. 수사 서류를 확인하다가 몇 가지 기재 사항이 누락된 것을 발견해서, 그 부분을 보충하기 위해 찾아뵙게 되었습니다."

"저, 그 사건 때문에 또다시 우리 학교의 이름이 거론되지는 않겠지요?"

"그럴 일은 없습니다. 단지 경찰 내부에서 사실을 확인하는 거니까요."

교장은 노골적으로 안심한 표정을 지었다.

"그것 참 다행이군요. 그 사건이 일어나고 나서 한동안 우리 학교는 TV 정보 프로그램 등을 통해 원치 않았던 형태로 남의 입에 오르내렸거든요. 학생들과 학부모들이 심하게 동요했었지요. 그 탓인지 학력도 저하됐고, 입학 지원자 수도 줄어들었어요. 그 피해를 복구하느라 얼마나 고생했는지 모릅니다. 저는 사건 당시 2학년 담임이었고 그다음 해에는 3학년 담임이 되었는데요. 그때 학생들은 정말 큰 충격을 받았습니다."

사토시는 히이로 사에코가 지시한 대로 1990년도와 1991년도 학생 명부를 달라고 했다. 원본은 학교 밖으로 가지고 나가면 안 된다고 해서 사본을 받아 가기로 했다. 일단 학교에서 나와 근처의 카페에 들어가, 사건 당시의 재학생 중에서 히이로 사에코가 말한 조건을 충족시키는 사람이 있는지 조사해 봤다.

단조로운 작업을 두 시간 넘게 계속한 끝에 학생 한 명이 발견됐다. 그 학생만 조건을 충족시켰다.

이 학생이 범인……. 그런데 어째서 범인이라고 단정할 수 있는 걸까? 사토시는 알 수 없었다.

니시가하라 고등학교로 돌아갔다. 5시 20분이 좀 넘은 시각이었다. 동아리 활동을 마친 학생들이 웃고 떠들면서 삼삼오오 교문 밖으로 나왔다. 사토시는 그들과 엇갈리듯이 교문을 통과했다. 저녁 햇빛을 온몸으로 받고 있는 학교 건물이 보였다. 이십삼 년 전의 2월 28일, 아마도 이 시간대에 후지카와 유리코는 저 건물 옥상에서 목숨을 잃었을 것이다. 웃고 떠드는 학생들 속에서 한순간 그 소녀의 환영을 본 듯한 기분이 들었다.

한 번 더 교장을 만나 "졸업생의 주소를 알 수 있을까요?"라고 물어봤다.

"네, 알 수 있을 겁니다. 우리 고등학교는 동창회 활동이 활발하게 이루어져서, 졸업생 중 상당수가 동창회에 들어와 있거든요. 동창회보를 보내기 위해 그들에게 현주소도 가르쳐 달라고 하고 있습니다."

"그럼 이 사람의 현주소를 가르쳐 주시길 바랍니다."

사토시는 사본을 꺼냈다. 그리고 조건을 충족시키는 유일한 학생의 이름을 가리켰다.

4

사토시는 범죄 자료관의 오래된 왜건의 핸들을 붙잡고 있었다. 조수석에는 히이로 사에코가 앉아서 창밖으로 흘러가는 야경을 가만히 바라보고 있었다.

두 사람은 요코하마시 아오바구에 있는 도모나가 신고의 집으로 가는 중이었다.

히이로 사에코가 범죄 자료관 밖으로 나온 것은 이례적인 일이다. 과거 사토시가 탐문 수사를 담당했던 다섯 건의 재수사 과정에서, 히이로 사에코는 관장실 밖으로 한 발짝도 나오지 않았기 때문이다. 그런데 이번에만 이렇게 범죄 자료관에서 나온 이유가 뭘까? 사토시는 알 수 없었다.

니시가하라 고등학교에서 돌아온 사토시는 조사 결과를 보고했다. 그러자 설녀는 도모나가 신고에게 한 가지 질문을 할 필요가 있다고 했다. 그 질문을 듣고 사토시는 고개를 갸우뚱했다. 그런 질문에 도대체 무슨 의미가 있을까? 그러나 히이로 사에코는 늘 그렇듯이 아무것도 가르쳐 주지 않았다.

도모나가 신고의 집에 전화했더니 그의 아내가 받았다. 남편이 오늘은 집에 늦게 온다고 했다. 그래서 다음 주 월요일 오후 7시에 그 집에서 만나기로 약속을 잡았던 것이다.

히이로 사에코는 범죄 자료관에서는 언제나 백의를 걸치고 있지만, 지금은 회색 재킷과 타이트스커트를 입고 있었다. 이 여자는 항상 사토시보다 먼저 출근하고 사토시보다 늦게 퇴근하므로, 백의가 아닌 옷을 입은 모습은 처음 봤다.

사토시는 문득 히이로 사에코와 후지카와 유리코가 같은 세대임을 눈치챘다. 히이로 사에코는 나이를 짐작할 수 없는 외모였지만 아마도 40세 전후일 것 같았다. 지금으로부터 이십삼 년 전에는 17세. 즉, 유리코와 같은 학년이었을지도 모른다. 그러나 유리코처럼 누구에게나 사랑받는 소녀였을 거란 생각은 전혀 들지 않았다. 머리는 엄청나게 좋으니까 교사에게는 존중받았을 테고 그 외모는 같은 반 학생들에게 주목받았을 테지만, 이렇게 의사소통 능력이 부족한 것을 보면 친구는 한 명도 없었던 게 아닐까. 쉬는 시간에도 자기 자리에 앉은 채, 그 누구와도 대화하지 않고 무표정하게 책을 읽고 있는 소녀의 모습이 쉽게 머릿속에 떠올랐다.

도모나가의 집은 아오바구 아자미노에 있는 '드뫼르 아자미노'라는 아파트의 503호이다. 왜건을 아파트 앞에 세웠다.

503호 현관의 초인종을 누르자 40세가 넘은 키 큰 남성이 문을 열었다.

"밤늦게 찾아와서 죄송합니다. 전화를 드렸던 경시청 부속 범죄 자료관의 직원입니다."

사토시는 고개를 숙였다. 히이로 사에코는 건성으로 고개만 까딱 숙이면서 아무 말도 하지 않았다.

"안녕하세요, 도모나가 신고입니다. 들어오세요."

그 남자가 말했다. 온화한 얼굴이지만 다소 긴장한 것처럼 보였다.

현관으로 들어가자마자 보이는 일본식 방으로 안내되었다. 사토시와 히이로 사에코는 좌식 테이블을 사이에 두고 도모나가 신고의 맞은편에 무릎을 꿇고 앉았다. 사토시는 명함을 꺼내 테이블 위에 올려놨다.

"데라다 사토시라고 합니다. 이쪽은 히이로 사에코 관장님입니다."

그렇게 소개했는데도 히이로 사에코는 명함 하나 꺼내지 않고 여전히 침묵을 유지하면서 도모나가를 지그시 바라보고 있었다. 도모나가는 의심하는 듯한 표정으로 상대를 똑같이 쳐다봤다. 이봐요, 당신. 제발 부탁이니 평범한 사회인답게 행동해 줘. 사토시는 저도 모르게 속으로 설녀한테 투덜댔다.

장지문이 열리더니, 찻주전자와 찻잔을 쟁반에 받쳐 든 여자가 안으로 들어왔다. "제 아내입니다." 도모나가가 그렇게 소개했다.

소녀 같은 사랑스러움이 남아 있는 날씬한 여자였다. 좌식 테이블에 찻주전자와 찻잔을 놓은 다음에 묵묵히 살짝 고개를 숙이고, 남편을 걱정스럽게 힐끔 보더니 방에서 나갔다. 사토시는 그 여자가 누군가와 닮았다는 느낌을 받았지만, 그게 누구인지는 생각이 나지 않았다.

"네, 그래서 저에게 물어보고 싶은 것이 뭡니까?"

도모나가가 질문을 했다.

사토시가 말했다.

"후지카와 유리코 씨가 당신에게 호감을 보인 적이 있습니까?"

"……호감을 보였냐고요?"

도모나가는 그렇게 중얼거리더니 사토시를 날카롭게 노려봤다.

"제가 범인이라고 말씀하시려는 겁니까? 후지카와 씨가 옥상에서 좋아한다고 고백했던 그 선배가 저였다고요?"

"아뇨, 아닙니다. 당신이 범인이 아니란 것은 알고 있습니다."

"그럼 왜 그런 것을 물어보는 거죠?"

히이로 사에코가 물어보라고 시켜서 물어본 건데, 물론 그렇다고 솔직히 대답할 수는 없었다.

"후지카와 유리코가 당신에게 호감을 가졌다면, 앞뒤가 맞기 때문입니다."

설녀가 낮은 음성으로 말했다. 도모나가의 집에 오고 나서 이 여자가 입을 연 것은 지금이 처음이었다.

"……앞뒤가 맞는다고요? 도대체 뭐가 앞뒤가 맞는다는 겁니까?"

도모나가가 의심하는 말투로 말했다.

"대답해 주세요. 당신의 미술부 친구에게 물어봐도 되지만, 번거로움을 줄이고 싶으니까."

사토시는 히이로 사에코의 무례한 말투에 놀라서 뒤집어질 뻔했다. 도모나가는 한순간 울컥한 것 같았지만, 이렇게 이상한 여자에게 화를 내 봤자 소용없다고 생각했는지 체념한 듯이 입을 열었다.

"……정말로 저에게 호감을 가졌는지는 모르겠지만, 미술부 친구의 말에 의하면 미술실에서 그림을 그릴 때 후지카와 씨는 자주 제가 그림 그리는 모습을 열심히 보고 있었다고 합니다. 솔직히 말하자면 제 그림은 별로 완성도가 높지 않거든요. 그래서 제 친구는 후지카와 씨가 제 그림이 아니라 저 자신에게 관심이 있었을 거라고 말했습니다. 그것만 본다면, 후지카와 씨가 저에게 호감을 가졌다고 말할 수 있을지도 모릅니다."

"고마워요. 덕분에 수수께끼가 풀렸습니다."

"……수수께끼가 풀렸다고요? 정말입니까?"

"맨 처음 말해 두고 싶은 것은, 사건의 대전제가 잘못됐다는 것입니다."

히이로 사에코는 무표정하게 말했다.

"……대전제가 잘못됐다고요? 그게 무슨 말씀이십니까?"

"2학년인 후지카와 유리코가 이제 곧 졸업하는 3학년 '선배'와 만났다. 그것이 사건의 대전제였습니다. 그런데 그게 과연 사실일까요?

왁스 칠을 하던 작업자는 후지카와 유리코의 지인이 아닙니다. 고로 자신이 들은 목소리가 진짜로 후지카와 유리코의 목소리인지 아닌지는 몰랐을 겁니다. 그런데도 그가 옥상에서 나는 소녀의 목소리를 들은 후, 옥상에서 후지카와 유리코의 시체가 발견됐기 때문에 그 목소리는 후지카와 유리코의 목소리로 단정되고 말았습니다."

"……하긴, 그렇군요."

"그 소녀의 목소리가 유리코의 목소리였다고 단정되는 바람에, 3학년생 중에서 '선배'를 찾게 되었습니다. 그러나 경찰이 열심히 수사했음에도 불구하고 그 '선배'를 끝내 알아내지 못했습니다. 그렇다면 그 소녀의 목소리가 유리코였다는 기본 가정 자체를 의심해 봐야 합니다."

"그 말씀은, 즉?"

"작업자가 들은 것은 유리코의 목소리가 아니라, 또 다른 소녀의 목소리였던 겁니다. 옥상에는 유리코 말고도 소녀가 또 한 명 있었던 겁니다."

"또 한 명의 소녀……? 또 한 명의 소녀가 있었다고 쳐도, 결국 '선배'가 누구였는지는 알 수 없잖아요?"

"옥상에는 유리코와 또 한 명의 소녀가 있었다. 또 한 명의 소녀는 누군가를 '선배'라고 불렀다. 그렇다면 유리코가 바로 '선배'였다고 생각할 수밖에 없습니다. 그리고 유리코를 '선배'라고 불렀으니, 또 한 명의 소녀는 1학년이었을 겁니다."

사토시는 헉 하고 숨을 삼켰다.

"……2학년인 유리코가 3학년을 '선배'라고 부른 것이 아니라, 1학년인 또 한 명의 소녀가 2학년인 유리코를 '선배'라고 불렀던 겁니까?"

히이로 사에코는 사토시에게 눈을 돌리더니 "그래."라고 대답했다.

"하지만 소녀는 '이제 곧 작별이네요.'라고 했잖아요? 그건 졸업에 관한 이야기가 아닌가요?"

"졸업이 아니어도 작별은 할 수 있지. '전학'이다. 전학을 가기 때문에, 이제 곧 작별이라고 말했던 거야."

"아, 그렇구나…….."

"그럼 누가 전학을 갔을까. 미성년자가 전학을 갈 때는 일반적으로는 부모님의 일 때문에 이사를 가는 건데, 유리코의 부모님은 빵집 주인이었어. 그 지역에 기반을 둔 사업이니까, 전학을 가야 할 정도로 멀리 이사를 갈 가능성은 없었을 거야. 그렇다면 전학을 간 사람은 1학년 소녀였을 것이다."

그래서 히이로 사에코는 사토시에게 '사건 당시 1학년이었던 여학생 중에서, 곧 전학을 갈 예정이었던 학생'이 있는지 조사해보라고 했던 것이다. 사토시는 니시가하라 고등학교에서 사본을 만들어 온 1990년도 1학년 여자 명부와 1991년도 2학년 여자 명부를 비교했다. 그리하여 1991년도 명부에서 이름이 사라진 학생, 즉 전학을 간 학생이 딱 한 명 있다는 것을 발견했다.

"그 조건을 충족시키는 학생은 딱 한 명 있었습니다. 마키노 나쓰미라는 학생입니다. 아버지의 일 때문에 4월에 캐나다로 이사를 가게 되었습니다. 이 소녀는 미술부 소속이었으니까 유리코를 '선배'라고 불렀어도 이상하지 않습니다. 그리고 현재의 이름은 도모나가 나쓰미."

도모나가는 망연자실하여 히이로 사에코를 바라봤다. 무슨 말을 들었는지 이해하지 못하는 것 같았다.

"……나쓰미가, 내 아내가, 후지카와 씨를 죽였다고요?"

"네."

도모나가의 얼굴에 분노의 빛이 떠올랐다.

"말도 안 되는 헛소리는 하지 마세요. 나쓰미가 그런 짓을 할 리 없어. 내 아내는 온화한 성격이야. 그런 짓을 할 수 있을 리가 없다고."

히이로 사에코는 개의치 않고 이야기를 계속했다.

"그날 오후 5시 10분경에 미술부 1, 2학년생은 미술실에서 나왔습니다. 그중에는 나쓰미 씨도 있었어요. 유리코가 '옥상에서 황혼의 풍경을 스케치하고 싶어.'라고 하더니 옥상으로 가는 것을 보고, 나쓰미 씨는 유리코와 단둘이 이야기하기 위해 몰래 돌아와서 그 뒤를 쫓아갔던 겁니다……."

그때 일본식 방의 장지문이 탁 소리를 냈다.

사토시가 벌떡 일어나 장지문을 열었다.

도모나가 나쓰미가 새파래진 얼굴로 서 있었다.

그 여자는 위태로운 걸음걸이로 방 안으로 들어왔다.

"나쓰미, 듣고 있었어?"

도모나가가 당황한 것처럼 말했다. 나쓰미는 좌식 테이블 앞에 털썩 주저앉았다.

"나쓰미, 괜찮아? 이상한 소리를 들어서 기분이 안 좋아졌지? 이제 그만 쉬어."

나쓰미는 고개를 저었다.

"아니, 괜찮아……."

"괜찮긴 뭐가 괜찮아. 당장 쉬어."

나쓰미의 눈에서 굵은 눈물방울이 흘러내렸다. 나쓰미는 사토시와 히이로 사에코에게 시선을 돌리더니, 쥐어 짜낸 듯한 목소리로 말했다.

"내가…… 내가 선배를…… 후지카와 유리코 씨를, 죽였습니다……."

*

"……선배. 이제 곧 작별이네요."

나쓰미는 석양빛을 받은 유리코의 옆얼굴을 향해 말했다. 온화한 눈동자가 나쓰미를 바라봤다. 그 눈동자는 겨우 한 학년 위라는 것이 믿어지지 않을 정도로 단단해 보였다.

"그래. 이제 곧이네."

"만나지 못하게 되더라도 저를 기억해 주세요."

"만나지 못하게 된다니, 너무 과한 표현이잖아. 방학이 되면 언제든 만날 수 있을 거야."

"하지만 그러면 일 년에 한두 번밖에 못 만나잖아요."

"네가 나에게 전화를 해도 되고, 편지를 써도 돼. 답장은 꼭 할게."

"그래요? 기뻐요."

나쓰미의 가슴속에서 뜨거운 감정이 울컥 솟구쳤다. 그 감정에 휩쓸린 나쓰미는 과감하게 입을 열었다.

"저는 선배를 좋아해요. 앞으로도 쭉, 계속 같이 있고 싶어요. 그러면 안 될까요?"

기어코 말을 해 버렸다. 나쓰미는 숨을 죽이고 상대를 쳐다봤다. 유리코는 깜짝 놀란 것처럼 눈을 크게 떴는데, 그 얼굴에는 미소가 떠올라 있었다. 다행이야, 나를 싫어하지는 않나 봐. 나쓰미는 용기를 내어 그다음 말을 이어서 했다.

"미술부에 들어갔을 때부터 쭉 선배를 좋아했어요."

"마키노, 나도 너를 좋아해. 넌 좋은 후배이자 좋은 친구이니까."

"그게 아니에요. 평범한 친구는 안 된다고요."

"뭐?"

"선배도 저만 좋아해 주시면 좋겠어요. 누구와도 사귀지 않고, 어른이 되어도 누구와도 결혼하지 않았으면 좋겠어요."

유리코는 난처한 얼굴로 미소를 지었다.

"난 좋아하는 사람이 있어. 아직 그 사람한테 고백도 안 했지만, 가능하다면 그 사람과 평생 같이 살고 싶어."

"누군데요? 그 사람."

"도모나가 선배."

나쓰미는 절망의 비탈길에 굴러 떨어지는 듯한 기분이었다.

자신은 이제 곧 캐나다로 떠나서 유리코를 만나지 못하게 된다. "방학이 되면 언제든 만날 수 있을 거야."라고 선배는 말했다. 하지만 캐나다로 이사를 가는 거니까 언제든 만난다는 것은 불가능하다. 학교가 오랫동안 쉬는 시기가 아니면 일본에는 돌아오지 못한다. 일 년에 한두 번 정도밖에 만나지 못한다는 뜻이다. 그러는 사이에 유리코 선배와 도모나가 선배의 관계는 점점 진전될 테고, 자신이 끼어들 여지는 사라질 것이 틀림없다.

낯선 외국에서의 생활을 앞두고 나쓰미의 마음은 불안으로 가득 차 있었다. 영어로 하는 수업을 따라갈 수 있을까? 친구는 사귈 수 있을까? 불안의 바다 속에 빠져 버릴 것 같은 나쓰미를, 오직 유리코의 존재가 붙들어 주고 있었다. 그런데 그 유리코도 이제는 나쓰미를 불안의 바다에 빠뜨리려 하고 있었다…….

"마키노, 괜찮아?"

고개 숙인 나쓰미의 얼굴을 걱정스럽게 들여다보는 유리코.

석양빛으로 물든 선배의 얼굴은 너무나 아름다웠다. 커다란 눈동자도, 곧은 콧대도, 예쁘게 생긴 입술도, 부드러운 뺨도, 저녁 바람을 받아 휘날리는 윤기 나는 검은 머리카락도. 그러나 그것은 내 것이 되지 않는다. 그것은 도모나가 선배의 것이다.

돌연 질투심이 폭발했다. 나쓰미는 유리코를 확 밀어 버렸다.

나쓰미의 얼굴을 들여다보느라 불안정한 자세를 취하고 있던 유리코는 그 순간 균형을 잃고 뒤로 넘어졌다. 넘어진 곳에는 콘크리트 화단이 있었다. 유리코의 머리가 화단 모서리에 부딪친 것처럼 보였다. 유리코는 인형같이 바닥에 내던져진 채 움직이지 않게 되었다.

나쓰미는 망연자실했다. 그러다 소리 없는 비명을 지르면서
유리코의 몸에 매달렸다.

유리코의 몸은 꼼짝도 하지 않았다. 눈을 크게 뜬 얼굴에는 희
미한 놀라움의 표정이 남아 있었다. 나쓰미는 왼쪽 가슴에 조심
조심 귀를 대 봤다. 아무것도 들리지 않았다. 몇 번이나 계속해
서 귀를 꾹 눌러 붙였다. 그러나 몇 번을 대 봐도 아무런 소리도
들려오지 않았다.

나쓰미는 밀려오는 후회와 슬픔을 느꼈다. 내가 무슨 짓을 해
버린 걸까. 유리코의 몸을 끌어안은 채 선배, 선배 하고 몇 번이
나 불렀다. 그러나 다정한 미소도, 따뜻한 목소리도 두 번 다시
돌아오지 않았다.

어쩌면 좋을까? 선배를 뒤따라 죽을까? 하지만 어떻게 해야
죽을 수 있을까? 여기는 목숨을 빼앗을 만한 도구가 없었다. 아,
그래. 옥상에서 뛰어내리면 죽을 수 있어. 하지만 바닥에 쾅 부
딪쳐서 추하게 죽기는 싫어…….

얼마나 그러고 있었을까. 정신을 차려 보니 황혼은 밤의 어둠
으로 변해 가고 있었다. 〈졸업 사진〉의 선율도 이제는 들리지 않
았다.

갑자기 소름이 끼치도록 무서워졌다. 이대로 있으면, 옥상을
살펴보러 온 학교 직원에게 들킬 것이다. 도망쳐야 한다. 소녀는

비틀거리면서 일어났다.

*

"……나는 유리코 씨를 뒤따라가지도 않고, 잘못을 속죄하지도 않고, 그 자리에서 도망쳤어. 죽는 것이 무서워서. 잡히는 것이 무서워서……."

과거에 소녀였던 여인이 이야기했다.

"유리코 씨를 죽게 만든 다음부터 내 마음은 얼어붙었어. 그 무엇을 보거나 들어도, 기쁨도 즐거움도 슬픔도 분노도 느끼지 못하게 되어 버렸어. 아버지와 어머니는 내가 낯선 외국에서 살게 된 스트레스 때문에 그렇게 되었다고 생각하신 것 같았지만, 실은 그게 아니었던 거야. 유리코 씨의 죽음과 동시에 내 마음도 죽었던 걸지도 몰라. 이윽고 나는 아버지와 어머니를 안심시키기 위해 기뻐하거나 즐거워하거나 슬퍼하거나 분노하는 척 연기를 하게 되었어. 그러나 이십삼 년 전 그날 이후로, 나는 단 한 번도 감정의 움직임을 느껴본 적이 없었어……."

도모나가 신고가 신음하듯이 말했다.

"……당신, 후지카와를 그 정도로 좋아했어? 그럼 어째서 나와 결혼한 거야?"

"당신과 결혼한 것은, 만약에 당신이 다른 여자와 결혼하면 죽은 유리코 씨가 슬퍼할 거라고 생각했기 때문이야. 다른 여자와 결혼하지 못하게 하려고 나는 당신과 결혼했어. 당신의 결혼 상대가 나라면, 유리코 씨도 용서해 줄 것 같았으니까. 내 몸을 빌려 유리코 씨가 당신과 같이 살면 된다…… 그렇게 생각했던 거야. 당신이란 사람 자체는 좋아하지도, 싫어하지도 않았어. 단지 유리코 씨가 호감을 가지고 있었다. 그 사실로 인해 당신은 나에게 가치 있는 존재가 되었던 거지. 그래서 나는 캐나다의 고등학교를 졸업한 뒤 귀국해서 당신과 같은 대학교에 들어가 당신에게 접근했어. 나는 아마도 유리코 씨가 당신을 대했을 것 같은 방식으로 당신을 대하려고 노력했어. 나를 통해 유리코 씨가, 당신과 같이 사는 기쁨을 느끼기를 바랐거든. 그래서 나는 항상 유리코 씨라면 이런 때 어떻게 행동할까? 하고 생각하면서 행동을 해 왔던 거야……."

사토시는 나쓰미를 봤을 때 누군가와 닮았다고 생각을 했는데, 그게 누구인지 이제야 겨우 깨달았다. 나쓰미는 수사 서류 사이에 끼워져 있던 사진 속의 유리코와 닮았다. 나쓰미는 외모도 유리코와 비슷하게 꾸미려고 했던 것이다.

그리고 히이로 사에코가 사토시를 시켜서 "후지카와 유리코 씨가 당신에게 호감을 보인 적이 있습니까?"란 질문을 도모나가에게 했던 의도도 이제야 알게 되었다. 히이로 사에코는 나쓰미가 범인임을 알아낸 뒤, 어째서 나쓰미가 도모나가와 결혼했을까? 하는 의문을 품었던 것이다. 왁스 칠 작업자가 우연히 들은 대사를 생각해 보면, 나쓰미가 유리코를 사랑했다는 것은 짐작할 수 있다. 그렇다면 어째서 나중에 도모나가와 결혼한 걸까. 만약에 유리코가 도모나가에게 호감을 가지고 있었다면, 나쓰미는 자신이 죽게 만들었던 유리코를 대신하는 마음으로 도모나가와 결혼했을 가능성이 생긴다. 즉, 그것은 나쓰미가 범인이라는 가설의 방증이 된다. 히이로 사에코의 질문에는 그런 의미가 있었던 것이다.

도모나가 신고가 간절한 눈빛으로 이쪽을 봤다.

"제 아내는…… 아내는, 어떻게 되는 겁니까? 처벌을 받나요?"

사토시는 대답했다.

"시효가 만료됐으므로 처벌은 받지 않습니다. 애초에 법적인 죄를 따진다면, 나쓰미 씨는 그 당시 고등학교 1학년이었고 상대를 죽이려는 의도도 없었던 것처럼 보이니까요. 아마도 소년원 송치가 적당한 처벌이라고 판단됐을 겁니다. 소년원에서 일정 기간을 보내면 그것으로 끝났을 테지요."

도모나가가 소리를 질렀다.

"그럼 당신들은 뭐 하러 왔는데요? 왜 이제 와서 쓸데없는 짓을 하는 건데? 처벌할 필요도 없는 과거를 폭로하다니!"

사토시는 대답하지 못했다. 히이로 사에코도 입을 다물고 있었다.

"당신들의 이야기 따윈 듣고 싶지 않았어. 진상 따윈 알고 싶지 않았다고."

"……아뇨, 폭로해 주셔서 다행이라고 생각해요."

나쓰미가 중얼거리듯이 말했다.

"나는 그동안 쭉 괴로웠습니다. 유리코 씨를 대신하는 것은 나에게는 불가능한 일이었어요. 진짜 나 자신이 누구인지, 진짜 마음은 무엇인지, 알 수 없게 되어버려서. 나는……."

히이로 사에코가 몸을 일으켰다. "이만 갈까?"라고 사토시에게 말했다. 사토시도 허둥지둥 일어났다.

도모나가 신고와 나쓰미는 둘 다 그들을 배웅하러 나오지 않았다. 나쓰미는 허탈해진 것처럼 주저앉아 있었고, 신고는 그 어깨를 끌어안고 있었다.

사토시와 히이로 사에코는 503호를 나와서 아파트 앞에 세워둔 오래된 왜건에 올라탔다.

이번만은 예외적으로 히이로 사에코가 범죄 자료관 밖으로 나온 이유를 알 것 같았다. 히이로 사에코는 나쓰미가 자신의 죄를 폭로당하고 싶어 한다는 사실을 눈치챈 게 아닐까. 나쓰미 앞에서 진상을 밝힘으로써 나쓰미를 해방시켜 주려고 한 게 아닐까.

그러나 조수석에 있는 설녀는 그저 차가운 옆얼굴만 보여 줄 뿐, 아무 말도 하지 않았다.

연화(連火)

1

자동차를 세우고, 문을 열고 밖으로 나왔다.

자정이 넘은 시각. 어둠에 덮인 주택가를 군데군데 가로등 불빛이 희미하게 밝혀 주고 있었다. 통행인은 한 명도 없었다.

자동차 왼편에는 이십오 년 전에 지어진 2층짜리 목조 주택이 있었다. 커튼으로 가려진 창문은 전부 다 불이 꺼진 상태였다.

자동차 트렁크에 들어 있는 플라스틱 기름통을 꺼냈다. 그것을 손에 들고 대문을 통과해 집의 마당으로 들어갔다.

기름통 마개를 열고 그 안에 있는 등유를 집 주위에 뿌리기 시작했다. 기름통이 텅 비자, 그것을 트렁크에 집어넣고, 새 기름통을 꺼냈다.

기름통 다섯 개를 비워 가면서 그 집 주위에 등유를 꼼꼼하게 뿌렸다. 단, 유일하게 현관 부근에는 뿌리지 않았다. 집에 사는 사람들이 도망칠 수 있도록.

기름을 다 뿌린 뒤, 성냥을 그어서 휙 던졌다.

불이 나더니 순식간에 번지기 시작했다. 자동차로 뛰어 돌아가, 근처에 있는 공중전화까지 차를 몰고 가서 그 집에 전화를 했다.

열 번이 넘게 벨이 울리고 나서 졸린 듯한 남자의 목소리가 "여보세요?" 하고 응답했다. 파티용 헬륨 가스로 변조한 목소리로 "불났다. 도망쳐."라는 말만 하고, 상대의 반응을 기다리지 않고 전화를 끊었다.

이윽고 어둠 속에서 그 집이 있는 방향이 어렴풋이 붉은색으로 변해 가기 시작했다. 지금쯤 틀림없이 불길이 집 전체를 휩싸고 있을 것이다. 집에 사는 사람이 무사히 도망치기를 바랐다. 도망치지 않으면, 나중에 일이 귀찮아질지도 모른다.

밤의 정적을 깨고 소방차의 사이렌 소리가 멀리서 들려왔다.

그 사람은 나타날까?

불을 지른 것은 그 사람을 만나기 위해서였다.

2

데라다 사토시는 작업대 위에 놔둔 플라스틱 보관함의 뚜껑을 닫았다.

보관함 속에는 '히노시 여성 백골 시체 사건'의 증거품과 수사 서류가 들어 있었다. 1990년 11월 28일에 히노시에 있는 한 단독 주택을 해체할 때 마루 밑에서 여성의 피살체가 발견된 사건이다. 시체의 추정 연령은 20세에서 40세 사이이고, 사후 이십 년에서 삼십 년이 경과. 거의 백골로 변했지만, 목뿔뼈와 방패 연골이 부러진 것을 보면 목이 졸려 살해된 것으로 추정된다. 시체는 블라우스와 스커트를 입고 있었는데, 신원을 알아낼 만한 물건은 하나도 없었다. 그 집에 사는 사람은 몇 번이나 바뀌었고, 마지막으로 살았던 사람 이외의 나머지는 행방을 알 수가 없었다. 오 년 전부터 살았던 이 마지막 사람이 아무것도 모르는 것은 확실했다. 공소시효가 만료된 것은 틀림없었으므로 경찰도 거의 수사를 하지 않았다. 그리하여 이 사건은 미해결 상태로 남았다.

범죄 자료관에서 사토시가 매일 하는 일은 이 자료관에 보관된 증거품과 유류품에 QR 코드 라벨을 붙이는 것이다. 관장이 보관물을 QR 코드로 관리하는 시스템을 구축해서, 최근에 발생한 사건부터 차근차근 보관물에 라벨을 붙이고 있다. 범죄 자료관에는 관장과 조수인 사토시, 그렇게 두 명밖에 없으므로 작업 속도는 느렸다. 그래서 이제야 겨우 지금으로부터 이십사 년 전인 1990년 11월까지 거슬러 올라왔다.

증거품 등에 라벨을 붙이는 작업이 완료된 '히노시 여성 백골 시체 사건'의 보관함을 끌어안고 조수실에서 나와 보관실로 향했다. 관내에는 1층부터 3층까지 보관실이 총 열네 개가 있다. 그중 3층의 한 방에 들어가자, 좀 서늘하지만 쾌적한 공기가 몸을 감쌌다. 증거품을 양호한 상태로 보관하기 위해 모든 보관실에 값비싼 공조 설비를 갖춰 놓고 고액의 전기료를 지불하면서, 일 년 내내 온도는 22도, 습도는 55퍼센트를 유지하고 있기 때문이다.

실내는 10평쯤 되는 넓이였는데 철제 선반이 여러 줄로 늘어서 있다. 그 선반에는 증거품 등이 들어 있는 보관함이 수십 개나 놓여 있다. 1990년 11월에 해당되는 철제 선반에, 지금 끌어안고 있는 보관함을 놔뒀다. 이로써 라벨 붙이기 작업이 한 건 끝났다. 곧바로 다음 사건으로 넘어가자. 그 옆에 놓여 있는 '후추 · 고쿠분지 · 구니타치 · 다치카와 연쇄 방화 사건'이라고 적혀 있는 보관함을 끌어안고 보관실에서 나왔다.

"데라다 군, 안녕?"

1층으로 내려왔을 때, 업소용 청소기를 돌리고 있는 나카가와 기미코와 딱 마주쳤다.

"안녕하세요."

"오늘도 열심히 일하고 있네. 이번에는 어떤 사건이야?"

"1990년에 발생한 후추 · 고쿠분지 · 구니타치 · 다치카와 연쇄 방화 사건입니다."

"아, 그 야채 장수 오시치 사건?"

나카가와 기미코는 즉시 그렇게 말했다. 충격적인 사건에 관해서는 발군의 기억력을 자랑한다.

"그건 언론에서 붙인 별명이네요."

"사랑의 불길에 휩싸여 괴로워하다가 마침내 사랑하는 사람을 만나기 위해 불을 지르는 범인…… 나도 옛날에는 똑같은 짓을 했었지."

"나카가와 씨, 불을 질렀어요?"

"응, 응……이 아니지, 뭔 소리야. 사랑의 불길에 휩싸여 괴로워했던 게 똑같다고."

"그런가요."

"지금도 사랑의 불길에 휩싸여 고민하고 있지만."

그 상대가 누구인지 듣기 전에 사토시는 조수실로 달아났다.

작업대에 보관함을 올려놓고 수사 서류를 꺼내 팔락팔락 넘겨 봤다. 이 사건은 1990년 8월부터 11월 사이에 후추, 고쿠분지, 구니타치, 다치카와라는 각 도시에서 발생한 연쇄 방화 사건이다. 최초의 사건 발생 일시가 8월인데도 11월 철제 선반에 보관함이 들어가 있었던 이유는, 연쇄 사건의 경우에는 마지막으로 일어난 사건의 발생 일시에 해당되는 철제 선반에 보관함을 놔둔다는 분류 규칙 때문이다.

수사 서류를 손에 들고 조수실과 관장실 사이의 문을 두드렸다. 대답은 당연히 없을 줄 알았다. 마음대로 문을 열고 안으로 들어갔다.

히이로 사에코 경정은 평소와 마찬가지로 책상 앞에 앉아 서류를 읽고 있었다. 인형같이 차갑고 단정한 외모, 창백해 보일 정도로 하얀 피부, 어깨까지 길게 기른 매끄러운 검은 머리카락 때문에 마치 설녀처럼 보였다. 무테안경을 쓴 설녀가 있다면…… 말이지만.

히이로 사에코는 사토시가 들어와도 고개도 들지 않고 기막히게 빠른 속도로 페이지를 계속 넘기고 있었다. 보관물에 붙이는 QR 코드 라벨은, 관장이 컴퓨터로 작성한 사건 개요 설명과 연결하게 되어 있다. 그래서 이 사람은 일일이 수사 서류를 훑어보는 것이다. 보통 사람이라면 정신이 아득해질 것 같은 작업이지만, 히이로 사에코는 보통 사람이 아니다. 경이로운 속도로 수사 서류를 읽으면서 덤으로 세부 사항까지 전부 기억한다.

"1990년 8월부터 11월 사이에 발생한 연쇄 방화 사건의 서류입니다. 지금부터 이 사건의 증거품에 라벨을 붙이겠습니다."

사토시가 수사 서류를 책상에 놔두자, 히이로 사에코는 드디어 손을 멈추고 고개를 들었다. 무뚝뚝하게 고개를 끄덕이더니 수사 서류를 손에 들고 페이지를 넘기기 시작했다.

애초에 대답은 기대하지 않았다. 사토시는 곧바로 조수실에 돌아가 증거품에 QR 코드 라벨을 붙이기 시작했다. 증거품은 전부 다 비닐 팩에 들어가 있으므로 라벨은 그 팩에 붙였다.

한 시간쯤 작업을 진행해서 어느새 라벨을 붙이지 않은 증거품이 몇 점 안 남았을 때였다. 조수실과 관장실 사이의 문이 열리더니 히이로 사에코가 안으로 들어왔다. 좀 전에 건네줬던 수사 서류를 손에 들고 있었다. 벌써 읽은 걸까. 히이로 사에코는 수사 서류를 작업대에 올려놓고 말했다.

"연쇄 방화 사건의 재수사를 실시한다."

관장이 증거품 관리 시스템을 구축하다가 이따금 돌발적으로 행하는 것이 미제 사건 재수사다. 범죄 자료관에 배속된 지 얼마 안 됐을 무렵, 히이로 사에코한테서 재수사를 실시한다는 말을 처음 들었을 때 사토시는 한낱 과대망상인 줄 알았다. 수사 경험도 거의 없는 커리어가 수사를 한다는 것은 말이 안 되니까. 그러나 히이로 사에코는 수사1과의 수사 방법과는 전혀 다른, 대담하기 짝이 없는 추리로 진상을 도출해 냈다. 사토시가 범죄 자료관에 배속된 다음부터 지금까지 히이로 사에코는 여섯 건의 사건을 재수사하여 해결했다.

히이로 사에코는 빈말로도 의사소통 능력이 있다고는 할 수 없다. 그래서 자기 대신 탐문 수사를 시키려고, 실수를 저질러서 수사1과에서 쫓겨나게 된 사토시를 이쪽으로 데려온 것 같다.

"내일부터 재수사를 시작한다. 오늘 내로 수사 서류를 전부 읽어 줘."

그 말만 하고 히이로 사에코는 관장실로 사라졌다.

오늘 내로 전부? 사토시는 한숨을 쉬었다. 손목시계를 보니 오후 2시가 넘은 시각이었다. 야근을 안 하고 퇴근한다면 앞으로 남은 시간은 약 세 시간밖에 없었다. 저는 관장님처럼 글을 빨리 읽는 스타일이 아닌데요⋯⋯. 속으로 그렇게 투덜거리면서 '후추 · 고쿠분지 · 구니타치 · 다치카와 연쇄 방화 사건'의 수사 서류의 페이지를 넘기기 시작했다.

*

첫 번째 사건이 일어난 것은 8월 2일. 자정이 넘은 시각에 후추시 고야나기초에 있는 목조 2층 주택에서 불이 나 건물이 전소됐다. 경찰과 소방국의 현장검증 결과, 집 주위에 누가 등유를 뿌리고 불을 지른 것이 판명됐다. 경찰은 방화 사건이라고 단정했다.

이 집에는 회사원인 남자와 그의 아내와 두 자식이 살고 있었는데 다들 무사했다. 누군가가 전화를 걸어서 "불났다. 도망쳐."

라고 알려 준 것이다. 헬륨 가스로 변조한 것처럼 이상한 목소리였으므로 성별도 연령도 불명. 경찰이 통화 기록을 조사해서 그 근처의 공중전화에서 걸려 온 전화임을 알아냈다. 또 현관 부근에만 등유가 뿌려지지 않은 것도 알아냈다.

이런 사실들을 볼 때 범인은 현관 부근에만 일부러 등유를 뿌리지 않아서 그 집 사람들의 대피로를 확보해 놓고, 방화한 직후에 근처의 공중전화에서 전화를 걸어 그 집 사람들을 깨워서 대피시킨 것으로 보인다. 자기가 불을 지르는 집에 사는 사람들을 배려하다니, 방화범치고는 특이한 편이었다. 이 집의 전화번호를 조사하는 것은, 대부분의 사람들이 전화번호부에 자기 이름과 주소와 전화번호가 실리는 것을 허가했던 이 시대에는 매우 간단한 일이었다.

집 주위에 뿌려진 등유의 양은 표준적인 18리터 기름통 다섯 개 분량이었다. 고로 범인은 자동차에 기름통을 싣고 현장에 온 것으로 보인다. 그러나 아쉽게도 수상한 자동차를 목격했다는 정보는 얻지 못했다. 또 기름통도 발견되지 않았다. 범인이 기름통 때문에 꼬리를 잡힐까 봐 들고 간 것이리라.

두 번째 사건이 일어난 것은 8월 13일. 이번에도 자정이 넘은 시각에 고쿠분지시 도쿠라에 있는 목조 2층 주택에서 불이 나 건물이 전소됐다. 이때도 역시 누군가가 현관 부근을 제외한 집 주위에 등유를 뿌리고 불을 붙였다. 범인이 그 집 사람에게 전화를 걸어 대피시킨 것도 똑같았다.

경찰은 이러한 사실들을 바탕으로 8월 2일 사건과 동일범일 거라고 단정 짓고, 첫 번째 사건의 관할 경찰서인 후추 경찰서에 연쇄 방화 사건 수사본부를 설치했다. 그리고 수사1과 화재범 수사계가 수사를 주도하게 되었다.

그런데 수사본부를 비웃는 듯 범행은 계속됐다. 세 번째 사건은 8월 26일, 구니타치시 후지미다이. 네 번째 사건은 9월 5일, 다치카와시 스나가와초. 다섯 번째 사건은 9월 17일, 후추시 부바이초. 방화 대상이 목조 2층 주택이라는 점, 방화 수법, 범인이 그 집에 사는 사람에게 전화를 걸었다는 점. 그렇게 모든 점이 동일했다.

수사본부 측은 범인의 목적에 관해 의논했다. 범인은 모든 사건에서 그 집 사람의 전화번호를 미리 조사했다. 이 점을 본다면 범인은 방화 대상을 무차별적으로 고르는 것이 아니라, 어떤 기준에 따라 결정하는 것 같았다. 그러나 피해자들은 서로 전혀 면식도 없었고 그들 사이의 공통점은 발견되지 않았다. 피해자들은 모두 다 부부였고 다섯 건 중 네 건은 자식이 있었지만, 이것은 공통점이라기보다는 '2층짜리 주택에 사는 사람은 대부분 자식이 있는 부부'라는 사실에서 비롯된 결과에 불과했다.

사건 현장이 후추시, 고쿠분지시, 구니타치시, 다치카와시 이렇게 도쿄도 서부의 일정 지역에만 국한되어 있는 것을 보면, 범인은 이 지역에 살고 있을 가능성이 높았다. 수사본부는 이 지역 경찰서의 수사관들을 동원하여 수상한 사람의 정보를 모음과 동시에, 세 번째 범행 후에는 야간 순찰도 강화했다. 그러나 범인 같은 인물은 발견되지 않았고, 야간 순찰도 네 번째와 다섯 번째 범행을 막지는 못했다.

그 집에 사는 사람은 경고 전화를 받고 무사했다는 점, 또 등유를 집 주위에 뿌려서 건물을 전소시켰다는 점을 본다면, 그 집 사람이 보험금을 타기 위해 범행을 저지른 게 아니냐는 가설도 등장했다. 경고 전화는 그 집 사람이 다치지 않고 탈출하는 것이 자연스러워 보이도록 직접 근처의 공중전화에 가서 걸었던 것이고, 집을 전소시킨 것은 그 편이 보험금의 지급액이 더 커지기 때문이라는 가설이다.

하지만 이 가설에는 문제점이 있었다. 보험금을 타는 것이 동기라면, 사건이 연속으로 발생하는 것이 설명되지 않았다. 남의 집 보험금을 수령하는 것은 불가능하므로, 보험금을 노린 범행이 연속으로 일어난다는 것은 말이 되지 않았다.

각 피해자들이 공모해서 자기 집이 아니라 남의 집에 불을 지른다. 즉, '교환 살인'이 아니라 '교환 방화'가 아닐까? 하는 가설도 등장했다. 그러나 아무리 조사해도 피해자들 사이에서는 접점이 발견되지 않았다. 그들이 공모한 흔적은 없었다.

연쇄 방화 중에서 딱 한 건만 범인의 진짜 목적이고, 나머지는 위장용 사건일지도 모른다는 가설도 나왔다. 그러나 단순한 위장을 위해 몇 건이나 범행을 되풀이한다는 것은 너무 비현실적이었다. 결국 범인의 목적은 여전히 알 수 없었다.

범인이 전화를 해 준 덕분에 이때까지 사망자는 발생하지 않았지만, 10월 1일에 마침내 사망자가 발생했다. 그러나 그것은 방화에 의한 사망이 아니었다.

오후 9시 57분에 경시청 통신 지령 센터는 110 신고 전화 한 통을 받았다. 신고자는 젊은 여성이었는데 이름은 밝히지 않았다. 통신 지령 센터에서 자동적으로 녹음된 기록에 의하면, 신고자와 신고 접수 담당자 사이에서는 다음과 같은 대화가 이루어졌다.

신고자: 저, 후추시나 고쿠분지시에서 일어난 연쇄 방화 사건 말인데요…….

담당자: 네, 말씀하세요.

신고자: 범인인 것 같은 사람이 있어요.

담당자: 누구입니까?

신고자: 제 친구인데요…….

담당자: 어째서 그 사람이 범인인 것 같다고 생각하셨습니까?

신고자: 아까 우리 집에서 같이 TV 9시 뉴스를 보고 있었는데요. 연쇄 방화 사건의 뉴스가 나오고, 그 화재 현장의 영상이 나

왔습니다. 그랬더니 그걸 본 친구가 혼잣말을 했어요.

담당자: 뭐라고 했습니까?

신고자: '벌써 다섯 번째인데, 이번에도 그 사람을 만나지 못했네.'라고요.

담당자: ……'벌써 다섯 번째인데, 이번에도 그 사람을 만나지 못했네.'라고요? 그게 무슨 뜻인지 아십니까?

신고자: 몰라요. 그런데 그때 마침 TV에 나왔던 것이 연쇄 방화 사건의 다섯 번째 화재 현장이었어요. '벌써 다섯 번째인데'라고 말하다니, 그건 마치 자기가 방화를 한 것 같잖아요?

담당자: 그 친구의 이름이 뭡니까?

그때였다. 전화기 너머에서 뭔가가 부서지는 소리가 났고, 이어서 바닥에 무거운 것이 쿵 하고 쓰러지는 소리가 울려 퍼졌다. 당황한 담당자가 상대를 불렀지만 대답이 없었다. 십여 초 후에 전화가 뚝 끊겼다.

통신 지령 센터에서는 신고 장소를 알아낼 수 있었다. 신고 장소는 후추시 신마치에 있는 '메종 신마치' 303호로 판명됐고, 가장 가까운 파출소의 경찰관이 서둘러 그곳으로 갔다. 그곳에서 발견한 것은 식당 바닥에 쓰러져 있는 젊은 여성의 시체였다. 시체의 머리에는 타박상이 있었고, 그 옆에는 유리 꽃병이 굴러다니고 있었다. 시체의 목에는 전기 연장선이 감겨 있었다.

바로 그 시간에 연쇄 방화 사건을 담당하는 수사1과 화재범 수사계의 수사관들은 모두 다 후추 경찰서의 수사본부에서 한창 회의를 하고 있었다. 그들은 연쇄 방화 사건과 관련이 있어 보이는 사건이 발생했다는 보고를 받고 즉시 현장으로 출동했다. 후추 경찰서 수사관, 또 본청에서 대기하던 수사1과 강력범 수사계의 수사관 및 감식반 직원들도 달려와서 사건 현장은 시끌시끌해졌다.

아파트 관리인의 증언으로 그 시체의 정체는 303호에 사는 가타노 사치에란 것이 확인됐다. 나이는 26세. 도쿄도의 어느 화학 회사에 다니는 회사원이라고 한다.

식당의 식기 건조대에는 깨끗이 씻은 식기가 2인분 놓여 있었다. 가타노 사치에는 범인과 저녁을 같이 먹은 것이리라.

사법해부 결과 사인은 교살에 의한 질식사, 사망 추정 시각은 오후 10시 전후임이 밝혀졌다. 이것은 통신 지령 센터에 어떤 여성의 신고가 들어왔던 시각과 일치했다. 자동으로 녹음된 여성의 음성을 가타노 사치에의 친구와 지인에게 들려주자, 틀림없이 가타노 사치에라는 증언이 나왔다. 그 신고 전화는 범인의 위장 공작이 아니라 진짜였다고 생각해도 될 것이다.

가타노 사치에는 범인과 같이 TV 뉴스를 봤다. 이때 연쇄 방화 사건의 화재 현장 영상을 본 범인이 무심코 "벌써 다섯 번째인데, 이번에도 그 사람을 만나지 못했네."라고 중얼거렸다. 가타노 사치에는 그 말을 듣고 범인을 의심하게 되었다. 가타노 사치에가 경찰에 신고를 했던 것을 보면, 아마도 그 시점에서 범인은 그곳을 떠났을 것이다. 그러나 어떤 이유 때문에 다시 돌아왔고, 그때 경찰에 신고하고 있는 가타노 사치에를 발견해 살해했을 것이다. 피해자에게 타박상을 입힌 유리 꽃병도, 또 피해자의 목숨을 빼앗은 전기 연장선도 지문은 지워져 있었다.

아파트에서 탐문 수사를 행했지만 목격 정보는 얻지 못했다. 가타노 사치에는 범인이 자기 친구라고 했다. 수사관들은 가타노 사치에의 직장 동료, 상사, 또 학창 시절의 친구나 은사를 상대로 탐문 수사를 하면서 그에 해당하는 인물을 찾아내려고 했지만, 그럴싸한 인물은 발견되지 않았다. 가타노 사치에는 내향적인 성격이라서 타인과는 거의 어울리지 않았던 것 같았다.

가타노 사치에가 범인을 친구라고 불렀다는 점, 자기 집에서 저녁을 같이 먹었다는 점을 보면 범인은 그 사람의 집에 몇 번이나 방문했을 가능성이 높았다. 그러므로 범인의 지문이 집 안에 다수 남아 있을 것이다. 정황상 돌발적인 범행이었을 테니까 지문을 지울 시간은 없었을 것이다. 그래서 감식반 직원들이 집 안에 있는 지문을 모조리 채취했더니, 가타노 사치에 이외에 어떤 인물 한 명의 지문이 집 안 여기저기서 발견됐다. 이것이 문제의 '친구'의 지문일 것이다. 그 후 수사관들은 일단 가타노 사치에의 친구나 지인으로 알려진 모든 사람들의 지문을 몰래 채취해서 문제의 지문과 비교해 봤다. 그러나 일치하는 사람은 없었다. 현재 판명된 친구나 지인 중에는 문제의 '친구'가 없다는 뜻이었다.

'친구'의 정체와 더불어 수사본부 내에서 문제가 된 것은 "벌써 다섯 번째인데, 이번에도 그 사람을 만나지 못했네."라는 말이었다. 이 말은 무엇을 의미하는 걸까. 범인은 만나고 싶은 인물이 있는데, 불을 지르면 그 인물을 만날 수 있다고 생각하는 걸까? 그 인물이 어디에 있는지 범인은 모르는 것이다. 그저 불을 지르면 그 인물이 나타나리란 것만 알고 있었다. 그래서 불을 질렀다. 그런데도 그 인물은 나타나지 않았다…….

불을 지르면 나타나는 인물은 누가 있을까. 일단 생각나는 것은 소방관, 화재 현장을 검증하는 소방국의 화재 조사 담당 직원, 그리고 수사를 진행하고 있는 그들 자신…… 즉, 수사1과의 화재범 수사계 수사관이다. 이들 중에 범인이 만나고 싶어 하는 상대가 있는 걸까?

범인의 말을 들은 수사관들의 머릿속에는 어떤 이야기가 떠올랐다. 야채 장수 오시치 이야기였다.

오시치는 17세기 후반 에도에 살았던 소녀다. 고향에서 큰 야채 가게를 운영하는 상인의 딸이었다. 어느 날 큰불이 나서 집을 잃은 오시치와 가족들은 조상님들의 위패를 모셔 둔 절로 피난을 갔다. 거기서 오시치는 어떤 동자승을 만나 사랑에 빠졌다. 이윽고 가게가 재건되자 오시치와 가족들은 절을 떠나게 된다. 그러나 애인에 대한 오시치의 그리움은 날이 갈수록 커져만 갔다. 다시 한 번 집이 불타 버리면 또다시 절에서 살게 될 테니까 애인을 만날 수 있다. 그렇게 생각한 오시치는 불을 질렀다. 그 불은 금방 꺼졌지만, 오시치는 불을 지른 죄로 체포되어 스즈가모리 처형장에서 화형을 당했다. 그 사건으로부터 삼 년 후에 이하라 사이카쿠가 《호색오인녀好色五人女》에서 이 사건을 각색했고, 그다음부터 이 이야기는 조루리(淨瑠璃)●와 가부키에서 단골 소재로 사용되었다.

'불을 지름으로써 누군가를 만나려고 했다.'라는 점은 공통되지만, 오시치 이야기와 연쇄 방화 사건은 약간 달랐다. 오시치 이야기에서 만나고 싶은 상대는, 화재의 결과로 인한 피난 생활에서 만날 수 있는 인물이었다. 한편 연쇄 방화 사건에서 만나고 싶은 상대는, 화재가 일어나면 나타나는 인물로 짐작된다.

그러나 이런 차이점은 있을망정, 범인의 말은 야채 장수 오시치를 떠올리게 했다. 언론에서도 당연히 그 점을 눈치채고 이 사건을 대대적으로 다루면서 '현대판 야채 장수 오시치'라고 보도했다.

수사관들은 연쇄 방화 사건을 담당한 소방관과 화재 조사 담당 직원에게 물어봤다. 몇 년이나 연락이 되지 않는 지인은 없느

● 음악에 맞춰 이야기를 읊조리는 일본의 전통 예술

냐고. 또는 그들에게 이상하게 집착하는 인물은 없었느냐고. 그러나 모두들 짚이는 바가 없다고 대답했다. 수사관들 자신도 그런 인물은 생각나지 않았다.

수사본부의 필사적인 수사를 비웃는 것처럼 방화 사건은 그후에도 계속 일어났다. 여섯 번째 사건은 10월 15일, 다치카와시 시바사키초. 일곱 번째 사건은 11월 3일, 고쿠분지시 히가시모토마치. 여덟 번째 사건은 11월 22일, 후추시 사카에초. 수사본부는 눈에 띄게 초조해하기 시작했다. 새해를 맞이하기 전에는 사건을 해결해야 한다. 그렇게 생각한 수사관들은 필사적으로 수사를 계속했다.

그런데 이상하게도 아무리 시간이 지나도 아홉 번째 사건은 일어나지 않았다. 지금까지는 한 달에 두세 건쯤 되는 빈도로 방화 사건이 일어났다. 그런데 여덟 번째 사건이 일어난 11월 22일 이후로 보름이 지나고, 한 달이 지나도 방화 사건은 발생하지 않았다.

범인이 불을 질러서 누군가를 만나려고 했다면, 여덟 번째 사건에서 마침내 그 '누군가'를 만났던 게 아닐까? 수사본부는 그렇게 생각했다. 여덟 번째 사건을 담당한 소방관, 화재 조사 담당 직원, 화재범 수사계 수사관 중에서 화재 조사 담당 직원과 화재범 수사계 수사관은 그동안 일곱 건의 사건을 계속 담당해온 사람들이었다. 고로 그 '누군가'는 소방관 중에 있을 것이다.

그러나 여덟 번째 사건을 담당한 후추 소방서 사카에초 출장소의 소방관들은 하나같이 "몇 년이나 연락이 되지 않는 지인이나, 자신에게 이상하게 집착했던 인물은 생각나지 않는다."라고 대답했다.

그럼 범인이 범행을 그만둔 이유는 무엇일까. 범인이 사망한 걸까? 수사본부는 범인이 사는 지역으로 추정되는 후추시, 고쿠분지시, 구니타치시, 다치카와시에서 문제의 여덟 번째 사건이 일어난 11월 22일 이후에 사망한 사람을 조사해서 범인일 가능성이 있나 살펴봤다. 하지만 조건에 맞는 인물은 없었다. 그렇다고 수사 범위를 도쿄도 전역의 사망자로 넓히기는 어려웠다. 도쿄도의 하루 사망자 수는 너무 많기 때문이다.

그래도 수사를 진행했고, 수사본부는 마침내 방화 대상이 된 집들 사이에 커다란 공통점이 있다는 사실을 발견했다. 복수의 사건에서 인근 주민들이 "방화를 당한 집이 지어진 시기는 이십사 년에서 이십오 년 전이다."라고 증언했던 것이다. 시기가 비슷하다는 사실을 눈치챈 수사본부는 각 사건에서 불이 난 집의 부동산 등기부를 조사했다. 그랬더니 여덟 채의 집은 전부 다 1965년 8월에 지어진 것이었다.

이것은 중요한 공통점이었다. 그런데 이 사실이 방화와 무슨 상관이 있는지 알 수 없었다. 불을 지름으로써 누군가와 만나려고 했다는 범인의 동기와, 방화 대상이 된 집들이 모두 다 같은 시기에 지어졌다는 사실이 도대체 무슨 관계가 있는 걸까? 수사 본부는 끝내 그 해답을 알아내지 못했다.

일련의 사건 중에서 여덟 건의 방화 사건에는 현주 건조물 등 방화죄가 적용되고, 가타노 사치에 살해 사건에는 살인죄가 적용된다. 사건이 발생한 1990년의 시점에서는 두 죄가 다 공소시효가 십오 년이었으므로 2005년 8월 2일부터 11월 22일에 걸쳐 차례차례 시효가 만료되었다. 그리고 사건의 증거품과 유류품과 수사 서류는 그 수사본부가 설치됐던 후추 경찰서에서 범죄 자료관으로 이동되어, 보관실에서 구 년 동안 쭉 잠들어 있었다.

3

"벌써 다섯 번째인데, 이번에도 그 사람을 만나지 못했네."

사치에의 집에서 TV 뉴스 영상을 보다가 무심코 중얼거리고 말았다. 그 말을 사치에가 들었다.

사치에는 틀림없이 신경 쓰지 않을 거야. 속으로 그렇게 중얼거리면서 자신을 달랬다. 그러나 그 집에서 나올 때 자신을 배웅해 주는 사치에의 얼굴이 어쩐지 긴장된 것처럼 보였다. 그 사람은 이상한 데서 눈치가 빨랐다. 불안해져서 몰래 사치에의 집 앞으로 돌아왔다. 그랬더니 현관문 건너편에서 사치에가 누군가에게 전화하는 소리가 희미하게 들렸다.

살며시 문을 열었다. 사치에는 식당에서 이쪽을 등진 채 송화기에 대고 이야기를 하고 있었다. 아까 자신이 무심코 중얼거렸던 그 말을 전해 주고 있었다. 상대는 경찰이라고 생각할 수밖에 없었다.

거실로 들어가서 테이블 위에 있는 꽃병을 양손으로 붙잡았다. 사치에가 이쪽을 돌아보려고 했는데, 그 머리를 꽃병으로 후려쳤다. 사치에는 비명도 못 지르고 쓰러졌다.

"여보세요? 무슨 일이에요?"

허공에서 덜렁거리는 수화기에서 당황한 남자의 목소리가 들려왔다. 수화기를 집어 들어 제자리에 돌려놨다. 콘센트와 전화기를 연결하는 전기 연장선을 뽑아서, 기절한 사치에의 목에 감고 확 졸랐다.

얼마나 그렇게 하고 있었을까. 사치에의 입에 손을 대 봤더니 숨을 쉬지 않았다. 손목을 만져도 맥박은 느껴지지 않았다. 사치에는 눈을 부릅뜬 채 죽었다.

금방 경찰이 여기로 올 것이다. 빨리 도망쳐야 한다. 꽃병과 전기 연장선에 묻은 지문을 행주로 잽싸게 닦아 냈다. 이 집에는 몇 번이나 왔으니까 그때의 지문이 여기저기 남아 있을 것이다. 그러나 그것을 다 닦아 낼 시간은 없었다. 게다가 혹시 경찰이 이 집에 남아 있는 지문을 채취하더라도, 내가 수사 선상에 오르지만 않는다면 아무것도 걱정할 필요 없을 것이다. 그리고 내가 수사 선상에 오를 염려는 전혀 없었다. 왜 불을 질렀는지 아는 사람은 경찰관 중에는 한 명도 없을 것이다.

현관문을 열고 복도로 나왔다. 아무도 없었다. 아무도 나를 보지 못했다. 빠른 걸음으로 아파트를 떠났다.

밤길을 걷고 있는데 갑자기 후회와 슬픔과 죄책감이 파도처럼 밀려왔다. 사치에를 죽이고 말았다. 아무런 잘못도 없는 사치에의 목숨을 빼앗고 말았다.

어쩔 수 없었어. 나 자신을 그렇게 위로했다. 이렇게 할 수밖에 없었어.

그 사람을 만날 때까지는 방화를 그만둘 수 없으니까.

4

히이로 사에코가 재수사에서 첫 번째로 원했던 것은 여덟 건의 방화 사건의 피해자들을 만나는 것이었다.

피해자들은 당연히 이사를 갈 수밖에 없었다. 수사 서류에는 피해자들이 이사 간 곳의 주소와 전화번호가 기재되어 있었다. 아무래도 맨 처음 이사 간 곳은, 살 곳을 잃고 서둘러 정했기 때문에 별로 마음에 드는 곳이 아니었나 보다. 모든 피해자들이 두 번째 집으로 이사를 갔고, 그다음에 또 이사를 간 사람도 있었다. 수사 서류에는 그들의 주소와 전화번호가 전부 기재되어 있었다. 수사본부가 집을 잃은 피해자와 연락을 못 하게 되는 것을 염려하여, 이사를 가면 반드시 새 주소와 전화번호를 알려 달라고 부탁한 것이리라. 시효는 2005년 8월 2일부터 11월 22일에 걸쳐 만료됐고, 그 후에는 수사가 이루어지지 않았으므로, 서류에 기록된 내용은 그 시점의 최신 주소와 전화번호일 것이다.

기재되어 있는 전화번호로 일일이 전화를 걸어 봤더니 전부 다 구 년 전 그대로였다. 히이로 사에코의 지시에 따라 그중에서 도쿄 근처에 사는 여섯 사람과 만나기로 약속했다. 그 사실을 보고하고 "내일부터 피해자들을 만나러 갈 텐데요. 뭔가 질문해야 할 것은 있습니까?"라고 물어봤다. 그러자 히이로 사에코가 말했다.

"내일 재수사에는 나도 동행한다."

사토시는 저도 모르게 "네?"라고 말했다.

"……관장님도 가신다고요?"

그러자 설녀는 커다란 눈을 미심쩍다는 듯이 가늘게 떴다.

"내가 동행하는 게 이상한가?"

"아뇨, 그건 아닙니다만."

지금까지 여섯 건의 재수사 중 다섯 건에서는 히이로 사에코가 범죄 자료관에서 한 발짝도 나오지 않았다. 실제 탐문 수사는 모조리 사토시에게 맡겼었다. 의사소통 능력에 상당한 결함이 있는 이 여자는 탐문 수사에는 적합하지 않았고, 본인도 그 사실을 알아서 그렇게 대응한 것이었다. 유일한 예외는 얼마 전에 했던 니시가하라 고등학교 여고생 살해 사건의 재수사였다. 그때는 히이로 사에코도 사토시와 동행했었다. 그런데 이번에도 또 동행하고 싶다니, 대체 어떻게 된 걸까. 물어볼까 했지만 무시할게 뻔해서 그만뒀다. 히이로 사에코가 경시청의 이미지를 실추시키는 이상한 행동을 하지 않으면 좋으련만…….

*

다음 날 아침에 사토시는 범죄 자료관의 오래된 왜건에 히이로 사에코를 태우고 출발했다. 수위인 오쓰카 게이지로가 "관장님이 재수사에 같이 가시다니, 이건 천변지이의 징조가 아닐까?"라고 사토시에게 귓속말을 하고 그들을 전송해 줬다.

맨 처음 만나기로 한 상대는 두 번째 방화의 피해자. 이마이 도모히로라는 남자였다. 아내와 딸이 있었는데 아내는 사건 후 이 년쯤 지났을 때 자살했고, 딸은 집을 나가서 지금은 어디에 사는지 모르는 것 같았다.

이마이의 집은 히가시쿠루메시 마에사와에 있었다. 근처에 있는 무인 주차장에 왜건을 세워 놓고, 이마이가 살고 있는 원룸 건물까지 걸어갔다.

맑고 푸른 하늘에서는 4월의 따사로운 햇빛이 비치고 있었다. 이따금 불어오는 바람이 천리향 냄새를 실어 왔다. 누구나 저절로 마음이 들뜰 정도로 좋은 날씨였지만, 옆에서 걷고 있는 설녀는 완전히 무표정했다. 그 주위에만 겨울이 남아 있는 것 같았다.

214호 문을 열어 준 사람은 일흔이 넘은 남성이었다. 머리는 하얘졌고 얼굴에는 검버섯이 피어 있었다. 험악한 그 얼굴에서는 꾹꾹 억누른 분노가 느껴지는 듯했다.

"전화를 드렸던 경시청 부속 범죄 자료관 직원입니다."

사토시가 말하자, 이마이는 눈알을 굴려 날카롭게 쳐다봤다.

"범인을 잡은 거야?"

"아뇨, 유감스럽지만 그건 아닙니다. 시효가 만료돼서 더 이상 수사는 하지 않습니다. 저희 범죄 자료관은 사건의 증거품과 유류품과 수사 서류 등을 보관하는 시설입니다. 몇 가지 확인하고 싶은 점이 있어서 왔습니다."

"그럼 돌아가. 그 사건의 기억은 떠올리고 싶지도 않아. 그 사건 때문에 우리 가족은 풍비박산이 났단 말이야."

"현재 수사는 진행되지 않고 있지만, 저희가 자료를 다시 살펴봐서 범인을 알아낼 가능성은 있습니다. 지금까지 그런 식으로 몇 건의 범인이 판명된 적이 있습니다."

히이로 사에코가 무슨 승산이 있어서 재수사를 개시했는지는 전혀 모르겠다. 그래도 사토시는 그렇게 말했다. 이대로 가다가는 이마이한테서 이야기를 듣지 못할 테니까. 히이로 사에코는 무표정하게 계속 입을 다물고 있었다. 협상은 전적으로 사토시에게 맡기려나 보다.

"……알았어. 들어와."

이마이는 사토시의 말을 믿는 표정은 아니었지만 그렇게 말하면서 문을 활짝 열어 줬다. "실례합니다." 하고 사토시는 안으로 들어갔다. 히이로 사에코는 여전히 침묵을 지키면서 따라왔다.

가구가 거의 없는 휑한 집이었다. 부엌 옆에는 작은 테이블이 있었고, 거기에 아침 식사의 흔적인 듯한 텅 빈 밥공기와 접시와 찻잔이 놓여 있었다. 이마이는 그것을 싱크대로 옮겼다. 의자는 하나밖에 없어서 사토시는 그냥 서 있기로 했다.

"그래, 뭘 물어보고 싶은데?"

이마이는 의자에 앉아서 말했다.

솔직히 말하자면 사토시도 이제 와서 피해자에게 무엇을 물어보면 되는 건지 몰랐다. 무엇을 물어보고 싶은지, 히이로 사에코는 밝히지 않았던 것이다. 다만 뭐든지 좋으니까 이십사 년 전 사건에 관해 물어보라고 말했을 뿐이다. 질문하고 싶은 것은 있지만, 너무 사소한 것이라서 그것부터 대뜸 물어보면 피해자는 금방 생각해 내지 못할 것이다. 이십사 년 전에 관해 이것저것 질문을 던져 보면 점점 기억이 활성화돼서 생각해 낼 수 있을지도 모른다. 대충 그런 논리였다. 그래서 사토시는 어쩔 수 없이 적당히 말해 봤다.

"사건 당일 밤의 상황을 이야기해 주시겠습니까?"

"불이 붙었을 때는 나도 아내도 딸도 다 자고 있었어. 그러다 범인의 전화를 받고 일어났지. 예금통장을 가지고 집에서 뛰쳐나오는 게 고작이었어. 그 외의 물건은 다 타 버렸어. 딸의 성장 기록도, 아내가 취미로 그렸던 그림도, 내 우표 컬렉션도……. 가족 전부 살아남았기 때문에 처음에는 보험금을 노린 방화가 아니냐고 경찰한테 의심을 받았어. 화재로 모든 것을 잃고 넋이 나가 버린 사람을 그런 식으로 의심하다니, 정말 너무하지 않아?"

"죄송합니다."

사토시는 당시의 수사관 대신 사과했다.

"그 후에도 방화가 계속 일어났기 때문에 보험금 목적의 방화라는 의혹은 금방 사라졌지만……. 그랬더니 이번에는, 범인은 누군가를 만나기 위해 방화를 계속하고 있다는 거야. 그런 이기적인 목적 때문에 집을 잃어버린 사람의 처지가 어떨지 생각을 좀 해 보라고, 응?"

"네, 괴로움은 이해합니다."

"아내는 그 집을 무척 소중히 여겼어. 부지런히 관리하고 예쁘게 꾸며 놨다고. 그런데 그 집이 불에 타서 순식간에 사라져 버렸어. 틀림없이 그것 때문에 정신 상태가 이상해진 거겠지. 사건이 일어난 다음부터 아내는 우울에 빠졌어. 나는 그걸 견딜 수 없어서, 새집에는 거의 돌아가지 않게 되었어. 그랬더니 사건 이년 후에 아내는 스스로 목숨을 끊어 버린 거야."

사토시는 말문이 막혔다. 수사 서류에는 이마이의 아내가 자살한 이유는 적혀 있지 않았다.

"그 범인은 자신이 방화범이란 사실을 눈치챈 여자를 죽였다고 하던데, 간접적으로는 내 아내도 죽인 거야. 그때 대학생이었던 딸은, 아내의 버팀목이 되어 주지 않았던 나를 비난하더니 집을 나가 버렸어. 그 뒤로는 한 번도 만나지 못했어……."

이마이의 이야기는 사건 당일 밤의 이야기에서 벗어나 어느새 경찰과 범인에 대한, 또 인생에 대한 분노 표출로 변해 있었다.

무거운 침묵이 흘렀다. 사토시는 힐끔 히이로 사에코를 봤다. 이 사람이 물어보고 싶었던 사소한 것은 대체 무엇일까. 그때 침묵을 지키던 설녀가 드디어 입을 열었다.

"사건이 일어나기 전에 혹시 리모델링 업체나 흰개미 퇴치 업체의 광고를 접하신 적이 있습니까?"

뜬금없는 화제에 사토시는 깜짝 놀랐다. 이마이는 미간을 찌푸리고 히이로 사에코를 쳐다봤다. 이상한 말을 한다고 화낼 줄 알았는데, 이마이는 "있었지."라고 대답했다.

"분명히 광고 전화가 왔었던 게 기억이 나. 전혀 관심이 없어서 도중에 끊었지만……. 그게 뭐 어쨌다고?"

도대체 뭐가 어떻게 된 걸까? 수사 서류에는 리모델링 업체나 흰개미 퇴치 업체의 광고에 관한 이야기는 하나도 적혀 있지 않았을 것이다.

그런데 히이로 사에코는 대답 없이 집에서 나가려고 했다. 물어보고 싶은 것은 더 이상 없나 보다.

"저, 실례했습니다. 감사합니다."

사토시는 허둥지둥 이마이에게 인사를 하고 서둘러 히이로 사에코를 뒤따라갔다. 이마이는 독기가 빠진 것처럼 입을 벌리고 멍하니 이쪽을 쳐다보고 있었다.

*

"관장님, 떠날 때는 대화하던 상대에게 인사를 하고 나서 떠나 주세요."

밖으로 나오자 사토시는 히이로 사에코에게 주의를 줬다.

"그렇군. 예상이 적중해서 흥분한 나머지 인사하는 것을 깜빡했다."

그게 흥분한 거였어? 히이로 사에코가 흥분하는 경우가 있다니, 도저히 믿을 수 없었다.

"방금 그 질문은 무슨 뜻이었습니까?"

그러나 히이로 사에코는 대답하지 않았다. 아직 대답할 단계가 아닌가 보다. 사토시는 체념하고 그 근처의 무인 주차장에 세워 뒀던 범죄 자료관의 오래된 왜건에 탔다.

다음으로 만날 사람은 다섯 번째 방화 사건의 피해자. 후지타 히사에와 야마와키 나나코라는 모녀였다. 나나코는 히사에의 딸인데 결혼해서 성이 남편과 같은 야마와키가 되었다. 사건 당시 후지타네 집에는 히사에의 남편, 또 히사에의 아들이자 나나코의 남동생도 있었다. 그러나 만날 약속을 할 때 들은 바로는, 히사에의 남편은 이 년 전에 타계했고, 아들은 현재 나라에 살고 있다고 한다.

네리마구 히카리가오카에 위치한 고급 아파트에 도착했다. 502호의 문을 열어 준 사람은 온화해 보이는 사십 대 여성이었다.

"경시청 부속 범죄 자료관에서 왔습니다." 그렇게 사토시가 자기소개를 하자, 그 여성은 "후지타 나나코입니다."라고 말했다. 사건 당시에는 고등학교 2학년이었다고 한다.

사토시와 히이로 사에코는 소파가 놓여 있는 거실로 안내됐다. 넓은 거실은 7, 8평쯤 되어 보였다.

"어머님은 안 계십니까?"

사토시의 질문에 후지타 나나코는 미안해하는 표정을 지었다.

"죄송해요. 친구분과 함께 오늘 가나자와로 1박 2일 관광 여행을 가셨어요. 두 분의 전화를 받고 나서 뒤늦게 어머니의 여행계획이 생각났는데, 그렇다고 여행을 취소할 수도 없어서요."

"네, 물론 여행을 우선시하셔도 괜찮습니다."

이 집의 상태나 친구와 여행을 갔다는 사실을 보면, 아까 만났던 이마이와는 달리 이들은 행복하게 살고 있는 것 같았다.

"저, 그래서 물어보고 싶으신 것은 뭔가요?"

"사건 당일 밤에 있었던 일을 이야기해 주실 수 있을까요?"

"아, 네……."

후지타 나나코는 회상에 잠기는 눈빛이었다.

"그날은 숙제를 하고, 동생이랑 비디오게임을 하고, 목욕을 하고, 2층에 있는 제 방에 올라가서 잤습니다. 그런데 어머니가 험악한 얼굴로 '불났어!'라고 하면서 저를 흔들어 깨우셨어요. 저는 어머니에게 손을 붙잡힌 채 잠옷 차림 그대로 1층으로 내려갔습니다. 아버지와 동생도 잠옷 차림이었고요. 저희는 예금통장만 가지고 밖으로 뛰쳐나갔습니다. 불길이 집의 벽을 태우고 있었어요. 주위의 다른 집들도 눈치챘는지, 집집마다 하나씩 불이 켜지기 시작했던 것을 기억해요. 저희는 어쩌면 좋을지 몰라서, 그저 집 앞의 도로에 넋을 잃고 우두커니 서 있었습니다. 그러는 사이에도 불길은 점점 거세져서, 소방차가 도착했을 때는 집 전체를 뒤덮고 있었어요…….

불이 꺼지고 나서 저희는 경찰의 질문을 받았습니다. 저는 2층에서 자고 있어서 눈치채지 못했지만, 1층에서 주무시던 아버지와 어머니는 전화벨 소리를 듣고 일어나셨대요. 아버지가 전화를 받았더니 상대는 '불났다. 도망쳐.'란 말만 하고 끊었답니다. 아버지는 장난 전화라고 생각했지만 혹시나 하고 현관을 통해 밖으로 나가 봤습니다. 그러자 현관 양옆에서 불길이 치솟고 있었어요. 아버지는 허둥지둥 어머니에게 그 사실을 알렸습니다.

경찰은 혹시 누구한테 원한을 산 게 아니냐고 저희에게 물어봤지만, 당연히 저희는 짚이는 것이 없었습니다. 아버지도 어머니도 그저 선량함밖에 내세울 게 없는 분들이셨거든요. 저는 고등학교 2학년이었고, 동생은 중학교 3학년이었으니까 누구한테 그렇게 원한을 살 이유도 없었고요."

당시의 수사진은 후지타 가족에 대해서는 보험금을 노린 범행이라고 의심하지 않았나 보다. 이미 다섯 번째 범행이라서, 보험금을 노린 범행이란 가설은 설득력이 없다는 것을 깨달았기 때문이리라.

"누군가를 만나기 위해 불을 질렀다는 범인의 동기에 관해서는 어떻게 생각하십니까?"

"너무 이기적이죠. 자신의 이기적인 욕심 때문에 얼마나 많은 사람들의 마음에 상처를 줬는지……."

좀 전에 만났던 이마이의 죽은 아내도, 마음에 상처를 입은 사람들 중 하나라고 할 수 있으리라.

그때 후지타 나나코가 문득 깨달은 것처럼 말했다.

"아, 그러고 보니 남편과 어떤 집을 살까 하고 의논했을 때도,

같이 사시는 저희 부모님과 제 뜻에 따라서 단독주택이 아니라 아파트를 사게 되었어요. 아마도 그 사건 때문에, 단독주택은 언제든지 불에 타서 사라져 버릴 수 있다는 두려움이 저희의 머릿속에 각인된 것 같아요."

사토시는 히이로 사에코를 힐끔 봤다. 그 사람이 질문을 던졌다.

"사건이 일어나기 전에 혹시 리모델링 업체나 흰개미 퇴치 업체의 광고를 접하신 적이 있습니까?"

후지타 나나코는 깜짝 놀란 것처럼 "있어요."라고 대답했다.

"광고 전화가 걸려 온 적이 있습니다. 저희는 집을 잘 관리하면서 쓰고 있으니까 그런 것은 필요 없다, 그렇게 어머니가 거절하셨던 것이 기억나요. ……그런데 그걸 어떻게 아셨어요?"

후지타 나나코는 신기하다는 듯이 히이로 사에코를 봤다. 그러나 설녀는 대답하지 않고 "감사합니다."라고 말하더니 자리에서 일어났다. 아까보다는 발전한 것이다.

*

그 후 두 사람은 네 명의 피해자를 더 만났다. 네 명 중 세 명은 아파트에 살고 있었다. 후지타 나나코가 말했던 것처럼 단독주택은 불타 버릴 거라는 두려움이 작용한 듯했다.

그들에게도 우선 사토시가 사건 당일 밤에 관해 적당히 질문

을 했고, 그 후 상대의 긴장이 풀렸을 때 히이로 사에코가 리모
델링 업체나 흰개미 퇴치 업체의 광고를 접한 적이 없느냐고 물
어봤다. 두 사람은 기억이 안 난다고 대답했지만, 나머지 두 사
람은 광고를 접했다고 대답했다.

리모델링 업체나 흰개미 퇴치 업체의 광고를 접했다. 그것은 명
백한 공통점이다. 그런데 그것이 일련의 사건과 무슨 상관이 있
는 걸까? 애초에 히이로 사에코는 그 공통점을 어떻게 찾아낸 걸
까? 사토시가 물어봐도 히이로 사에코는 침묵을 지킬 뿐이었다.

마지막으로 만나는 상대는 그 당시 도쿄 소방청 제8소방방면
본부의 화재 조사 담당 직원이었던 벳쇼 고지였다. 연쇄 방화 사
건의 화재 현장검증원으로서 수사 서류에 그 이름이 기재되어
있는 인물이었다.

범인이 불을 질러서 만나려고 했던 상대는 소방관이거나, 화
재 조사 담당 직원이거나, 화재범 수사계 수사관이었을 것이다.
"소방관과 화재범 수사계 수사관은 안 만나도 되나요?" 하고 사
토시가 물어봤지만, 히이로 사에코는 무뚝뚝하게 "만날 필요는
없어."라고 대답했다. 어째서 만날 필요가 없는지 물어봤지만 대
답하지 않았다. 변함없이 비밀주의자구나.

도쿄 소방청의 직원 명부를 봤더니 벳쇼는 현재 제8소방방면
본부 부본부장이었다. 사토시는 전화를 걸어서 만날 약속을 잡
았다.

다치카와시에 있는 제8소방방면본부를 방문하여 그곳의 한 방에서 벳쇼를 만났다. 짧게 깎은 머리카락과 햇볕에 탄 피부가 눈에 띄는 오십 대 중반의 남자였다.

"일련의 방화 사건은 전부 다 당신이 현장검증을 했었지요?"

"정확히 말하자면 저를 포함한 열 사람입니다. 현장검증에는 조사의 책임자인 지휘자 한 명, 현장의 리더인 현장검증원 한 명, 사진 촬영자 한 명, 발굴·탐문 수사 담당자 세 명, 도면 작성자 네 명으로 구성된 팀이 참가하는데, 저는 여기서 현장검증원 역할을 맡았습니다. 두 번째 이후에도 방화 수법이 첫 번째와 일치해서 동일범일 가능성이 높았기 때문에, 첫 번째 사건을 담당했던 열 명이 전부 계속해서 일을 담당하게 되었습니다. 사건이 제8소방방면본부의 관할구역 밖에서 일어난 경우에는 담당하지 않게 될 테지만, 실제로는 모든 사건이 관할구역에서 일어났거든요."

"오랫동안 당신을 만나지 않았고 연락도 안 됐던 사람이나, 혹은 당신을 예전에 스토커처럼 쫓아다녔던 사람은 없습니까?"

"범인이 불을 질러서 누군가를 만나려고 했다는 그 가설 말씀이십니까? 당시에 경찰도 몇 번이나 저에게 그걸 물어봤었지요. 하지만 전혀 짚이는 바가 없습니다."

"그럼 연쇄 방화 사건이 끝난 후에 당신과 오랜만에 재회한 사람은 없습니까? 연쇄 방화 사건이 멈췄다는 것은, 범인이 만나고 싶었던 상대와 만나는 데 성공했다고 해석할 수도 있거든요."

"아뇨, 전혀 짚이는 게 없습니다."

이어서 벳쇼는 고개를 갸웃거리며 말했다.

"범인이 만나고 싶어 했던 상대는 제가 아닐 것 같은데요. 왜냐하면 저는 첫 번째 사건부터 마지막 사건까지 매번 현장에서 현장검증을 했으니까요. 범인은 매번 현장을 몰래 감시했을 겁니다. 만나고 싶은 상대가 저였다면, 처음 몇 건의 사건에서 저를 알아봤을 테니까요. 그 후 방화는 그만두지 않았을까요? 여덟 건이나 방화 사건을 계속 일으키지는 않았을 겁니다. 실제로는 여덟 번째에서 범행이 멈춘 이상, 범인이 만나고 싶어 했던 상대는 여덟 번째 사건에서 처음 나타난 인물일 겁니다. 즉, 후추 소방서 사카에초 출장소의 소방관이 아닐까요?"

벳쇼의 말이 맞았다. 그를 만나기로 결심한 히이로 사에코는 이 점을 어떻게 생각하고 있을까. 사토시는 히이로 사에코를 봤다.

"당신이 현장검증원이었다는 것은, 현장에서 어디를 수색할지 지시하는 사람이 당신이었다는 거죠?"

히이로 사에코는 사건과 별로 상관이 없어 보이는 질문을 했다.

"네, 그렇습니다만."

"감사합니다. 여쭤보고 싶었던 것은 그게 전부입니다."

5

범죄 자료관으로 돌아오자 사토시는 히이로 사에코에게 "슬슬 추리를 들려주시겠어요?"라고 말했다. 설녀는 사토시를 관장실로 데려갔다. 사토시가 딱딱한 소파에 앉자, 히이로 사에코는 입을 열었다.

"수사 서류를 읽은 나는 우선 범인이 만나려고 했던 인물부터 검토해 보기로 했다. 범인은 불을 지르면 그 인물을 만날 수 있다고 생각했던 것 같아. 그런 사람들의 후보에서 맨 처음 제외할 수 있는 것은 소방관이다."

"어째서죠? 소방관이야말로 불을 지르면 만날 수 있는 상대의 대표적인 후보라고 생각하는데요."

"소방관은 소방서, 소방분서, 출장소의 규모에 따라 다르지만 어쨌든 한 곳에 열 명 이상 있어. 그리고 한 번 출동할 때 한 곳의 소방관 모두가 출동하는 것은 아니야. 화재를 일으켜서 어떤 소방서의 소방관을 출동시키더라도, 자신이 원하는 소방관은 우연히 그날 비번이거나 다른 화재 현장으로 출동했을 가능성도 있어. 그러니까 그 소방서에 자신이 노리는 소방관이 있는지 없는지 확인하려면 그 소방서의 관할구역에서 몇 번이나 화재를 일으켜서, 그 소방서의 모든 소방관을 출동시켜야 해."

"……듣고 보니 그건 그러네요."

"사건 현장은 후추시 고야나기초, 고쿠분지시 도쿠라, 구니타치시 후지미다이, 다치카와시 스나가와초, 후추시 부바이초, 다치카와시 시바사키초, 고쿠분지시 히가시모토마치, 후추시 사카에초. 조사해 보니 전부 다 다른 소방서의 관할구역이었다. 매번 다른 소방서의 관할구역에서 화재를 일으킨다면, 그 소방서에 자신이 노리는 소방관이 있는지 없는지 철저히 조사하는 것은 불가능해. 그렇다면 범인이 만나고 싶었던 상대는 소방관이 아니었다고 생각해야 할 것이다."

"그렇군요⋯⋯. 그래서 소방관이 아니라면, 화재 조사 담당 직원이나 수사1과 화재범 수사계의 수사관이었던 건가요?"

"그 가설에도 문제가 있어."

"어디가 문제인데요?"

"만나고 싶었던 상대가 현장에 나타날 때까지 방화를 계속한다고 말은 해도, 이 일련의 사건은 동일범의 범행인 동일한 사건으로 간주됐어. 이 경우에는 현장에 파견되는 화재 조사 담당 직원이나 화재범 수사계 수사관은 동일해진다. 동일한 사건에 다른 담당자를 파견하는 것은 비효율적이니까. 즉, 아무리 방화를 계속해 봤자 새로운 인물이 현장에 나타날 리 없는 거야. 그러니까 매 사건마다 다른 화재 조사 담당 직원이나 화재범 수사계 수사관이 파견되게 하려면, 방화 사건 하나하나를 별개의 사건처럼 꾸며야 한다는 뜻이다. 그리고 별개의 사건인 것처럼 꾸미는 것은 간단한 일이야. 공통적으로 등유를 사용한다는 것은 불가피한 일이라 쳐도, 방화 대상을 목조 주택으로 한정하지 말고 다양하게 바꾸면 돼. 그런데 범인은 그렇게 하지 않았다. 목조 주택, 그것도 1965년 8월에 지어진 목조 주택만 방화 대상으로 삼았다. 연속성을 부정할 만한 짓은 하나도 하지 않았어. 이러면 방화를 계속해 봤자 소용이 없지. 그렇다면 범인이 만나려고 했던 상대는 화재 조사 담당 직원도 아니고, 화재범 수사계 수사관도 아니었다는 뜻이 된다."

"……잠깐만요. 소방관도 아니고, 화재 조사 담당 직원도 아니고, 화재범 수사계 수사관도 아니라면, 범인이 불을 질러서 만나려고 했던 상대는 도대체 누구란 말입니까?"

"방금 말했듯이 범인은 각 방화 사건의 연속성을 부정하려고 하지 않았어. 철저하게 '1965년 8월에 지어진 도쿄도 서부 지역의 목조 주택'이라는 특정 대상에만 집착했다.

특정한 집을 모조리 태우는 것이 목적. 또 한편으로는 화재에 의해 나타나는 누군가를 만나는 것도 목적. 범인의 목적은 일견 분열된 것처럼 보이지. 그럼 여기서 분열된 것처럼 보이는 목적을 합쳐 보면, 이렇게 생각해 볼 수 있어. '범인의 목적은 특정한 집을 모조리 태움으로써 나타나는 누군가를 만나는 것'이었다고."

"……특정한 집을 모조리 태움으로써 나타나는 누군가를 만난다고요?"

사토시는 히이로 사에코의 추리가 어디로 나아가고 있는지 전혀 알 수가 없었다.

"여기서 하나 더, 범인의 수수께끼 같은 행동을 생각해 보자. 범인은 매번 불을 지르는 집에 사는 사람에게 전화를 걸어 그들을 대피시켰어. 범인은 어째서 이런 짓을 했을까? 인명을 중시해서 그런 걸까? 하지만 집을 모조리 태워 버리면 그 자체로 사람이 죽을 가능성은 높아져. 그러니까 범인은 결코 인명을 중시한 것은 아니야. 자, 그럼 만약에 범인이 전화를 걸어서 그 집에 사는 사람을 대피시키지 않았다면 무슨 일이 일어났을까?"

"……사람이 죽었을 테죠."

사토시는 스스로도 참 당연한 말을 하는구나 하고 생각하면서 대답했다.

"맞아, 사람이 죽었을 거야. 범인은 인명 중시의 관점에서 사람이 죽는 것을 싫어했던 게 아니니까, 순수하게 화재 현장에 시체가 존재하는 것을 싫어했다고 볼 수 있다."

"어째서 화재 현장에 시체가 존재하는 것을 싫어했을까요?"

"그 점을 아까 도출했던 결론과 연결 지어 보자. 즉, 특정한 집을 모조리 태움으로써 나타나는 누군가를 만나는 것이 범인의 목적이었다는 결론과 말이지. 그러면 이때 나타나는 '누군가'의 정체를 알 수 있어."

사토시는 히이로 사에코가 도출하려고 하는 결론을 어렴풋이 이해하기 시작했다.

"화재 현장에 시체가 존재하는 것을 싫어했던 이유는, 그곳에 나타나는 '누군가'와 섞여서 헷갈릴 수 있기 때문이다."

이어서 설녀는 낮은 목소리로 말했다.

"범인이 만나려고 했던 상대는 '화재 현장에 묻혀 있는 고인'이 었던 거야."

*

"……묻혀 있는 고인이라고요?"

사토시는 어쩐지 소름 끼치는 감각을 느꼈다.

"범인이 불을 질렀던 집의 마루 밑에 시체가 숨겨져 있었다고 가정해 보자. 범인은 그 시체를 찾아내고 싶었다. 그러나 집이 계속 있으면 시체를 찾아내는 것은 불가능해. 그래서 방해가 되는 집을 불태워서, 시체를 찾기 쉽게 만들어야겠다고 생각한 거야. 등유를 꼼꼼히 뿌려서 집을 모조리 태워 버린 것은, 시체를 숨기고 있는 건물 부분을 전부 다 제거하기 위해서였다."

"그렇다면 그 집에 사는 사람에게 전화를 걸어 대피시킨 이유는……."

"화재 현장에 그 집 사람의 불에 탄 시체가 남아 있으면, 마루 밑에 숨겨져 있던 시체와 섞여서 혼동될 수 있기 때문이다. 물론 시체를 자세히 조사해 보면 이번에 불에 탄 시체인지, 원래 숨겨져 있던 시체인지 구별할 수 있지만. 불을 끈 직후의 현장검증 단계에서는 구별하기 어려워. 범인은 그게 싫어서 그 집에 사는 사람들을 피난시켰을 거야."

"하지만 방화라는 수단은 너무 극단적이지 않습니까?"

"피해자들의 이야기에 의하면, 그들은 사건 전에 리모델링 업체나 흰개미 퇴치 업체의 광고 전화를 받았다고 한다. 아마도 범인이 그런 업체인 척하면서 그 집의 마루 밑을 조사해 보려고 했던 거겠지. 그러나 거절을 당했기 때문에 어쩔 수 없이 방화라는 수단을 사용하기로 한 거야."

히이로 사에코가 했던 기묘한 질문의 의미를 사토시는 이제야 겨우 이해했다.

"방화가 연속으로 일어났다는 것은, 범인이 마루 밑에 시체가 숨겨져 있다고 생각했던 집이 여러 채 있었다는 뜻인가요?"

"맞아. 범인은 건축 중인 집의 마루 밑에 시체가 숨겨졌다는 것을 알았어. 그 집이 완성된 것은 1965년 8월. 그런데 그 조건에 맞는 집은 여러 채 있었어. 그리고 그 모든 집의 사람들이 리모델링이나 흰개미 퇴치를 거절했을 거야. 그래서 범인은 한 집 한 집 차근차근 불을 지르기 시작한 것이다."

"그렇다면 '벌써 다섯 번째인데, 이번에도 그 사람을 만나지 못했네.'라는 범인의 그 말은……."

"다섯 번째 화재 현장에서도 시체가 발견되지 않았다는 뜻이다."

"방화는 여덟 번째에서 멈췄지요. 범인이 목적을 달성했다는 뜻입니까?"

"그래."

"방화 현장에서 시체가 발견된 사건은 없었는데요……."

그때 사토시는 헉 하고 놀랐다.

"……설마 1990년 11월 28일에 히노시에서 해체된 단독주택의 마루 밑에서 여성의 피살체가 발견됐던 그 사건인가요?"

히이로 사에코는 고개를 끄덕거렸다.

"그 집은 범인이 불을 지르려고 했던 후보들 중 하나였을 거야. 불을 지르기 전에 그 집이 철거됐고, 거기서 자신이 찾던 시체가 발견됐기 때문에 범인은 더 이상 방화를 할 필요가 없어진 것이다. ……범인의 목적은 알았다. 그럼 그것을 바탕으로 범인의 정체를 알아낼 수 있어."

6

현관문을 열자, 일주일 전에 만났던 경시청 부속 범죄 자료관 직원 두 사람이 서 있었다. 얼음같이 차가운 미모를 지닌 연령 미상의 여자와, 30세쯤 되어 보이는 키 큰 남자였다. 아마도 그 이름은 히이로 사에코와 데라다 사토시였을 것이다.

"쉬시는 데 이렇게 방해해서 죄송합니다. 여쭤보고 싶은 것이 있어서 댁까지 찾아오게 되었습니다. 지금 시간 괜찮으십니까?"

데라다 사토시가 말했다. "네, 들어오세요." 하고 두 사람을 집으로 들였다.

"그래서 물어보고 싶은 게 뭡니까?"

히이로 사에코가 이쪽을 가만히 응시했다. 거의 깜빡이지도 않는 그 커다란 눈은 마치 내 마음을 꿰뚫어 보는 것 같았다. 히이로 사에코는 낮은 목소리로 말했다.

"당신이 범인이었군요."

"……네? 말도 안 되는 소리는 하지 마세요."

일부러 얼빠진 표정을 짓다가 거친 말투로 말했다. 그러나 그것은 스스로도 눈치챌 정도로 설득력이 없었다. 일주일 전에 두 사람이 찾아왔을 때부터 일이 이렇게 되리란 것은 알고 있었을지도 모른다.

히이로 사에코는 감정이 전혀 없는 목소리로 말을 이었다.

"저희는 그 방화의 목적을 알아냈습니다. 그것은 집을 전소시켜서, 마루 밑에 숨겨져 있는 시체를 찾아내는 것이었습니다. 그렇다면 범인의 정체는 저절로 드러나게 되죠. 직업상 화재 현장에 묻혀 있는 시체를 제일 쉽게 찾아낼 수 있는 사람은, 소화 활동을 하는 소방관이 아니라 불이 다 꺼진 후에 화재 현장을 검증

하는 소방국의 화재 조사 담당 직원이나 수사1과의 화재범 수사계 수사관입니다. 그러니까 그 사람들 중에 범인이 있을 가능성이 높다고 봐도 됩니다."

얼굴이 일그러지려는 것을 필사적으로 참았다.

"그렇다면 그 사람들 중 누구일까. 범인은 가타노 사치에라는 여자를 살해했습니다. 그 여자와 함께 TV 뉴스를 시청하다가 화재 현장의 영상을 보고 '벌써 다섯 번째인데, 이번에도 그 사람을 만나지 못했네.'라고 혼잣말을 중얼거렸는데, 그 여자가 그것을 듣고 경찰에 신고했기 때문입니다. 신고 시각은 10월 1일 오후 9시 57분. 범인은 신고 도중에 그 여자를 살해했습니다. 이때 수사1과 화재범 수사계의 수사관들은 전부 수사본부에 모여서 한창 회의를 하다가 그 소식을 듣고 즉시 현장으로 출동했습니다. 즉, 화재범 수사계의 수사관들은 모두 알리바이가 있는 겁니다. 여기서 범인 후보의 범위는 소방국의 화재 조사 담당 직원으로 좁혀집니다.

수사 서류에 의하면 이 연쇄 방화 사건의 첫 번째 사건부터 마지막 여덟 번째 사건까지 모든 사건에서 현장검증을 담당한 사람은 벳쇼 씨, 당신이었습니다. 그래서 저희는 당신을 만나 보기로 했습니다."

일주일 전에 제8소방방면본부로 찾아왔을 때 데라다 사토시는 "오랫동안 당신을 만나지 않았고 연락도 안 됐던 사람이나, 혹은

당신을 예전에 스토커처럼 쫓아다녔던 사람은 없습니까?"라고
말했다. 그 말을 듣고 나는 속으로 안도했다. 이 두 사람도 역시
나 과거의 수사본부와 마찬가지로 잘못된 전제에 입각하여 수사
하는 줄 알았던 것이다. 그런데 그때 이미 나를 범인으로 점찍어
두고 있었다면, 데라다 사토시의 그 질문은 나를 방심시키기 위
한 함정이었던 걸지도 모른다.

　필사적으로 반론했다.

　"모든 사건에서 현장검증을 담당했다고 해서, 제가 꼭 범인이
라고 할 수는 없지 않습니까? 현장검증은 열 명으로 구성된 팀
이 했습니다. 나머지 아홉 명도 모든 사건에서 현장검증을 했습
니다."

　"하지만 현장의 리더였던 당신이라면, 현장검증에서 수색할
장소를 자세히 지정할 수 있었을 겁니다. 시체가 묻혀 있을 것
같은 장소를 중점적으로 수사하게 할 수 있었다는 거죠. 저희는
당신을 범인으로 점찍어 놓고 당신의 개인사를 철저히 조사했습
니다. 그리고 당신이 여섯 살 때 어머니가 실종됐다는 사실을 알
아냈죠. 당신이 찾으려고 했던 사람은 그 어머니가 아닙니까?"

　거기까지 알고 있다면, 이제는 포기할 수밖에 없었다.

　한숨을 쉬고 "맞습니다."라고 대답했다.

　목수였던 아버지는 집에서 폭군이었다. 기분이 좋을 때는 용
돈을 주기도 했지만, 기분이 나쁠 때는 말도 없이 다짜고짜 때렸

다. 어머니도 나도 날마다 벌벌 떨면서 살았다. 어머니는 늘 상처투성이였다. 아들에게 심한 벌을 주려고 하는 아버지를 달래고, 당신이 아들 대신 맞았기 때문이다.

5월의 어느 날 아침. 눈을 떴더니 어머니가 사라져 버렸다. 아버지에게 물어봤더니 "집 나갔다."라는 퉁명스러운 대답이 나왔다. 딴 남자랑 같이 집에서 나갔다는 것이다.

어머니가 초등학교 1학년인 아들을 버리고 그런 짓을 한다는 것이 믿기지 않았다. 하지만 나로선 아무것도 할 수 없었다.

그대로 줄곧 아버지 밑에서 숨죽인 채 성장했다. 고등학교를 졸업하자 집에서 뛰쳐나와 신문 판매점에서 숙식하고 일을 하면서 대학교에 다녔다. 아버지가 있는 고향 집에는 두 번 다시 돌아가지 않았다.

1990년 초에 고향 집의 이웃 사람한테서 아버지가 쓰러졌다는 소식을 들었다. 어쩔 수 없이 고향 집으로 돌아가서 아버지를 병원에 데려가 검사를 받게 했다. 말기 췌장암이었다. 즉시 입원을 시켰다.

그리고 날마다 아버지를 문병하러 갔다. 그것은 아버지를 사랑하는 마음 때문이 아니었다. 폭군이었던 아버지가 하루하루 쇠약해져 가는 모습을 지켜보고 싶다는 복수심 때문이었다.

입원한 지 한 달쯤 지난 어느 날이었다. 병실에서 주위에 의사도 간호사도 없을 때 아버지가 고백을 했다.

"……사토코를 죽였다."

어머니를 죽였다고? 잘못 들은 줄 알았다. 그러나 아버지는 한 번 더 말했다.

"……사토코를 죽여서, 집의 마루 밑에 묻었다."

어디 있는 집이냐고 물어봤다.

"그때 내가 짓고 있던 집이다……. 상량이 끝나고 마루판을 깔았던 그다음 날 새벽에, 사토코의 시체를 차에 싣고 공사 현장에 가서 마루 밑으로 옮겼다……. 블록으로 에워싸고 모르타르*로 덮어서 냄새가 새어 나가지 않게 했어……."

어디 있는 집이냐고 다시 한 번 물어봤다. 그러나 아버지는 괴로운 것처럼 신음만 하고 대답하지 않았다. 이윽고 혼수상태에 빠지더니 그대로 두 번 다시 눈을 뜨지 않고 숨을 거뒀다.

다정했던 어머니가 아무도 모르는 곳에서 썩어 가고 있다고 생각하니 참을 수 없었다. 그 시신을 찾아야만 한다고 생각했다.

어머니가 실종된 것은 1965년 5월이었다. 아버지가 시체를 숨긴 곳은 그 무렵에 착공 중이었던 집이다.

아버지는 그 무렵에 어느 공사 현장에 다녔을까. 어린 시절의 기억을 필사적으로 더듬어 봤다. 분명히 아버지는 오바 건설이라는 회사에서 일을 받아서 하고 있었다. 이 정보만으로도 후보

● 회나 시멘트에 모래를 섞고 물로 갠 것. 얼마 지나면 물기가 없어지고 단단하게 되는데, 주로 벽돌이나 석재 따위를 쌓는 데 쓰인다.

군의 범위는 상당히 좁힐 수 있을 것이다. 그리고 어머니의 모습을 마지막으로 봤던 것은 5월 6일. 고로 시체를 숨긴 것은 다음 날인 7일 이후일 것이다. '상량이 끝나고 마루판을 깔았던 그다음 날'이라고 아버지는 말했었다. 상량부터 준공까지는 약 삼 개월이 걸리니까 그 집은 8월에 준공됐을 것이다.

오바 건설은 이십오 년이 지났어도 여전히 존재했다. 소방방면본부의 지도라는 가짜 명목으로 오바 건설을 방문해서 1965년 8월의 기록을 조사했다. 그 결과 후보가 되는 집을 열일곱 채로 추려 낼 수 있었다. 이 집들 중 한 집의 마루 밑에 어머니가 잠들어 있을 것이다. 그런데 정말로 마루 밑에 묻혀 있다는 확증은 없었으므로, 경찰에 알릴 수는 없었다.

리모델링이나 흰개미 퇴치를 구실 삼아 마루 밑으로 들어가는 작전을 생각해 봤다. 그러나 광고 전화인 척 연락해 봤더니 어느 집에서나 필요 없다면서 거절해 버렸다.

도대체 어떻게 하면 좋을까. 불현듯 악마적인 생각이 떠올랐다. 후보가 된 집에 불을 질러서 거추장스러운 건물을 없애 버리면 되는 것이다. 그러면 화재 조사 담당 직원으로서 화재 현장을 검증할 때 어머니의 시신을 찾아낼 수 있을 것이다. 결코 윤리적으로 용납될 수 없는 행위였지만, 어머니를 찾기 위해서는 무슨 짓이라도 할 작정이었다.

중요한 것은 맨 처음 방화를 할 타이밍이다. 모처럼 화재를 일으켰어도 다른 직원이 현장검증원이 된다면 다 소용없으니까. 그래서 현장검증원이 될 만한 다른 직원이 쉬는 날 새벽에 일부러 화재를 일으켜서 자신이 담당자가 되도록 했다. 두 번째부터는 첫 번째와 같은 수법을 써서 연속성을 강조함으로써, 첫 번째 사건을 담당했던 자신이 두 번째 이후의 사건도 담당할 수 있게 했다. 그런 식으로 후보가 된 집들을 차례차례 불태웠다. 그러나 어느 화재 현장에서도 어머니의 시신은 발견되지 않았다.

10월 1일 밤이었다. 일을 마치고 그 당시에 사귀고 있던 가타노 사치에의 집에 찾아가, 그 사람이 만들어 준 저녁밥을 먹었다. 그 후 같이 뉴스를 봤다. 그런데 그때 화재 현장 영상을 보고 무의식중에 "벌써 다섯 번째인데, 이번에도 그 사람을 만나지 못했네."라고 중얼거리고 말았다. 그리고 사치에가 그 말을 들었다. 내가 그 집에서 나갔다가 혹시나 하고 다시 돌아가 봤더니, 그 사람이 경찰에 신고를 하고 있었다. 그래서 충동적으로 사치에를 살해했다.

갈 데까지 갔구나. 그렇게 생각했다. 그러나 이제는 돌이킬 수 없었다. 그 후에도 또 세 채의 집에 불을 질렀다. 하지만 어떤 화재 현장에서도 여전히 시신은 발견되지 않았다.

그러다 11월 29일 조간신문에서 충격적인 뉴스를 봤다. 전날인 28일에 히노시에서 철거된 단독주택의 마루 밑에서 여성의 피살체가 발견됐다는 것이다. 추정 연령은 20세에서 40세 사이이고,

사후 이십 년에서 삼십 년이 경과됐다…….

어머니가 확실했다.

그 단독주택은 내가 방화 후보군에 포함시켰던 집이었다. 그런데 히노시는 내가 있는 제8소방방면본부의 관할구역이 아니라서 화재 현장검증을 할 수 없다고 판단했으므로 뒤로 미뤄 뒀던 것이다.

어머니가 발견됐다는 것을 알았을 때, 크나큰 안도감과 더불어 압도적인 후회가 나를 덮쳤다. 그저 몇 달만 더 기다렸으면 굳이 방화를 하지 않아도 되고, 가타노 사치에를 죽이지 않아도 됐을 텐데. 몇 달만 더 기다렸으면…….

어느새 나는 정신이 나간 것처럼 히이로 사에코와 데라다 사토시를 향해 계속 떠들어 대고 있었다. 이십사 년 동안 마음속에 담아 뒀던 죄책감을 토해 내고 있었다.

"체포해 주세요." 그렇게 말했다. 데라다 사토시는 고개를 가로젓더니, 이미 구 년 전에 시효가 만료됐다고 대답했다.

"다만 경찰서에 가서 당신의 이야기를 들을 필요는 있습니다. 같이 가 주실 거죠?"

그 말에 고개를 끄덕이고 자리에서 일어났다.

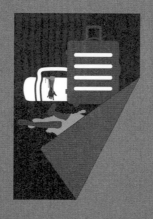

죽음을 10으로 나눈다

1

데라다 사토시는 오래된 왜건을 범죄 자료관 주차장에 주차시켰다.

"수고했어."

수위인 오쓰카 게이지로가 나오더니 슬라이딩 대문을 닫았다. 그는 일흔이 넘은 노인이라서 사토시는 늘 도와주고 싶어 했지만, 그러면 오쓰카가 불쾌해하기 때문에 잠자코 지켜보고 있었다.

"어, 관장님 오셨네."

오쓰카가 정면 현관 쪽을 돌아보더니 웃었다.

커다란 나무 문을 열고 백의를 걸친 날씬한 여자가 등장했다.

나이를 짐작할 수 없는 인형같이 차갑고 단정한 외모. 어깨까지 길게 기른 매끄러운 검은 머리카락. 무테안경을 쓴 쌍꺼풀진 커다란 눈. 히이로 사에코 경정이다. 물론 사토시를 맞이하러 나온 것은 아니다. 왜건에 실린 짐에 볼일이 있는 것이다.

사토시는 왜건의 슬라이딩 도어를 열고 접이식 카트를 꺼냈다. 히이로 사에코가 종종걸음으로 다가왔다.

"아카바네 경찰서에서 토막 살인 사건의 증거품과 수사 서류를 받아 왔습니다."

사토시가 말하자 설녀는 말없이 무뚝뚝하게 고개를 끄덕이더니, 왜건 안에 있는 종이 박스를 카트에 싣기 시작했다. 기계처럼 군더더기 없는 동작이었다. 박스를 다 싣고 나서 물품 반입용 쪽문까지 카트를 밀고 갔다. 사토시도 종이 박스를 끌어안고 그 뒤를 따라갔다. 관내로 들어가서 1층 조수실로 종이 박스를 가져갔다.

둘이서 종이 박스를 열고, 비닐 팩에 든 증거품들을 줄줄이 꺼내 작업대에 올려놨다.

토막 시체의 머리와 몸통이 들어 있었던 여행용 캐리어 한 개, 그 외의 부위가 들어 있었던 보스턴백 네 개, 시체의 각 부위를 감쌌던 반투명한 비닐봉지가 열 봉지, 죽은 사람의 지갑……. 비닐봉지에는 마른 피가 묻어 있었다. 흉기나 신체 절단에 사용된 날붙이는 아직 발견되지 않아서 여기 없었다.

이어서 시체검안서나 수사보고서 같은 각종 수사 서류를 작업대에 올려놨다. 그 작업이 끝나자 히이로 사에코는 아카바네 경찰서에서 받아 온 물품 목록을 보면서, 증거품이나 수사 서류 중에 빠진 것이 없는지 확인했다.

작업대에 올라간 물건들은 사악한 오라를 뿜어내는 것 같았다. 일반인이라면 틀림없이 기분이 나빠질 것이다. 사토시도 그다지 기분이 좋지 않았다. 전에 있었던 수사1과에서는 운이 좋았다고 해야 할지, 토막 살인 사건의 수사를 담당한 적은 한 번도 없었다.

그런데 설녀는 전혀 동요하는 기색을 보이지 않고 증거품을 바라보고 있었다. 수사 경험이 거의 없는 커리어라는 게 믿기지 않았다. 아니, 오히려 평소에는 창백해 보일 정도로 하얀 피부가 어쩐지 붉어진 것처럼 보였다.

히이로 사에코는 시체검안서를 집어 들었다. 커다란 눈동자가 한곳을 바라보면서 꼼짝도 하지 않았다.

"……역시 그랬구나."

붉은 입술에서 혼잣말이 흘러나왔다. 그리고 사토시를 보더니 낮은 목소리로 말했다.

"이 사건의 재수사를 실시한다."

*

　데라다 사토시가 수사1과에서 미타카시에 있는 경시청 부속 범죄 자료관으로 이동한 지 일 년 삼 개월이 지났다.

　여기서 사토시가 주로 하는 일은 세 가지다.

　첫 번째 업무는 관할 경찰서에 가서 그곳에 보관되어 있는 증거품과 수사 서류를 수령해서, 가지고 돌아오는 것이다. 오늘 아카바네 경찰서에서 가지고 돌아온 것은 십오 년 전인 1999년 3월에 일어난 토막 살인 사건의 증거품과 수사 서류였다. 살인 사건의 경우에는 그것이 발생한 지 15년이 지난 후에 증거품과 수사 서류를 범죄 자료관에 보관한다고 경시청 내규로 정해져 있다. 이 '15년'이라는 숫자는 2004년 형사소송법이 개정될 때까지는 살인 사건의 공소시효가 15년이었던 것에서 유래했다. 그 후 살인 사건의 공소시효는 2005년에 시행된 개정법에 의해 25년으로 연장되었고, 또 2010년의 개정 형사소송법에서는 아예 폐지되기에 이르렀지만, 15년 후에 이쪽에 보관한다는 내규는 그대로 남아 있었다.

　두 번째 업무는 증거품에 QR 코드 라벨을 붙이는 것이다. 범죄 자료관에서는 증거품을 효율적으로 관리하기 위해 QR 코드 라벨을 붙이고, 거기에 스캐너를 대면 컴퓨터 화면에 기본 정보가 표시되도록 하는 시스템을 구축하는 중이다. QR 코드 라벨 붙이기는 최근에 발생한 사건부터 시작해서 지금은 간신히 1990년 7월까지 거슬러 올라가 있다. 이렇게 진행 속도가 느린 이유는 자료관의 직원이 두 명밖에 없기 때문인데, 또 일정 기간이 지난 사건의 증거품이 끊임없이 자료관으로 들어와서 그쪽에도 얼른 QR코드 라벨을 붙여야 하기 때문이기도 했다.

그리고 세 번째 업무가 바로 관장의 지시에 의한 재수사다. 사토시는 지금까지 일곱 건의 미제 사건 또는 피의자 사망으로 종결된 사건을 히이로 사에코의 지시로 재수사했다. 수사1과에서 쫓겨날 처지가 된 사토시가 범죄 자료관으로 이동하게 된 것은 히이로 사에코가 손을 썼기 때문이라고 한다. 히이로 사에코는 빈말로도 의사소통 능력이 있다고 할 수 없어서 탐문 수사에는 적합하지 않다. 그래서 자신의 손발이 되어 줄 조수가 필요했던 것이다.

"……재수사라고요? 알겠습니다. 방금 '역시 그랬구나.'라고 하셨는데, 애초에 뭔가를 의심하고 계셨던 겁니까?"

"그래."

"수사 서류는 당연히 아직 안 읽으셨으니까, CCRS의 사건 정보를 보고 의혹을 품으신 거죠?"

"맞아."

히이로 사에코는 고개를 끄덕였다.

CCRS는 2차 대전 이후 경시청 관내에서 발생한 모든 형사사건이 등록된 데이터베이스다. 히이로 사에코와 사토시는 증거품이나 수사 서류를 수령하기 전에 먼저 그 사건에 관한 정보를 CCRS에서 열람하는 것이 습관이 되어 있다.

"무슨 의혹을 품으셨는데요?"

설녀는 대답하지 않았다. 극단적인 비밀주의자인 것이다. 이쪽을 쳐다보지도 않고 차가운 옆얼굴만 보여 주고 있었다.

"나는 오늘 내로 수사 서류를 읽을 테니까, 자네는 내일 전부 다 읽어 줘. 모레부터는 본격적으로 재수사를 한다."

그런 말만 남기더니 수사 서류를 들고 관장실로 들어가 버렸다. "어휴." 하고 사토시는 한숨을 쉬었다.

*

사토시는 CCRS에 등록된 사건 정보를 다시 한 번 읽어 보기로 했다. 이것은 개략적인 내용이므로 그다지 상세하진 않았다. 사토시도 아카바네 경찰서에 가기 전에 훑어봤지만, 특별히 의혹을 느낄 만한 부분은 없었다고 생각했다. 그러나 히이로 사에코가 거기서 어떤 의문점을 찾아냈다면, 전직 수사1과 형사의 자존심을 걸고 사토시도 꼭 찾아내야 한다.

조수실 컴퓨터로 CCRS에 접속했다.

사건의 명칭은 '아카바네 아라카와 하천부지 토막 살인 사건'.

1999년 3월 23일 화요일 아침 8시 이후에 아라카와의 아카바네키타 1가의 하천부지에서 개를 데리고 산책하던 노인이 캐리어 한 개와 보스턴백 네 개가 버려져 있는 것을 발견했다. 개가 그쪽을 향해 심하게 짖어 댔으므로 노인은 조심스럽게 다가갔다가, 거기서 이상한 냄새를 맡고 허둥지둥 경찰에 신고했다.

현장으로 달려온 아카바네 경찰서의 수사관이 캐리어와 보스턴백을 열어 봤다. 그러자 그 안에서 산산조각이 난 인체 부위 총 열 개가 발견됐다. 캐리어에는 머리와 몸통이 들어 있었고, 네 개의 보스턴백에는 각각 오른쪽 위팔과 오른쪽 아래팔, 왼쪽 위팔과 왼쪽 아래팔, 오른쪽 넓적다리와 오른쪽 종아리, 왼쪽 넓적다리와 왼쪽 종아리가 들어 있었다. 위팔은 어깨부터 팔꿈치까지이고, 아래팔은 팔꿈치부터 손가락까지의 부위이다. 모두 다 45리터 쓰레기봉투인 반투명한 비닐봉지에 들어 있었다. 머리 및 다른 부위의 형태로 볼 때 남성의 시체인 것은 확실했다.

죽은 사람의 의복과 신발은 발견되지 않았지만 그 신원은 금방 밝혀졌다. 캐리어 안에서 지갑도 발견됐는데 그 안에 신용카드가 들어 있었던 것이다. 카드 명의자는 호소다 도시유키. 이 인물이 죽은 사람일 가능성이 높았다. 수사관은 신용카드 회사에 연락해서 호소다의 직장이 니치오 상사란 이야기를 듣고 그곳을 방문했다. 회사 측이 보여 준 사진 속 호소다의 얼굴은 죽은 사람과 일치했다.

호소다 도시유키는 나이는 40세이고, 아내인 오리에와 함께 지바현 후나바시시 미나미혼초의 아파트에 살고 있었다. 공교롭게도 오리에는 그 전날인 22일 오전 10시 반쯤에 JR 소부선 후나바시역에서 플랫폼으로 진입하던 전차 앞에 뛰어들어 중상을 입었는데, 그 후 실려 간 병원에서 긴급수술을 받았지만 결국 그날 사망했다. 경찰과 병원 측은 호소다에게 연락하려고 했지만 그가 어디 있는지 알 수 없었다. 이날은 월요일이었는데 호소다는 유급휴가를 내고 회사에는 출근하지 않았다. 자기 집에도 없었고, 휴대폰도 가지고 있지 않아서 연락이 되지 않았다. 그런 상황에서 호소다의 시체가 발견된 것이다.

호소다의 사망 추정 시각은 22일 오전 10시부터 정오 사이. 사인은 후두부가 지름 1, 2밀리미터의 날카롭고 뾰족한 원형 물체에 찔려서 발생한 연수 손상. 흉기는 일반 송곳이나 얼음송곳 같은 것으로 추정되는데 유기 현장에서는 발견되지 않았다.

DNA 검사 결과 열 개의 부위는 전부 다 동일 인물의 신체임이 확인됐다. 머리와 몸통, 몸통과 좌우 위팔, 좌우 위팔과 좌우 아래팔, 몸통과 좌우 넓적다리, 좌우 넓적다리와 좌우 종아리는 각각을 연결해 주는 관절 부분이 절단되어 있었다. 절단면에서는 생활반응이 나타나지 않았으므로 신체는 사후에 절단된 것이다. 절단면의 상태를 본다면 톱이나 식칼로 신체를 절단했을 텐데, 그 도구들도 유기 현장에서는 발견되지 않았다.

생전에 호소다가 마지막으로 목격된 것은 22일 아침 9시경. 그가 아파트의 자기 집에서 복도로 나왔을 때 이웃집 사람과 우연히 마주쳤다. 그러나 그가 어디로 갔는지는 모른다. 이웃집 사람은 호소다와 특별히 친했던 것도 아니라서 그때도 그냥 가볍게 인사만 했다고 한다.

범인은 22일 밤부터 23일 새벽 사이의 시간대에 자동차를 타고 하천부지까지 시체를 운반한 것으로 보인다. 그러나 그 부근의 주민들에게 물어봐도 수상한 자동차나 인물을 목격했다는 증언은 하나도 나오지 않았다.

사토시는 고개를 갸웃거렸다. CCRS에 등록된 정보는 이게 전부였다. 도대체 이 정보의 어디에서 히이로 사에코는 의문을 느낀 걸까?

2

다음 날 아침에 출근한 사토시는 평소처럼 미화원인 나카가와 기미코와 마주쳤다.

"데라다 군, 안녕?"

"안녕하세요."

"두리안 맛 사탕을 가지고 있는데, 먹을래?"

상대가 허리에 찬 작은 가방에서 사탕을 꺼냈다.

"아뇨, 사양할게요."

사토시는 황급히 손을 내저었다. "에이, 맛있는데." 그러면서 나카가와 기미코는 아쉬워하는 표정을 지었다.

"데라다 군, 지금은 어떤 사건의 증거품에 QR 코드 라벨을 붙이고 있어?"

"십오 년 전에 아카바네의 아라카와 하천부지에서 발견된 토막 살인 사건입니다."

나카가와 기미코는 잠깐 기억을 더듬는 것처럼 눈을 감더니, 금방 "아, 그 사건?"이라고 말했다. 하여간 충격적인 사건에 관해서는 발군의 기억력을 자랑한다.

"살해된 남자가 얼굴이 제법 잘생겨서 똑똑히 기억하고 있지. 난 말이야, 범인은 틀림없이 여자일 거라고 생각해. 살해된 남자의 불륜 상대일걸? 이른바 치정 싸움이란 거야. 남자가 바람을 피우니까 여자가 열 받아서 확 죽여 버린 거지. 만약에 재수사를 하게 된다면 내 의견도 기억해 줘."

"네, 기억해 둘게요."

"데라다 군도 잘생겼으니까. 괜히 여자를 울리다가 토막 나지 않도록 조심해."

"조심할게요."

사토시는 그렇게 말하고 조수실로 들어갔다.

책상 위에는 수사 서류가 놓여 있었다. 히이로 사에코는 어제 다 읽었나 보다.

옆에 있는 관장실로 들어가서 히이로 사에코에게 인사를 했다. 설녀는 읽고 있는 서류에서 눈도 떼지 않았다. 이미 익숙해져서 신경도 쓰이지 않았다. "오늘 내로 수사 서류를 다 읽겠습니다." 그렇게 말하고 조수실로 돌아왔다.

우선 시체검안서를 집어 들었다.

당연한 이야기지만 '사망 시각'과 '사망 원인' 항목의 내용은 CCRS의 사건 정보에 있는 내용과 동일했다. '사망 장소'는 공란이었다. 그리고 '그 외 특기 사항'이라는 항목에는 두 가지 정보가 기재되어 있었다.

첫째, 흉기가 박힌 각도. 후두부에 대해 수직에 가까운 각도로 꽂혀 있으며, 상하좌우의 흔들림은 거의 0도이다.

둘째, 절단 부위를 몇 번이나 자른 흔적. 한 번에 절단하지 못했으므로 범인은 별로 힘이 세지 않은 인물일 가능성이 있다고 적혀 있었다. 별로 힘이 세지 않은 인물이라니…… 여자인가?

이어서 수사보고서를 훑어봤다.

첫 번째 서류의 맨 앞에는 사건 현장검증 도면이 끼워져 있었다. 현장 부근인 하천부지의 지도가 그려져 있었고, 캐리어 한 개와 보스턴백 네 개가 유기된 장소가 표시되어 있었다. 하천부지의 산책로 바로 옆, 2미터쯤 떨어진 위치에 총 다섯 개의 가방이 한꺼번에 놓여 있었다.

그다음은 사건 개요. 이 부분은 CCRS에 기재된 내용과 같았다. 그 후 수사 과정이 자세히 기재되어 있었다.

맨 처음 용의자로 지목된 인물이 누구인지 알았을 때 사토시는 깜짝 놀랐다. 놀랍게도 이미 사망한 오리에였기 때문이다.

오리에는 22일 오전 10시 반경에 집에서 가장 가까운 JR 소부선 후나바시역에서 플랫폼으로 진입하는 전차 앞에 뛰어들어 양다리가 절단되는 중상을 입었다. 주위에 있던 승객의 목격 증언에 의하면 오리에는 자살을 시도한 것이 틀림없었다. 즉시 근처에 있는 신후쿠카이 병원으로 옮겨져 긴급수술을 받았지만, 그 보람도 없이 그날 오후 11시 50분에 숨을 거뒀다.

호소다의 사망 추정 시각은 22일 오전 10시부터 정오 사이. 그렇기에 시간적으로는 오리에도 범행이 가능했다. 오리에는 호소다를 죽이고, 그 후 죄책감에 시달리다가 후나바시역에서 투신자살을 했을 가능성도 있다. 다만 오리에는 시체를 토막 내서 아라카와 하천부지에 유기할 시간은 없었다. 그 일은 공범자가 담당해야 했을 것이다.

오리에가 용의자로 지목된 것은 남편을 살해할 동기가 있었기 때문이다. 오리에의 몸에는 구타의 흔적이 많이 남아 있었다. 호소다에게 일상적인 폭력을 당한 것이 확실했다. 그리고 오리에는 이혼하고 싶어 했지만, 호소다가 고집스럽게 그 요청에 응하지 않았다는 사실도 오리에의 아버지와 여자 친구의 증언에 의해 밝혀졌다. 어쩌면 오리에는 이혼에 응하지 않는 호소다를 죽여야겠다 결심했을지도 모른다. 아니면 폭력을 당하는 도중에 자기 몸을 지키려고 하다가 돌발적으로 그를 죽였을 가능성도 있다.

그러나 수사 결과 오리에는 알리바이가 있었다. 오전 9시 넘어서부터 10시 넘어서까지 후나바시역 근처의 카페에 머물렀다는 사실을 알아냈다. 그곳은 오리에가 자주 가는 카페라서 직원은 오리에를 알고 있었다. 원래 얌전한 손님이었지만 그날은 유난히 침울해 보여서 직원은 오리에를 걱정했었다고 한다. 아마도 그때 이미 오리에는 자살하기로 마음을 굳히고, 그것을 실행하기 전에 좋아하는 카페에 와서 마지막 시간을 보냈던 것이리라.

그다음 용의자로 부상한 사람은 오리에의 아버지인 야기사와 신조였다. 야기사와는 딸한테서 남편이 자기에게 폭력을 휘두른다, 이혼하자고 해도 들어주지 않는다는 이야기를 들었다. 딸을 너무 사랑한 나머지 호소다를 살해했을 가능성도 있다.

야기사와는 오전 10시 50분경에 경찰한테서 오리에가 투신자살을 시도했다는 연락을 받고 병원으로 뛰어왔는데, 그 전까지는 이치카와시에 있는 자기 집에 있었다고 한다. 야기사와는 이십오 년 전에 아내를 잃었고 딸도 결혼하여 집을 나갔으므로 혼자 살고 있었다. 알리바이를 증명해 줄 사람은 없었다. 오전 10시부터 10시 50분까지의 시간대라면 그는 호소다를 살해할 수 있었던 것이다. 게다가 그 후 집에 돌아가서 시체를 토막 낼 수도 있었을 테고, 자가용이 있으므로 아라카와 하천부지까지 시체를 유기하러 갈 수도 있었을 것이다.

야기사와는 오리에의 투신자살 소식을 듣고 호소다에게 연락하기 위해 그의 직장, 집, 친구 등 여기저기 전화를 걸었다고 한다. 하지만 그것은 자기가 범인이란 사실을 숨기기 위한 일종의 쇼였을지도 모른다.

그러나 야기사와의 범행을 뒷받침하는 증거는 아무것도 발견되지 않았다. 수사본부는 야기사와를 유력한 용의자로 여기면서도 수사 대상의 범위를 넓혔다.

호소다는 쾌활한 성격이라서 남자 친구도 여자 친구도 많았다. 그들을 하나하나 조사했지만, 호소다를 살해할 정도로 미워하는 사람은 눈에 띄지 않았다.

그 후 호소다의 교우 관계를 조사하는 과정에서 의외의 사실이 드러났다. 오리에의 긴급수술 당시 마취를 담당했던 아키카와 메구미라는 여의사가 호소다의 불륜 상대였던 것이다. 수사본부는 이 여자를 새로운 용의자로 간주했다. 아키카와 메구미는 호소다가 아내 곁으로 돌아가려고 했기 때문에 그를 살해한 게 아닐까.

아키카와 메구미는 사건 당일 비번이라서 고토구에 있는 자기 집에 있었다. 그런데 당번 마취의가 맹장염에 걸리는 바람에 급하게 출근하게 되었다. 그 사람이 병원으로 향한 것은 오전 11시 넘어서였다. 호소다의 사망 추정 시각은 오전 10시부터 정오 사이였으므로 아키카와 메구미도 범행은 가능했다. 의사라서 인체의 구조는 잘 알고 있었고, 시체를 절단하는 것에 대한 생리적 거부감도 일반인보다는 적었을 것이다. 게다가 자가용도 있었다. 그러나 아키카와 메구미를 범인이라고 단정할 만한 증거도 발견되지 않았다.

호소다의 차가 어디론가 사라진 것이 판명됐는데, 이 수수께끼는 금방 풀렸다. 호소다가 사건 두 달 전에 차를 운전하다가 도로 옆의 가로수를 들이받는 바람에 차가 심하게 부서졌던 것이다. 호소다는 기적적으로 경상만 입었는데, 음주 운전이었으므로 구십 일 동안 면허정지 처분을 받았다.

시체의 각 부위를 집어넣은 캐리어와 보스턴백은 전부 다 대량으로 유통되고 있는 상품이었다. 유통 경로를 통해 구매자를 알아내는 것은 불가능했다.

결국 몇 명의 용의자들을 찾아냈는데도 확실한 증거는 찾아내지 못한 채, 수사는 교착 상태에 빠졌다…….

*

그날 오후 5시 넘어서 겨우 수사 서류를 다 읽은 사토시는 관장실로 들어갔다.

히이로 사에코는 변함없이 서류를 읽고 있었다. 지친 기색은 전혀 없었다. 마치 기계를 보는 것 같았다.

"내일 재수사에 관한 지시를 해 주시겠습니까?"

그러자 히이로 사에코는 "자네가 만나 줬으면 하는 인물이 있어."라고 말하더니 세 사람의 이름을 말했다. 모두 다 수사보고서에 이름이 실려 있는 사람들이었다.

"어째서 그 세 사람입니까?"

"이 세 사람 중에 범인이 있기 때문이다."

상대가 대수롭지 않게 툭 던진 한마디에 사토시는 경악했다.

"……그렇게 단언하실 수 있는 이유가 뭡니까?"

"시체를 토막 냈기 때문이야. 시체를 토막 낼 이유가 있는 사람은 이 세 사람밖에 없어."

히이로 사에코가 무슨 생각을 하고 있는지 도무지 알 수 없었다.

"그런데 현재로선 딱 한 사람으로 결정지을 수가 없어. 좀 더 질문을 해 볼 필요가 있다."

그러더니 한층 더 놀라운 말을 했다.

"내일 재수사에는 나도 동행한다."

사토시는 저도 모르게 "또요?"라고 말했다. 곧바로 실언이었음을 깨닫고 후회했다. 그러나 히이로 사에코는 그다지 신경 쓰지도 않는 눈치였다.

"솔직히 말하자면 어떤 질문을 해야 할지, 이번에는 아직 결정하지 못했거든. 그 세 사람을 직접 만나 보면 결정할 수 있을지도 몰라. 그래서 동행하고 싶은 거다."

"알겠습니다."

그렇게 사토시는 수긍했다. 그리고 어제부터 궁금했던 점을 물어보기로 했다. 과연 상대가 대답해 줄지 모르겠지만, 밑져야 본전이다.

"그런데 어제 관장님은 시체검안서를 보시고 '역시 그랬구나.'라고 말씀하셨잖아요? 그렇다면 그 전부터 이 사건에 대해 어떤 의문을 품고 계셨다, 그것은 CCRS의 사건 정보를 읽고 느낀 의문점이었다. 맞죠?"

"그렇다."

"저도 CCRS의 사건 정보는 읽었습니다만, 관장님이 무엇에 의문을 느끼셨는지 전혀 알 수 없었습니다. 도대체 어떤 점에 의문을 품으신 겁니까?"

"내가 품었던 의문은 이거야. 범인은 피해자의 몸통은 분할하지 않았는데, 팔과 다리는 분할했다. 그 이유가 뭘까?"

"그게 무슨 말씀이시죠?"

"범인은 호소다의 팔은 위팔과 아래팔로 분할하고, 다리는 넓적다리와 종아리로 분할했어. 그런데 몸통은 분할하지 않았지. 몸통을 분할하지 않았다는 것은, 범인은 몸통을 분할하지 않아도 들고 옮길 정도의 힘이 있었다는 뜻이야. 그리고 당연히 팔과 다리는 몸통보다는 가벼우니까, 몸통을 분할하지 않고 옮길 정도의 힘이 있다면 팔과 다리도 분할하지 않고 옮길 수 있었을 것이다. 그런데도 왜 범인은 팔과 다리를 분할했을까. 시체를 절단하는 것은 상당한 시간과 노력이 소요되는 일이야. 팔과 다리를 분할하지 않는다면 절단 부위는 네 군데나 줄어드니까, 그만큼 시간과 노력을 절약할 수 있었을 거다."

사토시는 깜짝 놀랐다. 듣고 보니 옳은 말이었다.

"과학 경찰 연구소에서 이미 해결된 토막 살인 사건들을 대상으로 실시한 연구에 의하면, 일본에서 발생한 토막 살인 사건의 90퍼센트 이상은 범인이 시체 운반을 쉽게 하거나 증거를 인멸하기 위해 절단 행위를 했다고 한다. 그런데 이 사건에서 시체를 분할한 방법은, 시체 운반을 쉽게 하기 위한 작업이라고 하기에는 뭔가 이상해. 다른 목적이 있다고 볼 수밖에 없어."

"그게 대체 무슨 목적입니까?"

히이로 사에코는 대답하지 않았다. 여기서 또 비밀주의구나. 사토시는 스스로 생각해 보기로 했다.

경찰청의 과학 경찰 연구소의 연구는 사토시도 들은 적이 있었다. 그 연구에 의하면 90퍼센트 이상은 시체 운반을 쉽게 하거나 증거를 인멸하기 위해서였고, 그 나머지는 어떤 성적인 환상이나 격렬한 증오 때문에 절단 행위가 이루어졌다고 한다.

그런데 어떤 성적인 환상 때문에 시체를 절단하는 경우에는 성적인 부위가 절단되는 것이 통례인데, 이번 사건은 그렇지 않았다. 또 격렬한 증오 때문에 시체를 절단할 때는 시체 훼손도 동시에 발생하는 경우가 많은데, 이번 사건에서 시체는 단순히 절단됐을 뿐이다. 증오의 감정이 느껴지진 않았다.

사토시는 현실성을 도외시하고, 추리소설에나 나올 법한 엉뚱한 가능성을 검토해 보기로 했다.

시체의 절단 부위에 원래 범인이 없애고 싶었던 어떤 흔적이 남아 있었다고 가정해 보면 어떨까. 이를테면 주사 자국이라든가. 정확히 그 부분을 절단하면 주사 자국은 사라지는 것이다. 주사는 위팔과 아래팔 사이의 경계선에다 놓는 경우도 있으니까, 위팔과 아래팔을 절단한 것은 주사 자국을 없애기 위해서였다는 이유로 설명이 가능하다. 그러나 그 외의 절단 부위, 즉, 머리와 몸통의 경계선, 어깨, 고관절 부위에 주사 자국이 있었을 것 같지는 않았다. 보통은 그런 곳에 주사를 놓지는 않으니까. 아니면 위팔과 아래팔 이외의 절단은, 진짜 목적을 숨기기 위한 위장 공작이었던 걸까? 하지만 그런 것치고는 절단 횟수가 너무 많았다.

사토시의 뇌리에는 더욱 엉뚱한 가능성이 떠올랐다.

혹시 피해자가 지문 인증 시스템에 지문을 등록해 놔서, 범인은 피해자의 지문을 그 시스템에 인식시키기 위해 피해자의 지문이 필요했던 게 아닐까. 다시 말해 피해자의 지문이 있는 손이 필요했던 게 아닐까. 그래서 좌우 아래팔을 절단했다. 좌우를 둘 다 절단한 것은, 오른손과 왼손 중 어느 쪽의 지문을 등록했는지 범인은 몰랐기 때문이다. 지문 인증 시스템은 보통 양손의 지문을 등록시켜 놔서 어느 한쪽 손의 지문을 시스템에 인식시키기만 하면 되는 구조인데, 범인은 그 사실을 몰랐던 걸지도 모른다.

그런데 지문이 있는 손이 필요했던 거라면 그냥 손목만 잘라도 됐을 것이다. 아래팔보다는 손이 더 작아서 옮기기 편하니까. 또 이렇게 되면 좌우 아래팔 이외의 절단은, 진짜 목적을 숨기기 위한 위장 공작이었던 셈인데, 그런 것치고는 절단 횟수가 너무 많다는 의문이 또다시 생겨났다.

히이로 사에코는 도대체 무슨 생각을 하고 있는 걸까?

3

맨 처음 만나러 간 사람은 이치카와시 교토쿠에 살고 있는 야기사와 신조였다.

근처에 있는 무인 주차장에 범죄 자료관의 왜건을 세워 놓고 사토시와 히이로 사에코는 야기사와의 집까지 걸어갔다. 오래된 주택가의 어느 한 곳에 세워져 있는 아담한 단독주택이었다. 집이 오래됐는지 벽이 다소 지저분해 보였다.

현관의 초인종을 누르자, 잠시 후 문이 열리더니 키도 덩치도 평균적인 노인이 모습을 드러냈다. 머리카락은 새하얬고 얼굴에는 깊은 주름살이 잡혀 있었다. 올해 여든 살일 텐데, 그보다 훨씬 더 나이가 들어 보였다.

"경시청 부속 범죄 자료관에서 나왔습니다." 사토시가 그렇게 자기소개를 하자, 야기사와는 쉰 목소리로 들어오시라고 말했다. 연령을 고려해 봐도 그 목소리에서는 전혀 생기가 느껴지지 않았다. 십오 년 전에 딸이 죽었을 때 그의 시간도 멈춰 버린 것이리라.

현관 옆의 3평쯤 되는 방으로 안내됐다. 고령의 남자가 혼자 사는 집인데도 비교적 깨끗하게 청소되어 있었다.

"도우미가 일주일에 한 번씩 와 주시거든요."

사토시의 속마음을 눈치챈 것처럼 야기사와가 말했다.

사토시와 히이로 사에코는 오래된 좌식 테이블 앞에 무릎 꿇고 앉았다. 야기사와가 서툰 손놀림으로 녹차를 만들어 손님에게 내 줬다. 사토시는 고맙다고 인사하고 찻잔을 손에 들었다. 히이로 사에코는 말없이 집 안을 둘러보고 있었다. 제발 부탁이니까 이상한 말은 하지 말아 줘. 사토시는 그런 생각을 하면서 입을 열었다.

"전화로도 말씀드렸듯이 저희 경시청 부속 범죄 자료관에서 보관하고 있는 사건의 수사 서류에 미흡한 점이 있어서, 그 부분을 보완하기 위해 몇 가지 질문을 드리고 싶습니다. 괴로운 기억을 떠올리시도록 해서 죄송합니다만 부디 잘 부탁드리겠습니다."

"네."

야기사와는 그렇게 고개를 끄덕이더니 각오를 다진 것처럼 허리를 꼿꼿이 세웠다.

"3월 22일에 있었던 일을 여쭤보겠습니다. 오전 10시 50분경에 당신은 오리에 씨가 투신자살을 시도해 병원에 실려 갔다는 연락을 받고 병원으로 달려가셨죠?"

"……네. 오리에는 두 다리가 절단되는 중상을 입고 긴급수술을 받게 되었습니다. 저는 병원에서 서둘러 호소다의 직장으로 전화를 걸었는데, 그쪽에서 호소다는 오늘 쉬는 날이라고 하는 거예요. 그래서 딸 부부의 집으로 전화를 걸었습니다. 하지만 호소다는 전화를 받지 않았어요. 호소다는 휴대폰을 가지고 있지 않아서 그쪽으로 전화할 수도 없었습니다. 그래서 혹시 친구 집에 놀러 간 게 아닐까 하고, 쓰카모토 가즈오 군에게 연락을 해봤습니다. 쓰카모토 군은 호소다의 고등학교 시절 친구인데, 저와 같이 장기를 두기도 해서 친하게 지냈거든요. 그런데 쓰카모토 군은 호소다가 자기를 만나러 오지도 않았다고 하는 거예요. 저는 어쩔 줄 몰랐습니다. 제가 너무 심하게 동요하니까 쓰카모토 군이 저를 걱정해서 병원까지 달려와 줬어요. 저는 쓰카모토 군에게 호소다가 갈 만한 곳이 어디인지 물어봐서 일일이 전화를 걸어 봤습니다. 그러나 역시 호소다는 찾을 수 없었습니다. 그러는 사이에 오리에는 긴급수술을 받았습니다. 그러나 수술한 보람도 없이 오후 11시 50분에 숨을 거두고 말았어요……."

"한 가지 여쭤볼 것이 있습니다."

히이로 사에코가 불쑥 끼어들자 사토시는 흠칫 놀랐다. 설녀는 커다란 눈동자로 야기사와를 가만히 바라보고 있었다.

"당신은 병원에 달려가서 따님이 숨을 거둘 때까지 계속 병원에 있었습니까?"

"물론이죠. 딸이 수술을 받고 있었으니까요. 가능한 한 그 옆에 있어 주고 싶었습니다."

"숨을 거둔 후에는?"

"의사의 설명을 듣고, 사망진단서를 확인하기도 했고요. 그 후 쓰카모토 군이 자동차로 데려다줘서 오전 1시쯤에 집에 돌아왔습니다."

히이로 사에코는 고개를 끄덕이더니 입을 다물었다. 이어서 질문할 기색은 보이지 않았다. 하는 수 없이 사토시는 다시 질문을 계속했다.

"그리고 그다음 날에 호소다 씨의 사건을 알게 되신 거죠?"

"네. 22일 밤에도 호소다가 어디 있는지는 알 수 없어서 저는 초조하고 답답했습니다. 그랬는데 다음 날인 23일 오후에 아카바네 경찰서에서 연락이 온 거예요. 호소다가 아라카와 하천부지에서 토막 시체로 발견됐다고요. 호소다의 행방을 알 수 없었던 이유를 그제야 알았습니다. 딸이 죽었을 뿐만 아니라 호소다도 살해됐다는 소식을 듣고 저는 망연자실했습니다. 혼이 빠져나간 기분이었어요. 그런 저를 대신해 쓰카모토 군이 상조 회사에 연락해서, 오리에를 위해 24일에 밤샘을 하고 25일에 고별식을 할 수 있도록 준비를 해 줬습니다. 장례식에서는 호소다 오리에가 아니라 야기사와 오리에라고 부르기로 했고요. 그것이 호소다와 이혼하고 싶어 했던 딸에게 주는 최소한의 작별 선물이었습니다."

"호소다 씨가 따님에게 폭력을 휘둘렀다고 들었습니다."

"오리에가 저와 몇 번이나 상담을 했어요. 남편한테 이혼하자고 말해도 그 사람이 응해 주지 않는다고요. 저는 그때마다 부부 사이인데 좀 더 참아 봐라, 언젠가는 도시유키 군도 얌전해질 거다, 그런 식으로 말했습니다. 오리에는 언제나 좀 더 참아 보겠다, 나도 잘못은 있다, 그렇게 말하고 집에 돌아갔어요. 하지만 실은 내가 딸에게 그런 말을 하면 안 됐던 겁니다. 오리에는 온순한 아이라서 계속 참고 있었을 거예요. 그런데도 그 애의 아버지인 저는 무책임한 말만 하면서 전혀 의지가 되지 못했어요. 아내가 살아 있었으면 그래도 좋은 상담 상대가 되어 줬을지도 모르는데, 아내는 오리에가 열 살이었을 때 암으로 세상을 떠났거든요. 오리에는 의지할 상대가 하나도 없어서, 결국······."

야기사와는 중간에 말을 끊었다. 그 눈에서 눈물이 흘러내렸다.

"……솔직히 고백하자면, 호소다와 오리에는 제가 맺어준 거나 마찬가지입니다."

"그게 무슨 말씀이십니까?"

"아까도 말했던 쓰카모토 군 말인데요. 그는 저와 같이 장기를 두는 친구인데, 중고차 판매점을 경영하고 있거든요. 어느 날 저는 오리에를 데리고 그 가게로 자동차를 사러 갔습니다. 그런데 우연히 그때 호소다가 가게에 놀러 와 있다가 오리에에게 한눈에 반했어요. 제가 모르는 사이에 호소다는 말재주도 좋게 오리에에게 접근해서 만날 약속을 잡았던 모양입니다. 호소다는 얼굴도 잘생겼고 말도 잘했거든요. 오리에도 기분이 썩 나쁘진 않았을 겁니다. 그렇게 둘이 사귀기 시작하더니 반년 후에는 결혼을 했습니다. 만약에 그날 제가 오리에를 데리고 차를 사러 가지 않았더라면, 오리에는 지금도 살아 있었을 겁니다. 매일 그런 생각을 하면서 저의 어리석음을 탓하고 있어요. 아내는 세상을 떠날 때 오리에를 잘 부탁한다고 말했는데. 그런데, 나는……."

야기사와는 말문이 막히더니 흐느껴 울기 시작했다. 뭔가 또 물어보고 싶은 것은 있습니까? 하고 눈짓으로 히이로 사에코에게 묻자, 상대는 고개를 흔들었다.

"이야기를 들려주셔서 감사합니다."

사토시는 그렇게 말하고 자리에서 일어났다. 이 노인은 범인일 가능성이 있을까? 사토시로선 알 수 없었다.

4

이어서 찾아간 사람은 신후쿠카이 병원에 근무하는 아키카와 메구미였다.

신후쿠카이 병원 홈페이지를 봤더니 마취의로서 그 여자의 이름이 실려 있었다. 사건 이후로 십오 년이 지난 지금도 여전히 근무하고 있나 보다. 병원에 전화해 그 사람과 연결해 달라고 해서 직접 용건을 전달했더니, 상대는 점심시간에 와 달라고 했다. 경찰이 자기 직장에 찾아오더라도 전혀 개의치 않는 것 같았다.

신후쿠카이 병원은 JR 후나바시역에서 북쪽으로 1킬로미터쯤 떨어진 곳에 있는 종합병원이었다. 수많은 아파트들이 늘어서 있는 지역에 병원 부지가 넓게 펼쳐져 있었고, 그곳에 6층짜리 흰색 건물이 우뚝 서 있었다.

왜건을 주차장에 주차시키고 사토시와 히이로 사에코는 병원 정문으로 들어갔다. 로비에는 긴 의자들이 놓여 있었고, 외래 환자들이 거기에 앉아 있었다. 접수처에서 이름을 밝히자, 즉시 본인이 나타났다. 46세일 텐데도 그렇게 안 보일 정도로 젊은 외모의 여성이었다. 머리는 쇼트커트였고 히이로 사에코처럼 무테

안경을 쓰고 있었다.

"이봐요, 다들 점심은 먹었어?"

"아뇨, 아직 안 먹었습니다."

"그럼 여기 카페테리아로 갈까? 음식이 아주 맛있거든."

카페테리아는 1층에 있었다. 한쪽 벽 전체가 창문으로 되어 있어서 밝은 빛이 쏟아져 들어왔다. 아키카와 메구미는 햄버그 정식을 주문했는데, 사토시와 히이로 사에코는 커피만 주문했다. 아무리 그래도 용의자와 같이 식사를 할 수는 없었다.

여의사는 "잘 먹겠습니다."라고 말하더니 왕성한 식욕을 과시하며 밥을 먹기 시작했다.

"어, 그래서, 사건에 관해 물어보고 싶다고?"

"네. 저희 경시청 부속 범죄 자료관에서는 사건의 증거품과 수사 서류를 보관하고 있습니다만, 그 수사 서류에 미흡한 점이 있어서요."

"대체 뭐가 미흡한지는 몰라도, 벌써 십오 년이나 지난 사건에 인력을 두 사람이나 투입한다고?"

"이 사건은 아직 시효가 만료되지 않았고, 또 미흡한 점을 그냥 놔두면 나중에 문제가 생기거든요."

사토시는 적당히 둘러대고 나서 질문을 꺼냈다.

"당신은 피해자인 호소다 도시유키 씨와 사귀었지요?"

"맞아."

아키카와 메구미는 아무런 거리낌도 없이 인정했다.

"도시유키 씨와는 단골 와인 바에서 만났어. 그 사람이 외모도 잘났고 이야기도 재미있게 잘해서 자연스럽게 사귀게 된 거야."

"아내가 있다는 사실은 모르셨습니까?"

"처음에는 몰랐지만, 금방 눈치챘지."

"그래도 계속 사귀셨다고요?"

"어휴, 뭐야. 경찰이 언제부터 도덕 선생님이 된 거야?"

사토시는 쓴웃음을 지었다.

"사건이 일어났을 때도 계속 사귀고 계셨습니까?"

"뭐, 그렇지. 슬슬 그만할까? 하는 생각도 했지만."

정말 태연하기 짝이 없었다. 물론 이것도 연극일지 모르지만, 호소다를 죽이고 그 시체를 토막 낼 정도로 격렬한 감정이 있었던 것처럼 보이진 않았다.

"사건 당일에 있었던 일에 대해 몇 가지 여쭤보겠습니다. 3월 22일 오전 11시경에 호소다 오리에 씨의 긴급수술에 마취의로서 참가해 달라고 호출을 받으셨지요?"

"맞아. 그날은 비번이었는데, 당번 마취의가 맹장염에 걸리는 바람에 내가 긴급 호출을 당했어."

"그때 마취해야 하는 상대가 호소다 씨의 아내라는 것은 모르셨던 거죠?"

"물론이지. 이름이 호소다라는 것은 수술 전에 알고 있었지만,

설마 도시유키 씨의 아내일 줄은 몰랐어."

여기서 아키카와 메구미가 비꼬는 듯한 말투로 말했다.

"상대가 도시유키 씨의 아내란 것을 알고, 수술이 실패하도록 내가 일부러 마취를 이상하게 했다. 그렇게 생각하는 거야?"

"아뇨, 그건 아니지만……."

"상대가 누구든지 간에 최선을 다하는 것은 의사로서 당연한 임무야."

그때 갑자기 히이로 사에코가 끼어들었다.

"당번 마취의가 맹장염에 걸리는 바람에 긴급 호출을 당했다면, 당신은 오리에 씨의 수술이 끝난 뒤에도 그날 하루 종일 마취의로서 일을 했다는 거군요?"

여의사는 히이로 사에코를 흥미롭다는 눈으로 쳐다봤다.

"그래, 맞아."

"몇 시까지 일하셨습니까?"

아키카와 메구미는 생각에 잠겼다.

"십오 년이나 지난 일이라 정확히 기억은 안 나지만, 언제나 저녁 7시까지는 병원에 있으니까. 그날도 아마 7시 정도까지 있었을 거야."

"그게 확실합니까?"

"응. 평소보다 늦게까지 있지는 않았을 거야. 비번인데 호출을 당해서 기분이 안 좋았으니까. 칼같이 퇴근했을 거야."

"그 후에는 곧장 집으로 돌아갔고요?"

"곧장 집으로 갔지."

"감사합니다."

갑자기 히이로 사에코가 일어났다.

"어머, 벌써 다 끝났어?"

설녀는 말없이 고개를 끄덕이더니 빙글 돌아서 걷기 시작했다. 사토시는 허둥지둥 그 뒤를 따라갔다. 도대체 뭐가 어떻게 된 걸까?

"특이한 사람이네."

아키카와 메구미의 혼잣말이 등 뒤에서 들려왔다. 진심으로 동의하는 바였다.

5

세 번째로 만난 사람은 중고차 판매업자인 쓰카모토 가즈오였다. 야기사와가 말해 줬던 것처럼 그는 호소다의 고등학교 친구였는데, 수사본부는 이 쓰카모토도 조사해 봤지만 결국 그와 호소다 사이에 특별한 갈등은 없었다는 결론을 내렸다. 쓰카모토는 야기사와와 같이 장기를 두는 사이였고, 야기사와가 병원에 달려갔을 때는 그 옆에 있어 주기도 했다.

'쓰카모토 자동차'는 이치카와시 오노마치에 있었다. 넓은 땅에 서른 대쯤 되는 자동차가 줄줄이 세워져 있었다. 그 공간 한 구석에 조립식 단층집이 있었다.

그 단층집 안에 들어가서 카운터 직원에게 "경시청 부속 범죄 자료관에서 왔습니다."라고 신분을 밝히자 즉시 응접실로 안내되었다.

"오래 기다리셨습니다. 저는 쓰카모토라고 합니다."

그렇게 말하면서 들어온 사람은 비쩍 말라서 딱 봐도 힘이 없어 보이는 남자였다. 소심하게 생긴 얼굴에는 커다란 검은 테 안경을 쓰고 있었다. 중고차 판매업자란 말을 들으면 산전수전을 다 겪은 장사꾼을 떠올리기 마련인데, 쓰카모토는 그런 이미지와는 전혀 다른 사람이었다. 히이로 사에코가 뚫어져라 그를 쳐다보자, 쓰카모토는 고양이 앞의 쥐처럼 안절부절못했다.

"저, 저기요. 불완전한 수사 서류를 보완하기 위해 오셨다고 들었습니다만, 저에게 뭘 물어보고 싶으신 건가요?"

그는 쭈뼛거리는 목소리로 그렇게 말했다. 그런 질문은 오히려 사토시가 하고 싶었다. 히이로 사에코는 사토시에게 "일단 수사보고서에 적혀 있는 사실을 확인해 줘."라고 말했을 뿐이다.

"당신과 호소다 도시유키 씨는 고등학교 시절부터 친구였지요?"

"네. 삼 년 동안 같은 반이었고⋯⋯. 호소다는 운동 신경이 정말 좋은데 저는 운동을 못해서 완전히 정반대였지만, 신기하게

도 서로 죽이 잘 맞아서요. 우리 둘 다 자동차를 좋아해서 그랬던 걸지도 몰라요."

"이 가게도 자동차를 좋아해서 운영하시게 된 건가요?"

상대의 긴장을 풀어 주기 위해 좀 엉뚱한 화제를 제시해 봤다.

"아뇨, 그건 아닙니다. 저희 아버지가 물려주신 거예요. 저는 사실 장사에는 소질이 없거든요. 하지만 아버지 때부터 오래오래 운영해 왔던 가게라, 어쩔 수 없이 맡게 된 겁니다."

"호소다 씨도 자동차를 좋아했다면 자주 여기 오셨겠네요."

"호소다 씨는 자주 여기 놀러 오셔서, 전시되어 있는 자동차의 운전석에 앉아 재미있게 노셨어요."

그때 마침 차를 가져와 준 종업원이 웃으면서 끼어들었다. 얼굴이 푸근해 보이는 중년 여성이었다.

"호소다 씨를 알고 계십니까?"

사토시는 그 여자에게 물어봤다.

"네. 무척 쾌활한 분이셨죠. 자주 농담을 해서 저희를 웃게 만드셨어요. 얼굴도 잘생겼고, 몸매도 운동선수 같았고. 우리 사장님하고는 전혀 안 어울리는 사람이었다니까요."

그 여자는 그렇게 말하면서 쓰카모토를 보고 웃었다. 오래 일한 직원인 걸까. 일단은 자신의 고용주인 쓰카모토 앞에서도 거리낌 없는 태도였다.

"후쿠니시 씨, 그만하세요."

쓰카모토는 쓴웃음을 짓더니 종업원을 내보냈다.

"3월 22일에 있었던 일을 말씀해 주시겠습니까? 야기사와 씨가 당신의 휴대폰으로 전화를 해서, 오리에 씨가 투신자살을 시도했는데 지금 호소다 씨가 어디 있는지 아느냐고 당신에게 물어봤다고 했죠?"

쓰카모토의 얼굴이 어두워졌다.

"네. 그날은 월요일이라 가게는 정기 휴일이었기 때문에 저는 집에 있었는데, 오전 11시 정도에 야기사와 씨가 제 휴대폰으로 연락을 하셨습니다. 호소다가 그쪽에 가 있지 않느냐고 물어보셨어요."

"야기사와 씨와는 친하게 지내셨습니까?"

"네, 그분과는 같이 장기를 두는 사이였거든요. 야기사와 씨는 호소다와 급히 연락을 하고 싶은데 그가 회사에도 집에도 없다고 말씀하셨습니다. 대체 무슨 일이냐고 여쭤봤더니, 오리에 씨가 전차 앞에 뛰어들었다는 거예요.

야기사와 씨가 너무 심하게 동요하고 계셔서 걱정이 됐습니다. 전에 심장이 좋지 않으시다는 이야기를 들었고, 따님 말고는 친족이 없다고 하셨던 것 같았으니까요. 혹시나 쓰러지시면 아무도 그분을 간호할 사람이 없는 거잖아요. 그분이 지금 오리에 씨가 실려 간 병원에 있다고 하셔서, 저도 그쪽으로 가기로 했습니다.

오리에 씨는 수술 중이었고 대기실에서는 야기사와 씨가 기도하는 듯한 표정으로 앉아 있었습니다. 호소다와는 여전히 연락이 되지 않는다고 했고요. 설마 그때는 이미 호소다가 살해됐을 줄은 꿈에도 몰랐습니다…….

결국 오리에 씨는 목숨을 건지지 못하고 그날 오후 11시 50분에 숨을 거뒀습니다. 야기사와 씨의 초췌해진 모습은 보기만 해도 딱할 정도였어요."

여기서 히이로 사에코가 불쑥 끼어들었다.

"당신은 병원에 도착하고 나서 오후 11시 50분까지 계속 야기사와 씨 곁에 있었습니까?"

쓰카모토는 흠칫 놀라더니, 마치 눈이 부신 것처럼 깜빡거리면서 그쪽을 봤다.

"아, 네. 야기사와 씨가 쓰러지실까 봐 걱정됐거든요. 오리에 씨가 숨을 거둔 후에 야기사와 씨는 저에게 '정말 고마워.'라고 하면서 정중히 고개 숙여 인사하셨고, '이제 그만 집에 가 봐.'라고 하셨습니다. 하지만 저는 야기사와 씨가 걱정돼서 같이 의사의 설명을 듣기도 하고 사망진단서를 확인하기도 했습니다. 그다음에 야기사와 씨를 차에 태워 집까지 모셔 드리고 나서 저도 집으로 돌아갔습니다. 집에 도착한 시각은 23일 오전 1시 반 정도였어요."

설녀는 고개를 끄덕이더니 다시 입을 다물었다. 하는 수 없이 사토시는 질문을 계속했다.

"23일에 호소다 씨의 사건을 알게 되셨죠?"

"네. 이 가게에서 일을 하고 있었는데 오후에 야기사와 씨가 제 휴대폰으로 전화하셔서, 호소다의 시체가 발견됐다고 하셨습니다. 그것도 몸이 토막 난 상태였다고요…….

도대체 무슨 일이 일어났는지 알 수가 없었습니다. 하지만 일단 오리에 씨를 보내 주는 일을 제대로 하자고 하면서 야기사와 씨를 위로하고 장례식 준비를 도와드렸습니다. 고인을 위한 24일의 밤샘과 25일의 고별식에도 참석했어요. 그때는 야기사와 씨의 뜻대로 오리에 씨는 호소다가 아니라 야기사와라는 성으로 불리게 됐습니다……. 그때 야기사와 씨의 말씀을 듣고 처음 알았는데, 호소다는 오리에 씨에게 폭력을 휘둘렀다고 합니다. 오리에 씨는 이혼하고 싶어 했는데 호소다는 그 부탁을 들어주지 않았던 거죠. 그 문제로 오리에 씨는 야기사와 씨와 상담했다고 하는데, 야기사와 씨는 부부간의 문제라고 생각해서 오리에 씨에게 그냥 참으라고 했다. 그래서 오리에 씨는 자살을 시도한 것이다……. 그분은 그렇게 말씀하시면서 후회하고 계셨습니다. 그래서 이혼하고 싶어 했던 오리에 씨의 마음을 배려해 장례식에서는 야기사와라는 성으로 부르고 싶다고 하셨어요."

몇 시간 전에 봤던 야기사와 신조의 고뇌에 찬 표정이 사토시의 뇌리에서 되살아났다.

"저는 호소다가 오리에 씨에게 폭력을 휘두른 줄은 꿈에도 몰랐습니다. 두 사람은 무척 사이가 좋아 보였거든요……."

6

미타카시에 있는 범죄 자료관으로 돌아온 것은 오후 4시가 넘었을 때였다.

"아까 그 질문은 뭐였습니까? 슬슬 관장님의 생각을 가르쳐 주시면 안 될까요?"

사토시는 그렇게 말했다. 히이로 사에코의 비밀주의에 이제는 질렸다.

"알았다."

히이로 사에코는 사토시를 관장실로 데려갔다. 사토시는 딱딱한 소파에 앉았다. 히이로 사에코는 개인적인 안락에는 전혀 관심을 보이지 않아서, 낡아 빠진 소파를 바꿀 생각도 하지 않았다.

히이로 사에코가 이야기했다.

"범인은 시체의 몸통을 분할하지 않았는데 팔과 다리는 분할했다. 이러한 절단 방식은 시체를 쉽게 운반하기 위해서라고 하기에는 이상하니까 뭔가 다른 목적이 있었을 거다. 그런 이야기는 전에 했었지?"

"네."

"그 목적이 무엇인가. 내가 생각한 목적은, 범인은 가동 범위가 넓은 관절을 절단하고 싶어 했다는 것이다."

"……가동 범위가 넓은 관절이라고요?"

그 생소한 말에 어리둥절해졌다.

"여기서 관절이란 것은 당연히 뼈와 뼈가 결합된 부분이야. 이 것은 움직이지 않는 부동관절과, 움직이는 가동관절로 크게 나 뉜다. 부동관절은 두개골을 구성하는 뼈 같은 것이고, 가동관절 은 인체를 자유롭게 움직이기 위한 다양한 관절이다. 또 가동관 절은 경추 관절, 어깨관절, 팔꿈치 관절, 손목 관절, 고관절, 무 릎관절, 발목 관절 등과 같이 가동 범위가 넓은 관절과, 등뼈를 구성하는 추체간 관절이나 추간 관절처럼 가동 범위가 좁은 관 절로 나뉜다. 쉽게 설명하자면 목, 어깨, 팔꿈치, 손, 가랑이, 무 릎, 발목처럼 크게 움직이는 부위의 관절은 가동 범위가 넓지만, 등뼈처럼 별로 크게 움직이지 않는 부위의 관절은 가동 범위가 좁은 거야. 그리고 기묘하게도 이 가동 범위가 넓은 관절과 가동 범위가 좁은 관절의 구분은, 실제로 이번 시체의 절단된 부분과 충분히 절단될 수 있었는데도 절단되지 않았던 부분의 구분이랑 정확히 일치한다."

"……그런가요?"

"절단 부위를 한 번 더 확인해 보자. 머리, 몸통, 좌우 위팔,

좌우 아래팔, 좌우 넓적다리, 좌우 종아리, 그렇게 총 열 개야.

머리와 몸통 사이에는 경추 관절이 있다. 몸통과 좌우 위팔 사이에는 어깨관절이 있다. 좌우 위팔과 좌우 아래팔 사이에는 팔꿈치 관절이 있다. 몸통과 좌우 넓적다리 사이에는 고관절이 있다. 좌우 넓적다리와 좌우 종아리 사이에는 무릎관절이 있다. 즉, 절단 부위는 전부 다 가동 범위가 넓은 관절이야. 한편 절단되지 않았던 몸통에 있는 관절은 등뼈를 구성하는 추체간 관절과 추간 관절인데, 이것은 가동 범위가 좁은 관절이다.

이렇게 보면 범인은 가동 범위가 좁은 관절이 아니라, 가동 범위가 넓은 관절을 기준으로 시체를 절단하고 싶어 했다고 볼 수 있다."

"그 말씀을 들으니 납득은 가는데……. 하지만 범인은 왜 그런 짓을 하고 싶어 했던 걸까요?"

"피해자가 어떤 자세를 취하고 있었는지 모르게 하는 것이 목적이었던 거다."

"피해자가 어떤 자세를 취하고 있었는지, 모르게 한다고요……?"

"가동 범위가 넓은 관절은 확 구부러지거나 쭉 늘어날 수 있어서, 특정한 자세를 취하는 데 크게 기여하는 관절이야. 거꾸로 말해 가동 범위가 넓은 관절을 절단하면, 어떤 자세를 취하고 있었는지 알 수 없게 되는 거지. 아마 피해자는 특수한 자세로 죽었을 거다. 범인은 피해자의 시체가 그 자세를 계속 유지하면 안 되는 이유가 있었다. 계속 그런 자세로 있으면 범인이 누구인지 들통나 버릴 가능성이 있었던 거겠지. 그래서 범인은 가동 범위가 넓은 관절을 기준으로 피해자를 절단한 것이다."

"아니, 그렇다면 그냥 죽이고 나서 시체의 자세를 똑바로 해 놓으면 되잖아요? 그게 훨씬 더 간단한데요. 왜 그렇게 하지 않았던 겁니까?"

"피해자한테 사후경직이 발생했기 때문이다."

"……사후경직?"

"범인은 범행을 저지르고 나서 어떤 이유 때문에 현장을 떠날 수밖에 없었다. 시체는 특수한 자세를 유지하고 있었는데, 이 시점에서 범인은 피해자를 그대로 놔둬도 아무 문제가 없을 거라고 생각했을 거야. 금방 볼일을 다 보고 돌아올 수 있을 거라고 생각했을지도 모르지. 그런데 범인은 피치 못할 사정으로 생각보다 더 오랫동안 사건 현장을 떠나게 되었어. 그리고 돌아왔을 때는 이미 사후경직이 발생해서 시체가 특수한 자세로 딱딱하게 굳어 있었다. 이대로 놔두면 이 특수한 자세 때문에 범인이 밝혀질 거다. 그렇다고 범인은 사후경직이 풀릴 때까지 마냥 기다릴 수도 없는 처지였어.

그래서 범인은 경추 관절, 어깨관절, 팔꿈치 관절, 고관절, 무릎관절처럼 가동 범위가 넓은 관절을 기준으로 시체를 토막 내서, 시체가 어떤 자세를 취하고 있었는지 알 수 없게 만든 것이다. 그렇게 하면 결과적으로 시체는 머리, 몸통, 오른쪽 위팔, 오른쪽 아래팔, 왼쪽 위팔, 왼쪽 아래팔, 오른쪽 넓적다리, 오른쪽 종아리, 왼쪽 넓적다리, 왼쪽 종아리, 그렇게 총 열 개의 부위로 분할되는 거지."

사토시는 말문이 막혔다. 이 얼마나 터무니없는 발상인가.

"이 사후경직이라는 가설을 뒷받침해 주는 것은, 시체 발견 현장에서 피해자의 의복과 신발이 눈에 띄지 않았다는 사실이다. 피해자의 지갑은 캐리어 안에 남겨 뒀으니까 그의 의복과 신발도 마찬가지로 남겨 둬도 됐을 거야. 하지만 범인은 그렇게 하지 않았다. 왜냐하면 피해자를 토막 낼 때 의복이 거치적거려서 벗길 수밖에 없었는데, 사후경직 때문에 옷을 쉽게 벗기지 못하고 가위나 칼로 찢어야만 했기 때문이다. 찢어진 의복은 사후경직을 암시하기 때문에 현장에는 버릴 수 없었어. 의복이 없는데 신발만 있는 것도 이상하지. 그래서 신발도 똑같이 현장에는 버리지 않았다."

"아, 그렇군요……."

"그리고 내가 아카바네 경찰서에서 받아 온 시체검안서를 읽었을 때, '범인이 피해자의 특수한 자세를 모르게 하려고 시체를 토막 냈다.'라는 가설이 옳다는 것이 증명됐다. 왜냐하면 그 시체검안서에는, 절단 부위를 몇 번이나 잘랐다는 사실이 적혀 있었으니까."

"그것은 범인의 힘이 약하다는 사실을 보여 주는 증거인 줄 알았는데요, 아닙니까?"

"보통은 시체를 절단할 때 시체는 드러누운 상태라서 팔도 다리도 쭉 펴고 있어. 그러니까 관절을 절단할 때, 뼈에 파고든 칼날은 뼈에 대해 거의 90도의 각도가 된다. 한편 특수한 자세를 취하고 있는 시체를 절단할 때는 팔이나 다리는 구부러져 있다고 상정할 수 있어. 그러니까 관절을 절단할 때, 뼈에 파고든 칼날은 뼈에 대해 거의 90도의 각도가 되지는 않는 거지. 만약에 경찰이 사법해부를 통해 칼날이 들어간 각도까지 자세히 조사한다면, 시체의 팔이나 다리가 구부러져 있었다는 것, 즉 특수한 자세를 취하고 있었다는 것이 탄로 나 버릴 거야. 범인이 충분히 똑똑한 인물이었다면 그런 사태를 상정하여 어떤 위장 공작을 행했을 것이다. 그리고 시체검안서에는 절단 부위를 몇 번이나 잘랐다고 기록되어 있었어. 이것은 범인의 힘이 약해서 그런 것이 아니라, 뼈에 칼날이 박히는 각도를 그럴싸하게 위장하기 위해서 그랬던 것이다. 이로써 나는 나의 가설이 옳다는 것을 확신했어."

그래서 히이로 사에코는 시체검안서를 읽고 "재수사를 실시한다."라고 말했던 것이다.

"재수사를 실시하면서 나는 범인이 만족시켜야 하는 조건을 세 가지 도출했다.

첫 번째 조건, 범인은 범행 직후부터 한동안 현장을 떠났다. 그동안 시체에 사후경직이 발생해서 시체는 특수한 자세로 굳어 버린 거야. 사후경직은 일반적으로 사후 두 시간에서 세 시간이 지나면 내장과 턱과 목에서부터 서서히 시작되어 사후 열두 시간에서 열세 시간이 지나면 온몸에 이른다. 고로 범인은 범행 직후부터 열두 시간 이상 현장을 떠나야만 하는 사정이 있었다고 할 수 있어. 현장을 떠나지 않았더라면, 사후경직이 시작된 것을 반드시 눈치챘을 테니까. 그리고 이제 막 살해한 시체를 그냥 내버려 두고 현장을 떠나야만 했으니, 그것은 어지간히 강제력이 있는 사정이었을 거야.

　두 번째 조건, 범인은 사후경직이 저절로 풀려서 시체의 특수한 자세를 평범하게 되돌릴 수 있을 때까지 기다릴 수 없었다. 사후경직은 사후 사십팔 시간에서 육십 시간 사이에 풀리기 시작해서, 사후 칠십이 시간에서 구십육 시간이 지나면 완전히 풀린다. 그 정도는 조사해 보면 금방 알 수 있었을 거야. 그러나 범인은 그 정도의 시간을 기다리는 것조차 불가능했다. 그리고 범인은 시체를 토막 내지 않고 땅에 묻어 버리는 방법도 선택하지 않았다. 시체를 땅에 묻어 버리면 피해자가 특수한 자세를 취했다는 것도 아무도 모를 테고, 토막 내는 것보다는 묻어 버리는 것이 그나마 생리적 혐오감이 적게 느껴졌을 거야. 그럼에도 불구하고 범인은 시체를 토막 냈다. 여기서 알 수 있는 사실은, 범인은 피해자의 죽음을 세상에 알리고 싶어 했다는 것이다. 땅에 묻으면 피해자는 단순한 실종으로 간주될 뿐이지 죽었다고 여겨지지는 않을 테니까. 그러므로 범인은 범행 후 칠십이 시간에서 구십육 시간이 지나기 전에 피해자가 죽었다는 사실을 세상에 알려야 하는 사정이 있었다고 생각할 수 있어.

참고로 시체는 하천부지의 산책로 바로 옆에 유기되어 있었다. 그래서 아침에 산책하던 노인에게 금방 발견됐지. 캐리어에는 신용카드가 끼워진 지갑도 들어 있었고, 그 덕분에 시체의 신원은 곧바로 판명됐다. 시체 발견 및 신원 확인이 신속하게 이루어지도록 범인이 일부러 그렇게 했던 거야. 이것은 두 번째 조건의 방증이 된다.

세 번째 조건, 범인은 피해자가 특수한 자세를 취했다는 사실을 숨기기 위해 시체를 일부러 토막 냈어. 여기서 알 수 있는 점은, 피해자의 특수한 자세가 범인과 밀접하게 관련되어 있다는 사실이다. 피해자가 그 자세를 취했다는 사실이 알려지면 범인이 누구인지 금방 들켜 버린다는 뜻이야.

나는 우선 수사보고서를 읽고 사건의 관계자들 중에서 첫 번째 조건을 토대로 용의자를 추려 내려고 했다. 즉, 범행 직후부터 열두 시간 이상 사건 현장을 떠나야만 하는 사정이 있었던 사람들이다. 그런데 수사보고서에는 호소다의 사망 추정 시각에 관한 알리바이만 적혀 있었고, 열두 시간 이상 지날 때까지 무엇을 하고 있었는지는 적혀 있지 않았어. 그래서 정확히 말하자면, 범행 직후에 현장을 떠나야만 하는 사정이 있었던 사람들을 골라내기로 했던 거야."

"그게 바로 야기사와 신조, 아키카와 메구미, 쓰카모토 가즈오였던 거군요?"

"그렇다. 야기사와 신조는 오전 10시 50분경에 딸인 오리에가 투신자살을 시도했다는 연락을 받고 병원으로 달려갔다. 아키카와 메구미는 오전 11시 넘어서 오리에의 긴급수술 때문에 병원으로 불려 갔고. 쓰카모토 가즈오는 오전 11시경에 야기사와의 전화를 받고, 너무 심하게 동요하는 야기사와가 걱정돼서 병원으로 달려갔다. 셋 다 호소다의 사망 추정 시각인 오전 10시부터 정오 사이의 어느 시간에, 그동안 있었던 장소를 급히 떠나야만 하는 볼일이 생겼어. 다시 말해 범행 직후에 예기치 못한 사태로 현장을 떠나야만 하는 사정이 있었던 사람들이지. 그리고 그런 사정이 있는 사람은 이 세 사람 말고는 없었다.

이 사람들 중에서 범인이 누구인지 알아내기 위해서는 첫 번째 조건을 '완전히' 충족시키는 사람이 누구인지, 또 동시에 두 번째와 세 번째 조건까지 충족시키는 사람이 누구인지 확인할 필요가 있었어. 그런 정보는 수사보고서에서는 알아낼 수 없으니까, 실제로 세 사람을 만나 볼 필요가 있다고 판단했다."

그래서 히이로 사에코는 또다시 사토시와 동행했던 것이다.

"실제로 만나 본 결과, 첫 번째 조건을 완전히 충족시키는 사람은 두 명밖에 없다는 사실을 알아냈다. 야기사와와 쓰카모토다. 야기사와는 병원에 달려간 다음부터 오리에가 숨을 거둔 오후 11시 50분까지 내내 병원을 떠나지 않았다고 한다. 쓰카모토는 병원에 도착한 다음부터 오리에가 숨을 거둘 때까지 계속 야기사와 곁에 있었다고 했고. 게다가 그 후에는 같이 의사의 설명을 듣고 사망진단서를 확인하기도 했어. 쓰카모토는 야기사와를 오전 1시 정도에 집으로 데려다줬고, 그 후 자신의 집에 도착한 것은 오전 1시 반 이후였다고 했다. 그러니까 둘 다 호소다의 사망 추정 시각인 오전 10부터 정오 사이의 어느 시간부터 열두 시간 이상 자기 집을 떠났던 셈이야. 한편 아키카와는 오후 7시 정도까지 병원에서 근무하다가 그 후 곧장 집으로 돌아갔다고 했다. 고로 열두 시간 이상 집을 떠났던 것은 아니야."

그래서 히이로 사에코는 아키카와 메구미에 대한 질문을 금방 끝냈던 것이다.

"자, 이제는 야기사와와 쓰카모토 중에서 누가 두 번째와 세 번째 조건까지 충족시키느냐가 문제가 된다. 그런데 자네가 세 사람에게 질문하는 것을 듣다가 알게 됐어. 두 번째와 세 번째 조건까지 충족시키는 사람은 쓰카모토라는 사실을."

"쓰카모토가요?"

어째서 그가 두 번째와 세 번째 조건까지 충족시킨다는 걸까?

이해가 되지 않았다.

"우선 세 번째 조건부터 살펴보자. 호소다가 취했던 특수한 자세, 범인과 밀접한 관련이 있는 자세. 그것은 차를 운전하는 자세…… 즉, 운전석에 앉아 양손을 앞으로 내밀고 핸들을 잡은 자세였다."

"……차를 운전하는 자세라고요?"

"그래. 쓰카모토의 중고차 판매점에서 일하는 종업원이 말해 줬잖아. 호소다는 자주 그 가게에 놀러 와서, 전시되어 있는 자동차의 운전석에 앉아 재미있게 놀았다고. 바로 그런 상황에서 그가 살해됐다고 생각해 보면 어떨까.

호소다는 지름이 1, 2밀리미터인 날카롭고 뾰족한 원형 물체에 후두부가 찔려서 연수 손상으로 사망했다. 그리고 시체검안서를 보면 흉기가 꽂힌 각도는 후두부에 대해 수직에 가까웠고, 상하좌우의 흔들림은 거의 0도였다고 했어. 만약에 호소다가 운전석에 앉아 있고 범인이 뒷좌석에 앉은 상태에서 손을 내밀어 호소다의 이마를 뒤로 끌어당기면서, 동시에 운전석의 목 받침대와 시트 등받이 사이의 틈새로 일반 송곳이나 얼음송곳을 확 찔러 넣었다면 어떻게 됐을까. 그 틈새를 통과한다면 흉기는 정확히 운전석에 있는 호소다의 연수에 박혔을 거야. 그리고 그 틈새를 통과시키려면, 틈새와 평행하게 흉기를 찔러 넣는 것이 가장 좋아. 비스듬히 찔러 넣으면 틈새의 위아래 벽에 부딪쳐서 찌르기의 위력이 약해질 가능성이 있으니까. 호소다의 후두부는 목 받침대에 대해서는 평행해졌고, 목 받침대와 시트 등받이 사이의 틈새에 대해서는 수직이 되었으니까, 그 틈새에 평행하게 흉기를 찔러 넣으면 호소다의 후두부에는 거의 수직으로 흉기가 푹 박혀서 상하좌우의 흔들림은 0도에 가까운 상태가 될 것이다. 이런 각도도 증거가 되는 거야. 호소다가 찔렸을 때 운전석에 앉아 있는 자세였다는 추측의 증거 말이다."

"아, 그렇군요……."

"차를 운전하는 자세는 의자에 앉은 자세와도 다르고, 소파에 앉은 자세와도 달라. 의자에 앉았을 때보다는 좀 더 등을 뒤로 젖히고, 두 다리를 앞으로 뻗고 있으니까. 등을 뒤로 젖힌 각도는 소파에 앉은 자세와 비슷하지만, 핸들을 잡기 위해 양손을 앞으로 내밀었다는 점은 달라. 이런 자세로 굳어 있는 시체를 본다면, 차를 운전하는 자세로 살해됐다가 사후경직을 일으켰다는 사실은 금방 알게 될 거야.

아니면 호소다는 후두부를 찔렸을 때 핸들을 양손으로 붙잡은 채 상반신을 앞으로 숙이고 얼굴을 핸들에 박은 자세로 죽어서, 그 상태로 사후경직을 일으켰을지도 몰라. 그런 자세는 양손으로 뭔가 원반 같은 물건을 붙잡고 거기에 얼굴을 박은 것처럼 되니까, 차를 운전하는 자세에서 상반신을 앞으로 숙였다는 것은 일목요연하지.

호소다의 차는 그 전에 이미 사고로 폐차됐어. 그러니까 호소다의 시체가 차를 운전하는 자세로 발견된다면, 호소다의 차가 아니라 다른 차의 운전석에서 살해됐다는 사실을 들키게 될 거야. 호소다는 면허가 정지됐으니까 렌터카를 빌리는 것은 불가능해. 그렇다면 호소다가 평소에 종종 재미 삼아서 탔던 쓰카모토의 중고차 판매점의 차 안에서 살해됐다는 사실을 경찰이 알게 될 테고, 쓰카모토가 범인이란 사실도 알게 될 거야. 그래서 호소다의 시체를 분해해서 그가 어떤 자세였는지 알 수 없게 만들었던 거다."

"네, 확실히 쓰카모토는 세 번째 조건도 충족시키네요……. 하지만 두 번째 조건은 어떻습니까? 쓰카모토는 어째서 범행 후 칠십이 시간에서 구십육 시간이 지나기 전에 호소다가 죽었다는 사실을 세상에 알리려고 했던 거죠?"

"보조선을 하나 그어 보면 그 이유도 알게 될 거야."

"보조선? 그게 뭡니까?"

"쓰카모토가 오리에를 몰래 짝사랑했다는 것이다."

"……몰래 짝사랑했다고요?"

"그래. 쓰카모토는 야기사와한테서 오리에가 투신자살을 시도했다, 혹시 호소다가 어디 있는지 아느냐? 하는 이야기를 휴대폰으로 듣고, 그때 야기사와가 너무 심하게 동요했기 때문에 걱정이 돼서 병원으로 달려갔다고 진술했어. 그런데 쓰카모토가 병원으로 달려간 것은 야기사와가 걱정돼서 그랬다기보다는 오히려 오리에의 용태가 걱정돼서 참을 수 없었기 때문이 아닐까. 쓰카모토가 오리에를 짝사랑해서 그랬던 게 아닐까.

야기사와의 이야기에 의하면 호소다와 오리에가 처음 만난 곳은 쓰카모토의 중고차 판매점이었다고 해. 야기사와가 자신의 장기 상대인 쓰카모토의 가게에서 자동차를 구입하기 위해 오리에를 데리고 갔는데, 그때 우연히 호소다가 그 가게에 놀러 와 있었다. 그리고 오리에에게 한눈에 반한 호소다는 능숙한 말솜씨로 접근했고, 반년 후에는 두 사람이 결혼을 했다. 그런 이야기였지.

그런데 호소다가 오리에에게 한눈에 반했듯이 쓰카모토도 오리에에게 특별한 감정을 품었을 가능성은 없을까? 쓰카모토와 야기사와는 같이 장기를 두는 사이였으니까, 호소다보다 쓰카모토가 먼저 오리에를 알게 됐을 거야. 쓰카모토의 입장에서는 뒤늦게 나타난 호소다에게 오리에를 빼앗긴 듯한 기분이었을 테지. 쓰카모토는 친구를 위해 자신의 사랑은 포기했을지도 몰라. 그런데 어떤 계기로 인해 호소다가 오리에에게 폭력을 휘두르고, 심지어 이혼해 달라는 오리에의 부탁을 들어주지 않는다는 사실을 알게 된 거야."

사토시는 그 사건이 일어난 1999년에는 아직 가정 폭력 방지법이 존재하지 않았다는 사실을 기억해 냈다. 그 법이 시행된 것은 2001년부터였다.

"오리에는 점점 자살을 생각하게 됐는데, 쓰카모토는 오리에의 상태가 이상하다는 것을 막연하게나마 눈치챘던 걸지도 몰라. 이대로 가다간 오리에가 죽음을 선택할지도 모른다……. 쓰카모토는 초조해하다가 결국 조금이라도 빨리 오리에를 해방시켜 주기 위해 호소다를 죽였다. 그러나 쓰카모토는 한발 늦었어. 호소다를 죽인 것과 거의 비슷한 시각에 오리에는 자살을 해 버렸던 거야."

"그런데 쓰카모토가 오리에를 짝사랑했다 치더라도, 굳이 범행 후 칠십이 시간에서 구십육 시간이 지나기 전에 호소다의 죽음을 세상에 알리려고 했던 이유가 뭡니까?"

"오리에의 장례식에서 그 사람을 처녀 시절의 성인 야기사와로 부르기 위해서였다."

"네?"

"오리에는 이혼하고 싶어 했으니까, 오리에를 처녀 시절의 성인 야기사와로 불러 주는 것이 최소한의 작별 선물이라고 쓰카모토는 생각했던 거겠지. 하지만 아무리 부부 사이가 나빴어도 남편이 살아 있는 한, 장례식장에서 처녀 시절의 성으로 불리기는 어려울 거야. 단순히 부부 사이가 나빴으니까 처녀 시절의 성으로 불러 주자고 할 수는 없잖아? 그러나 남편이 이미 죽었다면, 처녀 시절의 성으로 불러 주자는 제안을 남들도 쉽게 받아들일 거야. 그러려면 오리에의 장례식 전에 호소다의 죽음을 세상에 알릴 필요가 있었던 거지.

오리에는 22일 오후 11시 50분에 사망했으니까 24일에는 밤샘을 하고, 25일에는 고별식을 한다고 상정하는 것이 자연스럽다. 한편 호소다는 22일 오전 10시대에 살해됐어. 사후경직이 완전히 풀리는 것은 그로부터 약 칠십이 시간 후인 25일 오전 10시대부터, 구십육 시간 후인 26일 오전 10시대 사이일 거야. 그때까지 기다렸다가 시체를 경찰이 발견하도록 만들려면 거기서 또 몇 시간을 허비하게 된다. 이러면 오리에의 장례식 시간에는 도저히 맞출 수 없어.

물론 25일 오전 10시대부터 26일 오전 10시대 사이라는 것은 사후경직이 '완전히' 풀린다고 예상되는 시각일 뿐이지, 신체의 대부분은 그보다 더 빨리 경직이 풀렸을 것이다. 하지만 어떤 부위가 얼마나 빨리 경직이 풀릴지는 알 수 없었어. 사후경직이 풀릴 때까지 기다렸다가 시체를 경찰이 발견하도록 만든다……즉, 호소다의 죽음을 세상에 알린다는 것은, 쓰카모토로선 선택할 수 없는 방법이었어."

그래서 시체를 토막 내서 어떤 자세였는지 알 수 없게 만들어놓고, 그 시체가 오리에의 장례식 전에 발견되게 한 것이다.

"그럼 쓰카모토의 범행을 재구성해 보자. 쓰카모토는 마르고 체력이 없는 사람이니까, 호소다를 죽이려면 기습을 하는 수밖에 없다고 생각했다. 그래서 생각 끝에 운전석에 앉아 있는 호소다의 후두부를 흉기로 찌르기로 결심했다. 호소다는 운전석에 앉으면 방심할 거야. 자신이 그 뒤에 있어도, 어차피 뒷좌석이니까 의심하지도 않을 테고. 게다가 운전석에 앉으면 머리는 거의 움직이지 않게 되니까, 뒤에서 흉기로 찌르기도 쉬울 것이다.

더구나 살해한 다음에 시체를 유기하려면 우선 차에 실어야 하는데, 운전석에서 죽이면 운전석에서 트렁크나 뒷좌석까지 겨우 몇 미터만 시체를 이동시키면 돼. 이처럼 자동차 운전석은 쓰카모토에게는 이상적인 범행 현장이었다.

범행 당일인 22일 오전 10시대에 쓰카모토는 호소다를 자신의 가게로 불렀다. 종업원이 목격하면 곤란하니까 일부러 정기 휴일인 월요일을 선택한 거야. 호소다한테는 '네 마음대로 차를 운전하게 해 주고 싶은데, 면허 정지 상태인 네가 운전하는 모습을 우리 종업원에게 보여 줄 수는 없으니까, 정기 휴일인 월요일에 직장에 휴가를 내고 우리 가게로 와라.'란 식으로 이야기했을 거야.

쓰카모토는 호소다가 좋아하는 자동차 운전석에 호소다를 앉혀 놓고, 자기도 이것저것 설명해 주는 척하면서 뒷좌석에 올라탔다. 그리고 호소다가 운전석에 앉아 있는 기분을 만끽하는 동안에 그는 범행을 저질렀다.

여기까지는 일이 계획대로 진행됐어. 그 후 쓰카모토는 시체를 트렁크나 뒷좌석으로 옮겨 놓고 어디에 몰래 버리러 갈 생각

이었을 거야. 그런데 여기서 뜻밖의 사건이 발생했다. 오전 11시
경에 야기사와가 그의 휴대폰으로 전화해서 이렇게 말했던 거
야. 오리에가 투신자살을 시도했는데, 혹시 호소다가 어디 있는
지 아느냐고."

그때 호소다는 시체가 되어 쓰카모토의 눈앞에 있었다. 쓰카
모토는 얼마나 소름이 끼쳤을까.

"쓰카모토에게 오리에라는 사람은, 호소다를 죽여야 할 이유
가 될 정도로 소중한 존재였다. 쓰카모토는 몹시 당황하여 서둘
러 병원으로 가기로 했다. 시체는 그냥 놔두고 갔어. 어차피 돌
아오면 그 차로 버리러 갈 예정이었으니까 굳이 차에서 꺼내 다
른 장소에 숨길 필요는 없었고, 오늘은 가게의 정기 휴일이라 종
업원도 손님도 없어서 누군가가 차 안을 엿보지도 않을 테니 괜
찮을 거라고 생각했던 거겠지. 그리고 밖에서 별로 오래 있지 않
고 돌아올 수 있을 거라고 생각했을지도 몰라.

하지만 오리에는 중태였어. 쓰카모토는 병원에서 금방 살인 현
장으로 돌아갈 수 없었다. 그리고 오후 11시 50분에 오리에가 숨
을 거뒀어. 쓰카모토는 그 후에도 야기사와를 곁에서 돌보다가
23일 오전 1시경에 집까지 데려다줬다. 그다음에 겨우 현장으로
돌아왔는데, 그때는 호소다의 시체가 사후경직이 시작돼서 차를
운전하는 자세 그대로 굳어 있었어.

이런 자세의 시체를 유기할 수는 없다. 쓰카모토는 그 사실을

깨달았어. 경찰이 조금만 조사를 해 봐도, 평소에 호소다가 종종 쓰카모토의 중고차 판매점에 와서 차를 타고 놀았다는 것은 금방 알아낼 거야. 종업원이 봤으니까 숨기지도 못할 테고. 경찰은 호소다가 살해된 장소가 쓰카모토의 가게에 있는 차의 운전석이란 사실을 밝혀내고, 쓰카모토를 범인이라고 단정할 것이 틀림없었어.

그럼 사후경직이 풀릴 때까지 기다리면 어떨까? 쓰카모토는 처음에는 그러려고 생각했을 거야. 그래서 풀리는 데 얼마나 시간이 걸릴지 조사해 봤을 테지. 그리고 사후경직은 사후 사십팔 시간에서 육십 시간이 지나면 풀리기 시작해서, 사후 칠십이 시간에서 구십육 시간이 지나면 완전히 풀린다는 사실을 알았다. 그것을 알게 된 쓰카모토는 절망적인 기분을 느꼈을 거야.

장례식에서 오리에가 호소다란 성으로 불리지 않으려면, 오리에의 장례식 전에 호소다의 죽음을 세상에 알려야만 해. 그런데 사후경직이 완전히 풀리고 나서 시체가 발견되게 만든다면, 장례식 시간에는 도저히 맞출 수가 없어. 그래서 고민 끝에 쓰카모토는 호소다의 시체를 토막 내서, 어떤 자세였는지 알 수 없는 상태로 발견되게 만들자고 결심했다.

쓰카모토는 운전석에 있는 호소다의 시체를 트렁크나 뒷좌석으로 이동시키고 그 차를 운전해서 자기 집으로 돌아왔다. 욕실에서 시체의 옷을 찢어 벗겨 내고, 시체를 토막 내서 아라카와의 하천부지에 유기했다. 이렇게 하면 경찰이 '시체를 토막 낸 이유는 쉽게 운반하기 위해서'라고 오인할 테니까, 시체를 해체한 진짜 이유를 숨길 수 있을 거라고 생각한 거겠지. 그리고 그때 시체의 신원이 금방 밝혀지도록 신용카드가 든 지갑을 캐리어 속에 같이 넣어 뒀다.

호소다의 시체는 23일 아침에 발견됐고, 신용카드를 통해 즉시 신원이 확인됐다. 야기사와는 딸이 죽었을 뿐만 아니라 사위도 살해됐다는 소식을 듣고 망연자실했어. 그래서 쓰카모토가 밤샘과 장례식 준비를 하게 되었지. 이때 쓰카모토는 그 장례식에서 오리에를 호소다가 아니라 야기사와란 성으로 부르면 어떻겠냐고 야기사와에게 제안한 게 틀림없어. 야기사와와 쓰카모토는 둘 다 야기사와의 의향에 따라 오리에를 야기사와란 성으로 부르게 된 것처럼 말했는데, 그때 야기사와는 망연자실한 상태였으니 실제로는 쓰카모토의 의향에 따라 그렇게 됐다고 생각하는 것이 자연스럽다. 이리하여 쓰카모토는 자신이 짝사랑하던 여자를, 비록 성뿐이긴 해도 호소다한테서 해방시켜 주게 된 거야."

그것은 사랑이라고 부르기에는 너무나 비정상적인 행위였다. 사토시는 낮에 봤던 풍채가 시원찮은 쓰카모토의 모습을 떠올렸다. 하지만 그에게는 그것이 분명히 사랑의 행위였을 것이다.

"쓰카모토를 체포할 수는 있을까요?"

"수사1과에 정보를 제공할 생각인데, 체포는 어려울지도 몰라.

범행 현장이 된 자동차 운전석에는 미량의 혈액이 묻어 있었을 수도 있지만, 그 자동차는 오래전에 처분됐을 테니까."

사토시는 쓰카모토가 살인을 저지르고 나서 살아온 십오 년의 삶을 생각해 봤다. 친구를 죽인 것을 후회한 적은 없었을까? 자신이 했던 행위가 정말로 짝사랑하는 여인에게 도움이 되었을지 의심한 적은 없었을까? 모든 것은 자기만족 행위에 불과했다는 사실을 깨달은 적은 없었을까?

그러나 그것은 경찰관이 물어볼 일은 아니었다.

고독한 용의자

1

그날 아침 나는 평소처럼 7시에 눈을 떴다.

불단을 놔둔 거실로 가서, 사야의 영정 사진 앞에서 합장을 했다. 아직 이십 대였던 시절의 사야는 사진 속에서 나를 보며 웃고 있었다. 그렇게 웃는 얼굴을 보니까 밝은 웃음소리가 귓가에 되살아나는 느낌이 들었다.

욕실로 가서 세수를 했다. 최근부터 조금씩 흰 털이 섞이고 있는 콧수염과 턱수염을 면도칼과 면도 크림으로 손질했다. 이 년 전에 처음 기르기 시작했을 때는 좀 이상했는데, 지금은 콧수염과 턱수염이 없으면 오히려 마음이 불안해진다.

안경을 쓰고 현관문을 열고 복도로 나왔다.

조용히 비가 내리고 있었다. 흐린 하늘에서 자잘한 물방울이 무수히 떨어지고 있었다. 아래쪽에 펼쳐진 도시도, 또 저 멀리 있는 요코하마 항구도 물안개로 흐려져 있었다. 간토 지방에서는 장마가 시작됐다는 소식을 어제 뉴스에서 들었던 것이 생각났다.

엘리베이터를 타고 1층 로비로 내려갔다. 우편함에 들어 있는 신문을 손에 들고 엘리베이터를 타려고 했는데, 그때 열린 문에서 나카타 에이코가 나왔다. 옆집인 708호에 사는 육십 대 여성이었다. "안녕하세요." 하고 인사를 나눴다.

"구보데라 씨, 내일 하이쿠* 모임에는 오시는 거예요?"

나카타 에이코가 물어봤다.

"네."

나는 고개를 끄덕였다.

"구보데라 씨, 최근에 눈에 띄게 실력이 좋아지셨어요."

그 여자는 그렇게 말하더니 수줍게 웃으면서 말을 이었다.

"어머, 미안해요. 잘난 척 평가하듯이 말해서……."

"아뇨, 나카타 씨한테 그런 칭찬을 들으니 기쁩니다."

나카타 에이코는 내가 속한 하이쿠 모임의 선배 회원이었다.

"구보데라 씨는 언제부터 하이쿠를 짓기 시작했어요?"

"삼사 년 전부터였죠. 원래 제 아내가 좋아했는데, 저도 그 영

● 5·7·5 형태의 17자(字)로 된 일본의 전통적인 정형시

향을 받아 시작하게 되었습니다. 아내는 상당히 엄한 선생님이 었어요. 언제나 제 시를 여기저기 고쳐 줬죠. 언젠가는 아내에게 칭찬받을 만한 시를 꼭 지어야지! 하고 노력했는데……."

"훌륭한 아내분이셨군요."

나카타 에이코는 숙연한 분위기로 말했다.

"저에게는 과분한 아내였다고 생각합니다. 병으로 세상을 떠 난 후에는, 아내가 없는 집에 혼자 있는 게 괴로워서 이 아파트 로 이사를 오게 됐죠."

사실 사야는 병으로 죽은 게 아니라 스스로 목숨을 끊은 것이 었다. 그러나 그 사실은 입 밖에 내지 않았다. 그때를 생각하면 지금도 마음이 갈가리 찢어지는 기분이었다.

"그럼 내일 하이쿠 모임에서 봐요."

그렇게 말하고 나는 엘리베이터를 탔다.

사야가 쓰던 식칼과 도마와 프라이팬을 써서 베이컨 에그와 야채샐러드를 만들었다. 식빵으로 토스트를 만들고 오렌지 주스 를 컵에 따라 혼자만의 아침 식사를 했다. 커피 메이커로 커피를 준비하고, 신문을 읽기 위해 테이블 위에 펼쳐 놓았다.

그 순간 '후지시로시'라는 도시 이름이 확 눈에 띄었다. 심장이 두근거렸다.

후지시로시……. 물론 그 후지시로와는 상관없을 것이다. 하지 만 이 이름을 보면 도저히 평정을 유지할 수 없었다.

이십사 년 전에 나는 후지시로 료스케라는 남자를 죽였기 때문이다.

*

후지시로 료스케는 그 당시에 내가 근무하던 전문 상사, 오키노가미 산업의 재료과 동료였다. 키가 크고 온화한 도련님 스타일의 착한 남자였다. 운동을 잘하고 싹싹하고 친절해서 상사에게도 사랑을 받았고, 여직원들 사이에서도 인기가 있었다.

그때 나는 경마에 푹 빠져 있었다. 마침 독신이니까 잘됐다 생각하고 월급의 대부분을 경마에 쏟아붓는 일도 자주 있었다. 당연히 저금 따위는 하지도 못했다. 그러던 어느 날, 후추 경마장에서 가진 돈을 거의 다 잃어버린 나는 집으로 돌아가는 역의 플랫폼에 맥없이 서 있었다. 다음 월급날까지 어떻게 살아야 하나? 하고 고민하고 있었다. 그때 후지시로가 나에게 말을 걸었다.

나의 곤궁한 처지를 들은 후지시로는 5만 엔을 빌려주겠다고 말했다. 나는 깜짝 놀라 거절하려고 했는데, 그가 미소를 지으면서 말했다.

"곤경에 처한 사람을 보면 그냥 내버려 둘 수 없어서 그래. 나는 돈도 꽤 많이 모아 놨으니까 5만 엔 정도는 빌려줄게."

후지시로의 부모님이 부자인 것 같다는 소문은 들은 적이 있었다. 그 호의를 고맙게 받아들이기로 했다. 다음 날 점심시간에 후지시로는 봉투에 넣은 돈 5만 엔을 동료들에게 보이지 않도록 몰래 건네주더니, "이건 언제든지 네가 편할 때 갚아."라고 말했다. 나는 후지시로가 원하는 대로 차용증을 써 줬다.

후지시로는 돈을 갚으라고 독촉하지 않았다. 그래서 나는 잘됐구나 하고 몇 번이나 돈을 빌렸다. 언제나 5만 엔 정도였다.

돈을 빌리기 시작한 지 일 년쯤 지난 3월 13일이었다. 내가 퇴근하려고 하는데 후지시로가 "같이 한잔하지 않을래?"라고 말했다.

후지시로는 왼손 중지에 붕대를 감고 있었다. 그 붕대는 뭐냐고 물어봤더니 그는 "농구하다가 실수로 손가락을 삐었어."라고 말하면서 웃었다. 그는 중학교 시절부터 농구를 했고, 지금도 아마추어 팀에서 활동한다고 했다. 키가 180센티미터쯤 되는 키다리 후지시로에게는 농구가 참 잘 어울린다고 생각했다.

술집에 들어가서 한동안 우리는 그 전날 재료과가 받은 '베스트 퍼포먼스 상'에 관해 이야기했다. 이 상은 금년도에 가장 크게 활약한 부서의 멤버 모두에게 일률적으로 20만 엔씩 돈을 주는 것인데, 우리 재료과는 조달 비용 삭감을 높이 평가받았다. 20만 엔을 받는 것도 좋았지만, 특히 우리가 일을 잘했다고 인정을 받은 것이 행복했다. 프로젝트 리더 격이었던 나를 주임으로 승진시켜 준다는 이야기도 물밑에서 나오고 있었다.

대화가 중간에 끊겼을 때 후지시로가 "그런데." 하고 입을 열었다.

"내가 너한테 빌려준 돈. 슬슬 돌려주지 않을래?"

나는 그 순간까지 후지시로에게 돈을 빌렸다는 사실을 거의 잊어버리고 있었다.

"아, 참, 맞다. 그게 얼마였지?"

"딱 100만 엔이야."

"많이 빌렸네. 어, 우선 처음 빌렸던 5만 엔부터 갚으면 돼?"

그러자 후지시로는 기묘한 미소를 지었다.

"전액이야."

당황한 나는 "뭐?" 하고 반문했다.

"전액을 돌려줬으면 좋겠어."

"아니, 물론 나도 그러고 싶지만. 아무리 그래도 전액을 한꺼번에 갚는 것은……."

"그럼 넌 매번 5만 엔씩 찔끔찔끔 갚으려는 거야? 그러면 대체 언제 다 갚는데?"

후지시로의 목소리는 더없이 평온했지만 왠지 서늘하게 느껴졌다. 나는 대답하지 못하고 입을 다물었다. 후지시로는 온화한 미소를 짓더니 말했다.

"사채를 써서 100만 엔을 빌리면 되잖아. 거기서 빌린 100만 엔은 그대로 나한테 넘겨주고, 너는 그 후 조금씩 빚을 갚으면 되는 거야."

웃기지 마. 사채를 써서 100만 엔씩이나 빌린다니, 말도 안 되는 이야기다. 얼굴이 저절로 굳어지는 것을 느꼈다.

"내일 밤 10시에 내가 사는 아파트로 100만 엔을 갚으러 와 줄래? 그때까지 미리 사채를 써 두는 게 좋을 거야."

'여기 계산은 네가 해 줘.'라고 말하며 후지시로는 자리에서 일어났다.

*

그다음 날 낮에는 머릿속이 빚 갚는 문제로 꽉 차 있었다. 사채 따위는 생각해 볼 가치도 없었다. 부모님은 오 년 전에 타계하셨고 친척은 한 명도 없어서 의지할 상대는 아무도 없었다. 유일한 자산은 부모님이 남겨 주신 삼십 년 된 집밖에 없는데, 그것도 금방 돈으로 바꿀 수는 없었다.

일이 전혀 손에 잡히지 않았다. 자꾸만 사소한 실수를 하다가 과장님한테 주의를 받았다. 내가 일에 집중하지 못하는 원인을 눈치챘는지, 후지시로는 이따금 놀리는 듯한 눈빛으로 이쪽을 봤다.

나는 오후 6시 넘어서 퇴근했다. 동료들은 아직 일을 하고 있었지만, 이렇게 머릿속이 고민거리로 꽉 찬 상태에서 일하는 것은 더 이상 견딜 수 없었다.

후지시로가 사는 아파트는 미나미시나가와에 있는 회사와 가까운 곳에 있었다. 그를 찾아가기로 약속한 밤 10시까지 나는 근처의 카페에서 시간을 보냈다. 샌드위치와 커피를 주문했지만 식욕이 없어서 거의 손도 대지 않았다.

10시가 되어 후지시로의 집을 방문했다.

"어, 왔어?"

회사에 있을 때와는 완전히 딴판으로 후지시로는 기분 나쁜 표정을 지으면서 나를 맞이했다. 뭔가 불쾌한 일이라도 있었나? 나는 당황했다.

현관에 들어가면 보이는 거실 겸 부엌으로 안내됐다. 7, 8평쯤 되어서 상당히 넓었다. 베이지색 카펫이 깔려 있었고, 식탁과 의자, 낮은 테이블과 소파가 놓여 있었다. 안쪽의 문 너머에는 방이 하나 더 있는 모양이니까 1.5룸인가 보다. 미나미시나가와라는 입지 조건을 생각해 보면 월세는 꽤 비쌀 것이다.

부엌 싱크대 앞에 의자가 놓여 있는 것이 보였다. 싱크대 위의 찬장을 열려고 할 때 발판 대신에 의자를 사용했나 보다.

후지시로의 권유로 나는 소파에 앉았다. 후지시로는 낮은 테이블을 사이에 두고 맞은편 소파에 앉았다.

"100만 엔은 준비했어?"

나는 고개를 푹 숙였다.

"……미안해. 아직 준비하지 못했어. 월급이 들어올 때마다 절반씩 떼서 너한테 갚을 테니까, 조금만 더 기다려 주면 안 될까?"

"안 돼."

후지시로는 그렇게 쌀쌀맞게 말했다.

"넌 반드시 전액을 갚아야 해."

"아무리 그래도 너무 갑작스럽지 않아? 네가 자꾸 그렇게 강요한다면…… 난 네가 동료한테 사채꾼 같은 짓을 한다고 총무쪽에 보고할 거야."

돈을 빌려 놓고 이런 말을 하기는 뭐했지만, 완전히 궁지에 몰린 나는 상대를 슬쩍 협박해 봤다.

"그래? 마음대로 해. 총무과의 미요시 과장님은 애초에 경마 같은 것에 푹 빠져 버린 네가 잘못한 거라고 말씀하실 테지만. 미요시 과장님은 무조건 내 편이 되어 주실 거야. 왜냐하면 그 사람한테도 잔뜩 빌려줬거든."

"……미요시 과장님한테도?"

"응. 미요시 과장님만 그런 게 아니야. 우리 회사의 많은 사람들에게 돈을 빌려줬어."

후지시로는 아무렇지 않게 말했다.

"……왜 그런 짓을 했어?"

후지시로는 대답하지 않고 온화한 미소를 짓고 있었다. 표정과 언동이 전혀 일치되지 않았다. 나는 깨달았다. 이 남자는 남이 괴로워하는 모습을 보는 게 즐거운 것이다. 그래서 우선은 별로 부담스럽지 않은 금액의 돈을 빌려주고 일부러 빚 독촉을 하지 않으면서 상대를 방심시켜 계속 돈을 빌리게 만들다가, 그 금액이 커지면 상대에게 돈을 갚으라고 강요하는 것이다. 그리하여 상대가 괴로워하는 모습을 보고 만족하는 것이다.

어째서 좀 더 빨리 눈치채지 못했을까. 이런 인간인 줄 알았으면, 절대로 이 녀석한테 돈을 빌리지 않았을 텐데.

후지시로가 문득 생각난 것처럼 말했다.

"아, 맞다. 넌 총무과의 모리노 사야를 좋아하지?"

"으, 응."

"몇 번 데이트도 한 것 같던데?"

"그걸 어떻게……."

"남한테 돈을 빌려주면 말이지, 저절로 다양한 정보가 굴러 들어오거든. 아, 좋은 생각이 났다. 네가 빚쟁이라는 사실을 모리노에게 가르쳐 줘야겠어."

"……뭐라고?"

얼이 빠져서 멍하니 상대를 쳐다봤다. 후지시로는 도련님처럼 생긴 얼굴에 미소를 띠면서 말했다.

"그런 남자랑 사귀어 봤자 좋을 게 하나도 없다는 것을 가르쳐 주는 거지. 모리노는 정말 좋은 사람이니까, 그런 여자가 불행해지는 것을 나는 참을 수 없어. 어때, 네 생각도 그렇지?"

"……그만둬."

"내일 당장 이야기해야겠다. 원래 난 여자들 사이에서 평판이 좋으니까, 내 이야기를 금방 믿어 줄 거야. 게다가 내가 얻은 정보에 의하면, 그 여자는 구⋯⋯."

공포와 분노가 폭발했다. 소파 앞의 낮은 테이블 위에 있는 전기 포트를 양손으로 붙잡아, 맞은편에 앉아 있는 남자에게 확 던져 버렸다. 전기 포트는 후지시로의 얼굴에 맞았다. 그는 비명을 지르더니 얼굴을 감싸면서 몸을 웅크렸다. 바닥에 굴러다니는 전기 포트를 들어 올려서 그의 머리를 향해 휘둘렀다. 기분 나쁜 소리가 났다. 후지시로는 몸을 앞으로 기울이면서 바닥에 쓰러지더니 옆으로 누웠다.

몇 분 동안 우두커니 서 있었다. 갑자기 발밑의 바닥에 뭔가 무거운 물체가 쿵 떨어져서 나는 정신을 차렸다. 들고 있던 전기 포트가 손에서 미끄러져 떨어진 것이다.

후지시로는 옆으로 쓰러진 채 꼼짝도 하지 않았다. 크게 뜬 눈은 한 번도 깜빡이지 않았다. 나는 그 옆에 쪼그려 앉아 조심스럽게 후지시로의 오른손을 붙잡고 맥을 짚어 봤다. 맥은 뛰지 않았다. 당황하여 후지시로의 왼쪽 가슴에 손을 대 봤다. 고동은 느껴지지 않았다.

엄청난 일을 저지르고 말았다. 후지시로를 죽여 버린 것이다. 발밑의 땅이 무너지는 듯한 감각이 나를 덮쳤다. 이걸 어쩌면 좋단 말인가?

진정해. 나는 나 자신을 타일렀다. 진정하고 생각을 해 보자.

우선은 내가 경찰한테 의심을 받을지 안 받을지, 그것부터 생각해 봐야 한다. 후지시로가 나에게 돈을 빌려줬다는 사실이 알려진다면 나는 맨 먼저 혐의를 받게 될 것이다. 그러나 후지시로는 우리 회사의 많은 사람들에게 돈을 빌려줬다고 말했다. 용의자 후보는 잔뜩 있었다.

그래도 내가 용의자 후보 중 하나란 것은 변함없는 사실이다. 그렇다면 유력한 용의자를 한 명 준비해 놓는 것은 어떨까?

이를테면 후지시로가 범인의 이름을 적어 놓은 것처럼 위장한다거나.

맨 처음 떠오른 사람은 좀 전에 후지시로가 입에 올렸던 총무과의 미요시 과장이었다. 나는 그 남자를 싫어했다. 그가 부하인 사야한테 유난히 집적거렸기 때문이다. 사야가 그 점에 관해 불평하는 것을 들은 적도 있었다. 단순히 여기에 미요시 과장의 이름을 남겨 놓는다고 그가 체포되지는 않을 테지만, 조금이라도 그를 괴롭혀 주고 싶었다.

거실 겸 부엌을 둘러봤더니 방구석에 있는 전화 받침대에 메모지와 볼펜이 놓여 있었다. 이것을 사용하자.

볼펜을 손수건으로 감싸 왼손으로 잡았다. 그리고 메모지에 '미요시'라고 히라가나로 적었다. 평소에 안 쓰는 왼손으로 썼기 때문에 덜덜 떨려서 글씨가 엄청나게 알아보기 어려웠지만, 그 덕분에 이것이 내 필적이란 사실은 들키지 않을 것 같았다. 이어서 후지시로의 시체를 전화 받침대 앞까지 끌고 와서 엎드린 자세로 놔뒀다. 그리고 시체의 오른팔을 앞으로 쭉 펴 놓고 오른손에 볼펜을 쥐여 줬다. 그 볼펜 밑에다 메모지를 놔뒀다. 빈사 상태의 후지시로가 전화 받침대 위에 있는 메모지와 볼펜을 붙잡아서 바닥을 기는 자세로 범인의 이름을 적었고, 그 후 숨을 거두었다. ……그런 상황처럼 보일 것이다. 후지시로가 오른손잡이란 사실은 매일 회사에서 봤으니까 알고 있었다. 필적이 평소 후지시로의 필적과는 다르다고 여겨질 수도 있지만, 죽어 가는 와중에 떨리는 손으로 글씨를 썼다면 평소와는 좀 달라도 이상하지는 않을 것이다.

자, 다음으로 내 지문을 지워야 한다. 부엌에 있는 행주를 가져와서 바닥에 굴러다니는 전기 포트를 꼼꼼하게 문질러 닦았다. 소파에서 내가 건드렸던 기억이 있는 부분과 문손잡이도 다 닦았다.

문득 신경 쓰여서 안쪽 방도 한번 들여다봤다. 침실로 사용하는 방인지 그곳에는 침대와 옷장이 놓여 있었다. 아무도 없었다. 이어서 욕실을 살펴봤는데 여기에도 아무도 없었다. 안심했다. 문손잡이를 손수건으로 감싸 문을 열고 복도로 나왔다.

복도는 인적 없이 조용하기만 했다. 살금살금 계단을 내려가기 시작했다.

내려가는 도중에 불현듯 어떤 기억이 뇌리에 되살아났다. 부엌 싱크대 앞에 의자가 놓여 있는 광경이었다. 그때 처음으로 이상하다 느꼈다. 싱크대 바로 위에 있는 찬장을 열려고 발판 대신 의자를 사용한 줄 알았는데, 곰곰이 생각해 보니 후지시로처럼 키가 크다면 그 찬장에는 충분히 손이 닿았을 것이다. 그런데 어째서 발판 대신 쓰려고 의자를 가져다 놓은 걸까? 아니, 그 의자를 사용했던 사람은 그보다 훨씬 더 키가 작은 다른 사람이었던 걸까? 하지만 후지시로의 집에서 다른 사람이 그런 식으로 찬장을 열다니, 그게 말이 되는 일인가? 그냥 후지시로에게 부탁하면 될 텐데.

이해가 안 갔지만, 이제 와서 되돌아가 확인해 볼 용기는 없었다. 적어도 아까 그 집 안에는 분명히 다른 사람은 없었다. 그렇다면 그대로 놔둬도 문제없을 것이다.

그나저나 앞으로는 어쩌면 좋을까. 용의자 후보는 많이 있고, 총무과의 미요시 과장이 의심받도록 위장 공작도 해 뒀다. 그러나 자신에게 알리바이가 없다는 것은 역시 불안했다. 이제 와서 알리바이를 만들 수는 없을까……?

계단을 끝까지 내려와 어두운 건물 현관을 통과했다. 길에는 아무도 없었다. 나는 빠르게 걷기 시작했다.

붉은 벽돌로 된 3층짜리 건물은 빗속에 조용히 서 있었다.

미타카역에서부터 우산을 쓰고 걸어온 데라다 사토시는 저도 모르게 넋을 잃고 그 광경을 바라봤다. 맑은 날에는 노후화된 티가 많이 나는 건물인데, 이렇게 빗속에서 보니까 상당히 운치가 있었다.

우산을 접고 정면 현관의 문을 열고 들어갔다. 오른쪽 수위실에서 나온 오쓰카 게이지로와 인사를 나눴다. 그 목소리를 들었는지 왼쪽 화장실에서 미화원인 나카가와 기미코가 나타났다.

"어유, 촉촉한 미남이 등장하셨네."

나카가와 기미코는 사토시를 보자마자 깔깔 웃었다. 그리고 허리에 찬 작은 가방 속을 슬금슬금 뒤지더니 사탕을 하나 꺼내서 "사탕은 비를 타고~"라고 하면서 이쪽으로 내밀었다. 너무 단순해서 예의상 웃어 주기도 어려운 개그였다. 사토시는 늘 그렇듯이 고맙다고 하면서 사양한 뒤 조수실로 들어갔다.

옆방인 관장실에 이미 와 있는 히이로 사에코에게 인사를 했다. 그리고 어제 저녁 퇴근 시간이 돼서 중단했던 QR 코드 라벨 붙이기 작업을 조수실에서 재개했다.

사토시가 경시청 부속 범죄 자료관으로 이동한 지 일 년 사 개월이 지났다. 최근에는 매일 이 자료관에 보관되어 있는 유류품이나 증거품에 QR 코드 라벨을 붙이는 일을 하고 있었다.

지금 라벨 붙이기 작업을 재개한 대상은, 1990년 3월 14일에 미나미시나가와에서 발생한 회사원 살해 사건의 유류품과 증거품이었다.

피해자는 후지시로 료스케, 32세. 오키노가미 산업이라는 전문 상사에서 근무하고 있었다. 15일 아침에 그의 집을 방문한 집주인이 시체를 발견했다.

후지시로는 거실 겸 부엌의 바닥 위, 전화 받침대 옆에 엎드린 자세로 쓰러져 있었다. 안면에 타박상을 입었고, 사인은 머리를 맞아서 생긴 뇌타박상이었다. 바닥에 전기 포트가 굴러다니고 있었으므로 그것이 흉기인 게 확실했다. 범인은 우선 전기 포트를 피해자의 안면에 집어 던지고, 그 후 몸을 웅크린 피해자의 머리를 전기 포트로 내려친 것이리라. 피해자의 집에 있는 전기 포트를 흉기로 삼았으므로 충동적인 범행이라고 여겨졌다. 사망 추정 시각은 전날인 14일 오후 10시부터 11시 사이. 후지시로의 왼손 중지에는 붕대가 감겨 있었는데, 조사 결과 손가락을 삐었다는 사실을 알게 됐다.

후지시로는 오른팔을 앞으로 내민 자세로 볼펜을 꽉 쥐고 있었다. 볼펜 밑에는 메모지가 있었는데, 거기에 삐뚤빼뚤한 글씨로 뭔가 적혀 있었다. 범인이 도주한 후, 빈사 상태의 후지시로가 전화 받침대 위에 있던 메모지와 볼펜을 붙잡아서 바닥을 기는 자세로 범인의 이름을 적어 놓고 숨을 거둔 것처럼 보였다. 메모지에 적힌 글자는 히라가나로 '미요시'라고 쓴 것 같았다.

부엌 싱크대 앞에는 의자가 하나 놓여 있었다. 식탁 앞에도 같은 의자가 있었으므로, 원래 식탁 앞에 있었던 두 개의 의자 중 하나를 싱크대 앞으로 이동시킨 것으로 보인다.

누가 무슨 목적으로 의자를 이동시켰을까? 싱크대 바로 위에는 찬장이 있었다. 키가 작은 사람이라면, 싱크대 위의 찬장을 열기 위해서는 발판이 필요했을 것이다. 그래서 의자를 가져온 것으로 짐작된다.

하지만 후지시로는 키가 180센티미터쯤 되니까 발판이 없어도 찬장에 손이 닿는다. 그렇다면 의자를 이동시킨 사람은 후지시로 이외의 인물일 것이다. 후지시로 이외의 인물…… 즉, 범인이다.

그럼 범인은 찬장 속에서 무엇을 꺼내려고 한 걸까? 아니면 찬장 속에 무엇을 집어넣으려고 한 걸까? 의자 위에 올라가 찬장 속을 살펴본 수사관은 거기서 다이얼식 자물쇠가 달린 금속 상자를 발견했다. 상자를 찬장에서 꺼내 열어 보려고 했지만, 다이얼식 자물쇠를 풀 수 없었다. 어쩔 수 없이 억지로 상자를 열었다.

그 안에 들어 있었던 것은 노트 한 권과 차용증 다발이었다. 그것은 후지시로가 오키노가미 산업의 사원들에게 돈을 빌려준 기록이었다. 노트에는 빌려준 상대, 날짜, 금액이 자세히 적혀 있었다.

후지시로한테서 돈을 빌린 사람은 무려 서른세 명이나 되었고, 사내의 온갖 부서에 존재하고 있었다. 다들 한 번에 빌린 금액은 1만 엔에서 5만 엔 정도의 소액이었지만, 그것이 쌓이고 쌓여서 꽤 큰 금액이 되어 있었다.

범인은 이 노트와 차용증을 찾으려고 찬장 속을 들여다본 걸까? 하지만 그렇다면 어째서 이 상자를 두고 간 걸까? 다이얼식 자물쇠가 달린 상자를 봤다면 그 안에 중요한 물건, 그러니까 돈을 빌려준 기록 같은 것이 들어 있으리란 사실은 쉽게 눈치챌 수 있었을 것이다. 그럼 혹시 범인은 상자를 열고 그 안의 노트를 수정해서 자신의 이름을 지웠거나 자신의 차용증을 몰래 빼낸 것이 아닐까? 그런 의견을 내놓는 수사관도 있었다. 그러나 감식반이 조사한 결과, 노트의 글자가 지워진 흔적은 전혀 없다는 사실이 밝혀졌다. 그리고 노트에 적혀 있는 이름과 차용증은 완벽하게 대응됐다. 사라진 차용증은 없었던 것이다.

키가 큰 후지시로는 의자를 발판으로 사용할 필요가 없다. 그런데 범인이라면 그 상자를 그냥 두고 갈 리가 없다. 이런 기묘한 수수께끼가 수사관을 괴롭혔다.

어쨌든 후지시로가 오키노가미 산업의 사원들에게 돈을 빌려주고 있었다는 사실은 후지시로가 살해된 이유를 설명해 주기에 충분했다. 아마도 범인은 후지시로에게 돈을 빌렸다가 빚 독촉을 받아서 그의 집에 왔는데, 거기서 문제가 발생하는 바람에 충동적으로 후지시로를 죽인 게 아닐까?

메모지에 적혀 있던 '미요시'란 이름의 주인공도 이 서른세 명 중에 있었다. 총무과 과장 미요시 히사오였다.

수사진은 미요시를 맨 먼저 취조했다. 미요시는 후지시로한테 돈을 빌렸다는 것은 인정했지만, 그를 죽였다는 것은 부정했다. 후지시로한테 심하게 빚 독촉을 당하지도 않았고, 조만간 전액을 갚을 예정이었으니까 죽일 이유가 없었다는 것이다. 미요시는 범인이 자신에게 누명을 씌웠다고 주장했다. 사건 당일 밤 10시부터 11시 사이에는 지바시에 있는 자기 집에 있었다고 한다. 아내와 두 자식들도 미요시가 집에 있었다고 말했지만, 가족의 증언이라 신빙성은 낮았다.

그런데 몇 번이나 취조를 해 봐도 미요시의 주장은 흔들리지 않았다. 또 미요시는 금방 빚을 갚을 수 있는 금전적 여유가 있다는 사실도 밝혀졌다. 이윽고 수사진 내부에서도 진짜 범인이 미요시에게 누명을 씌운 게 아니냐는 의견이 나왔다. 더구나 감식반이 현장의 바닥을 상세히 조사한 결과, 후지시로의 몸은 소파에서 전화 받침대 옆까지 이동된 것 같다는 사실이 드러났다. 카펫에 미량의 혈액이 묻어 있었는데, 그 묻은 모양새를 보면 후지시로가 스스로 기어서 이동한 것이 아니라 범인이 그의 몸을 질질 끌고 간 듯했다. 그 목적은 틀림없이 전화 받침대에 있는 메모지와 볼펜을 후지시로가 스스로 붙잡은 것처럼 꾸미기 위해서였을 것이다. 그렇다면 메모지에 '미요시'라고 적혀 있었던 것도 범인의 위장 공작일 것이다. 이 단계에서 미요시는 풀려났다.

수사진은 노트에 이름이 적혀 있는 나머지 서른두 명도 조사했다. 그들은 모두 후지시로한테 돈을 빌렸다는 사실을 인정했다. 그리고 범행 시간대인 오후 10시부터 11시 사이에는 거의 모두가 집에 있었으므로, 확실한 알리바이가 있는 사람은 극소수였다. 독신인 사람은 당연히 알리바이가 없었고, 가족의 증언도 믿을 수는 없었다.

수사진은 이 서른두 명 중에 범인이 있을 거라고 생각해 철저히 조사했다. 그러나 결정적인 증거는 발견되지 않았다. 후지시로가 살았던 아파트와 그 주변 사람들을 상대로 탐문 수사를 해봤지만 그것도 특별한 성과는 없었다.

당초 예상과는 반대로 수사는 장기화됐다. 이 년 후에 수사본부는 해산됐다. 그리고 2005년 3월 14일 오전 0시, 마침내 이 사건은 시효가 만료됐다.

*

사토시는 조수실에서 QR 코드 라벨을 붙이다가 깜짝 놀랐다. 조수실과 관장실 사이에 있는 문이 열리더니, 히이로 사에코가 불쑥 이쪽으로 들어왔기 때문이다.

"지금 라벨을 붙이고 있는 것은 1990년 3월의 미나미시나가와 회사원 살해 사건인가?"

히이로 사에코가 질문을 던졌다. "네." 하고 사토시가 대답하자, 그 사람이 말했다.

"이 사건의 재수사를 실시한다."

사토시는 지금까지 여덟 건의 미제 사건 또는 피의자 사망으로 종결된 사건을 히이로 사에코의 지시로 재수사했다. 수사1과에서 쫓겨날 처지가 된 사토시가 범죄 자료관으로 이동하게 된 것은 히이로 사에코가 손을 썼기 때문이라고 한다. 히이로 사에코는 빈말로도 의사소통 능력이 있다고는 할 수 없어서 탐문 수사에는 적합하지 않다. 그래서 자신의 손발이 되어 줄 조수가 필요했던 것이다.

"재수사를 실시한다는 것은, 뭔가 새로운 관점을 얻으신 건가요?"

"그래. 용의자의 범위를 좁힐 수 있을 것 같아. 범인은 후지시로가 속해 있던 재료과 동료일 가능성이 높다."

"……그걸 어떻게 아신 거죠?"

"후지시로한테서 돈을 빌린 사람들의 진술을 보면, 후지시로가 돈을 갚으라고 독촉할 때는 공통적인 패턴이 있음을 알 수 있어. 후지시로는 빚을 갚으라는 말은 하지 않고 계속해서 돈을 빌려준다. 그러다가 어느 날 갑자기 전액을 갚으라고 요구하는 거야."

히이로 사에코는 손에 들고 있던 수사 서류를 조수실 작업대 위에 펼쳐 놓았다. 그리고 돈을 빌린 사람들의 증언 부분을 손가락으로 가리켰다.

'……그 남자가 빚을 갚으라고 한 것은 최악의 타이밍이었어요. 영업 리더로 발탁되고, 자식이 태어난 직후였는데. 갑자기 50만 엔 전액을 돌려 달라고 말한 겁니다. 공적으로나 사적으로나 돈이 많이 드는 시기라서, 전액 말고 분할로 조금씩 갚게 해 달라고 부탁을 했는데요. 그 사람이 절대로 안 된다고 해서…….'

'……제가 과장이 되기로 정해졌을 때였습니다. 우리 사업부에서 첫 여자 과장이 탄생한다고 해서 다들 야단법석을 떨었고, 저도 무척 기뻤어요. 그런데 그때 후지시로 씨가 저에게 찾아와서 축하한다고 인사를 했어요. 그리고 마침 잘됐으니 지금 70만 엔을 전부 갚아 달라고 했던 거예요…….'

"이런 증언들을 보면, 후지시로가 빚을 갚으라고 말하는 타이밍에는 공통점이 있다는 것을 알 수 있어."

"그 사람에게 기쁜 일이 있을 때, 빚을 갚으라고 했던 겁니까?"

"그렇다."

히이로 사에코는 고개를 끄덕였다.

"좀 더 정확히 말하자면, 사내 승진 또는 영전이 있었을 때야.

후지시로는 사내의 온갖 부서에 있는 사람들에게 돈을 빌려줌으로써 사내의 온갖 정보를 알게 된 거야. 그래서 승진이나 영전 정보를 잽싸게 알아내서, 그 사람이 가장 행복해진 타이밍에 돈을 갚으라고 독촉하여 상대를 난처하게 만드는 것을 즐겼던 게 아닐까. 그렇다면 범인도 사건 직전에 승진이나 영전처럼 사내에서의 특별한 일을 경험했을 거야. 나는 후지시로한테서 돈을 빌렸던 서른세 명의 진술을 읽어 봤다. 그 결과 이거다 싶은 것을 발견했어."

"그게 뭡니까?"

"오키노가미 산업에서는 가장 두드러지는 성과를 낸 부서한테 '베스트 퍼포먼스 상'이란 것을 주는데, 정확히 이 사건이 일어나기 이틀 전에 후지시로의 부서인 재료과가 이 상을 받았다. 게다가 사건으로부터 한 달 이내에, 살해된 후지시로를 제외한 재료과 사람들 모두 어떤 식으로든 승진하거나 원하던 부서로 이동했다는 것도 알게 되었어."

"……그랬군요."

"그리고 재료과는 후지시로 이외의 멤버 네 사람이 전부 다 서른세 명에 포함되어 있었다. 후지시로가 그때 은밀하게 진행되던 네 사람의 승진이나 부서 이동 정보를 잽싸게 알아내서, 빚을 모두 갚으라고 강요할 최고의 타이밍이라고 생각했어도 이상하진 않을 거야. 물론 돈을 받아 내기 위해 상대를 자기 집으로 부르는 날짜는 각각 달랐을 테지만."

무서울 정도로 대담한 추리였다. 수사1과에서 이런 추리를 했다가는 가볍게 일축당할 것이다. 그러나 히이로 사에코의 대담한 추리 덕분에 지금까지 여러 건의 미제 사건을 해결해 온 것도 사실이었다.

"알겠습니다. 그럼 재료과의 네 사람을 대상으로 재수사를 해보죠."

서른세 명의 용의자가 네 명으로 줄어든 것만 해도 엄청난 진전이었다. 재료과의 네 사람은 과장인 에지마 고이치, 구보데라 마사히코, 하라구치 가즈코, 사와모토 신야였다. 사토시는 이 네 사람의 사건 당일 밤의 행동을 정리해 봤다.

오후 6시 넘어서 구보데라와 사와모토가 퇴근했다. 에지마, 하라구치, 후지시로는 일을 계속하다가 오후 8시 전에 퇴근했다. 회사에서 나온 에지마, 하라구치, 후지시로는 게이힌 급행 신반바역으로 가는 길을 같이 걸어갔다. 그 길의 중간에 후지시로가 사는 아파트가 있었다. 후지시로는 거기서 다른 사람들과 헤어졌다.

후지시로의 사망 추정 시각인 10시부터 11시 사이에 에지마, 하라구치, 사와모토 세 사람은 각자 자기 집에 있었다. 에지마는 기혼자였으므로 그의 아내는 남편이 집에 있었다고 증언해 줬지만, 가족이기 때문에 신빙성은 낮았다. 하라구치와 사와모토는 독신이라 알리바이를 증명해 줄 사람이 없었다.

유일하게 알리바이가 있다고 할 만한 사람은 구보데라 마사히코였다. 구보데라도 독신이었지만, 오후 10시 30분쯤에 사이타마현 아사카에 있는 자기 집 근처의 편의점으로 물건을 사러 가서 CCTV에 그 모습이 찍혔던 것이다. 미나미시나가와에 있는 후지시로의 집에서 아사카에 있는 구보데라의 집까지는 차를 타고 가면 사십 분쯤 걸리고, 전차와 도보로 이동하면 한 시간쯤 걸린다. 그러므로 설령 10시에 정확히 후지시로를 죽이더라도, 10시 30분 정도에 편의점의 CCTV에 찍히는 것은 불가능하다. 그 영상이 다른 날 찍힌 것이라고 생각하기도 어려웠다. 영상에는 직원과 다른 단골손님도 찍혀 있었는데, 그들에게 물어본 결과 그것은 틀림없이 3월 14일 오후 10시 30분경의 영상임이 확인됐다. 그러니까 구보데라는 유일하게 알리바이가 있다고 해도 될 것이다.

"재수사는 어떤 식으로 진행합니까?"

"우선 오키노가미 산업에 가서 1990년 3월의 인사이동을 조사한다. 그 무렵에 승진이나 영전을 한 사원의 목록과, 후지시로의 노트에 적힌 이름을 대조해 보는 거야. 그래서 겹치는 사람이 재료과의 네 사람밖에 없다는 사실이 확인되면, 에지마 고이치, 하라구치 가즈코, 사와모토 신야를 만난다. 그들을 만나 확인하고 싶은 것이 있어."

"확인하고 싶은 것이라니요? 그게 뭡니까?"

히이로 사에코는 그 질문에는 대답하지 않고 "나도 동행하겠다."라는 말을 했다.

이 사람이 동행하는 것은 이로써 네 번째였다. 전에는 사토시를 시켜서 탐문 수사를 하고 자기는 한 발짝도 움직이지 않았는데, 이게 도대체 무슨 심경의 변화일까. 사토시는 도통 알 수가 없었다.

3

비는 아침부터 끊임없이 내리고 있었다. 닫힌 창문을 통해 우울한 빗소리가 들려왔다. 레이스 커튼 너머로 보이는 하늘은 다소 어두웠다.

책상 위에 놔둔 두 대의 화면에는 주식 정보를 보여 주는 그래프가 여러 개 표시되어 있었다. 나는 그것을 보면서 증권회사에 매매 지시를 내리고 있었다.

아침에 신문에서 후지시로라는 이름을 봤더니 이십사 년 전의 사건이 생각나 버렸다. 그래서 좀처럼 일에 집중할 수 없었다. 데이 트레이더*의 일은 순발력이 중요하다. 집중하지 못한다면 순발력도 발휘할 수 없다.

어쩔 수 없다. 휴식을 취하자. 작업실에서 거실로 이동해 커피

● 주가의 흐름을 지켜보면서 하루에 몇 번이나 매매를 하는 주식 투자자

를 준비했다. Masahiko라고 적힌 머그잔을 식기장에서 꺼내 커피를 거기에 부었다. Saya라고 적힌 커플 머그잔도 나란히 테이블 위에 올려놨다.

불단에 놔둔 사야의 영정 사진을 봤다. 하얀 원피스를 입은 사야는 나를 보면서 웃고 있었다. 다정한 눈동자, 앙증맞은 코, 웃을 때 가장 예뻐지는 입술……. 다시 한 번 사야의 얼굴을 손으로 만져 보고 싶었다. 해맑은 웃음소리를 듣고 싶었다.

현관의 초인종 소리에 나는 정신을 차렸다. 인터폰 모니터를 봤더니 거기에는 정장을 입은 남자와 여자의 모습이 비치고 있었다. 처음 보는 사람들이었다. 전도라도 하러 온 걸까? 하고 생각했지만, 그런 분위기는 아니었다. "누구세요?" 하고 인터폰을 통해 대꾸했다.

"구보데라 마사히코 씨, 맞으십니까?"

남자가 말했다.

"맞는데요."

그러자 남자가 배지 같은 것을 꺼내더니 인터폰 카메라를 향해 들어 올렸다. 경찰수첩이었다.

"경시청 부속 범죄 자료관에서 나왔습니다. 1990년 3월에 후지시로 료스케 씨가 살해된 사건에 관해 여쭤보고 싶은 것이 있는데요."

심장의 고동이 빨라졌다.

"아직도 그 사건을 수사하고 있어요? 벌써 오래전에 시효가 만료된 줄 알았는데……."

"네, 물론 시효는 만료됐습니다. 저희가 이렇게 찾아온 것은, 그 사건의 사실관계를 몇 가지 확인받기 위해서입니다. 저희가 소속되어 있는 경시청 부속 범죄 자료관은 사건의 증거품과 유류품 및 수사 서류를 보관하는 시설이거든요."

어떻게 할까? 자기 스스로에게 물어봤다. 나는 알리바이가 있어, 괜찮아. 그렇게 나 자신이 대답했다.

"알겠습니다." 하고 인터폰을 향해 말한 다음에 현관으로 가서 문을 열었다. 눅눅한 바람이 불어 들어왔다.

기묘한 2인조였다. 남자는 30세 정도. 키가 크고 아주 날렵해 보이는 외모였다. 한편 여자는 나이를 짐작하기 어려웠다. 날씬한 몸매와 병적으로 하얀 피부. 인형같이 차갑고 아름다운 얼굴이었다. 무테안경을 쓰고 있었다.

갑자기 2인조 중 남자가 약간 놀란 표정을 지었다. 한편 여자는 커다란 눈을 거의 깜빡이지도 않은 채 나를 응시하고 있었다. 왠지 압도되는 기분을 느끼면서 나는 두 사람을 거실로 안내했다.

"아내분이신가요?"

불단에 놓여 있는 사야의 영정 사진을 보면서 남자가 말했다. 그 목소리는 은근히 딱딱했다.

"네. 젊은 시절 아내의 사진입니다. 이 년 전에 병으로 세상을 떠났어요."

자살했다는 이야기는 하지 않았다. 그것은 너무나 괴로운 기억이었다.

테이블 앞에 앉자, 두 사람은 명함을 꺼냈다. 남자는 데라다 사토시였고 여자는 히이로 사에코였다. 둘 다 경시청 부속 범죄 자료관 소속이었고 히이로 사에코가 관장이었다.

데라다 사토시가 거실을 둘러보면서 말했다.

"집이 참 좋네요. 실례지만 어떤 일을 하고 계십니까?"

"저는 데이 트레이더입니다. 이 년 전에 회사를 그만두고 이 일을 시작했습니다."

"어려운 일을 하시는군요. 혹시 저희가 일을 방해한 게 아닌가요?"

"아뇨, 마침 쉬고 있는 중이었습니다. 아무튼 확인하고 싶은 것이 뭡니까?"

"후지시로 씨가 살해된 3월 14일 밤에 당신이 했던 행동을 한 번 더 여쭤보고 싶습니다."

"그게 무려 이십사 년 전 일이니까 정확히 기억이 안 납니다. 편의점의 CCTV에 찍힌 덕분에 알리바이가 성립돼서, 금방 용의 선상에서 벗어났던 것으로 기억하는데요⋯⋯."

"수사 서류에 의하면 3월 14일에는 오후 6시 이후에 회사를 나오셔서 아사카에 있는 집으로 돌아가셨다고요."

"네, 그랬을 겁니다."

"그리고 10시 반경에 집 근처의 편의점에 물건을 사러 갔다가 CCTV에 찍혔고요. 후지시로 씨가 살해된 것은 10시부터 11시 사이인데, 미나미시나가와에 있는 후지시로 씨의 집에서 아사카에 있는 구보데라 씨의 집까지는 차로는 사십 분쯤 걸리고, 전차와 도보로 이동하면 한 시간쯤 걸립니다. 그러니까 설령 10시에 피해자를 죽이더라도, 10시 30분경에 편의점의 CCTV에 찍히는 것은 불가능합니다. 그렇죠?"

"아, 네. 슬슬 기억이 나네요. 편의점에 물건을 사러 가서 정말 다행이었죠. 제가 범인이 아니란 사실이 증명됐으니까요."

"아뇨, 당신이 범인입니다."

지금까지 침묵을 지키고 있던 히이로 사에코가 갑자기 목소리를 냈다. 아무런 감정도 느껴지지 않는 낮은 목소리였다.

"……내가 범인이라고요? 그게 무슨 말씀이십니까? 저한테는 알리바이가 있어요."

히이로 사에코는 그 말에 대답하지 않고 나를 쳐다봤다. 이 여자도 경찰관인 걸까? 이십사 년 전에 나를 조사했던 수사관들은 박력이 있었지만, 그래도 적당히 인간미도 느껴졌었다. 그런데 이 여자는 그들과 전혀 달랐다. 그저 차갑고 인간미가 한 조각도 느껴지지 않는, 정체불명의 압박감을 가지고 있었다.

"도대체 왜 제가 범인이란 말입니까? 설명해 주세요."

나는 언성을 높였다. 히이로 사에코가 드디어 입을 열었다.

"저는 후지시로 씨가 빚을 갚으라고 요구하는 타이밍에는 공통점이 있다는 사실을 눈치채고, 그것을 바탕으로 재료과 멤버들 중에 범인이 있을 거라고 추리했습니다."

히이로 사에코는 재료과 멤버들이 모두 다 후지시로한테 돈을 빌렸다는 사실, 사건 직전에 재료과가 '베스트 퍼포먼스 상'을 수상했다는 사실, 그로부터 한 달 내에 죽은 후지시로를 제외한 모든 재료과 멤버들이 승진하거나 원하는 부서로 이동했다는 사실, 그 외에 후지시로한테 돈을 빌린 사람들 중에서는 그런 사원이 없었다는 사실을 추리의 근거로 제시했다. 후지시로가 어째서 그때 그 타이밍에 빚을 갚으라고 요구했는지, 나는 지금 처음으로 이해했다.

"그럼 후지시로 씨를 제외한 재료과 멤버들 네 명 중에 누가 범인일까요? 제가 주목한 것은 거실 겸 부엌의 싱크대 앞에 의자가 놓여 있었다는 점이었습니다. 이것은 싱크대 바로 위에 있는 찬장을 열기 위해 의자를 발판 대신 썼던 것처럼 보이죠. 하지만 이 경우에는 기묘한 수수께끼가 생깁니다. 키가 180센티미터 가까이 되는 후지시로 씨가 찬장까지 손을 뻗는 데에는 발판이 필요할 리 없습니다. 그렇다면 다른 인물…… 즉, 범인이 빚에 관한 증거를 찾느라 찬장을 열려고 했던 걸까요? 하지만 그 인물이 범인이었다면, 돈을 빌려 준 상대를 적어 놓은 노트 및 차용증이 들어 있는 금속 상자를 반드시 가져갔을 겁니다. 그렇게 하지 않았다는 것은, 그 인물은 범인이 아니었다는 거죠."

이십사 년 전 그날 밤, 후지시로를 살해하고 아파트 계단을 내려가는 도중에 나도 깨달았다. 싱크대 앞에 놓여 있는 의자가 부자연스럽다는 사실을. 그때는 집에 돌아가 그것을 확인할 용기가 없었고, 또 그대로 놔둬도 문제는 없을 거라고 생각해서 그냥 떠났었다. 그런데 그 의자에 무슨 의미가 있다는 걸까?

"저는 이 수수께끼를 푸는 하나의 답을 생각해 냈습니다. 후지시로 씨는 오른쪽 어깨를 다쳐서, 일정한 높이 이상으로는 팔을 들어 올리지 못했던 겁니다. 아무리 키가 커도 팔을 들어 올리지 못한다면 키 작은 사람과 다를 게 없죠. 물론 한쪽 팔이 올라가지 않아도 나머지 한쪽 팔을 사용하면 되지만, 시체검안서에 의하면 그때 후지시로 씨는 왼손 중지를 삐었다고 합니다. 이러면 왼손으로 물건을 잡을 수 없죠. 물건을 오른손으로밖에 잡지 못한다는 뜻입니다. 그런 상황에서 오른팔이 일정한 높이까지밖에 못 올라간다면, 찬장에 물건을 넣거나 뺄 때는 발판이 필요해집니다. 그리고 오른팔이 제대로 올라가지 못하게 된 원인인 부상은 사법해부를 통해 판명되지 않았으므로, 그 부상은 겉보기에는 티가 안 나는 부상이었을 겁니다. 즉, 염좌*였다고 생각됩니다. 후지시로 씨는 오른쪽 어깨에 염좌가 있던 겁니다."

● 갑작스러운 충격이나 운동으로 근막이나 인대가 상하거나 타박상으로 피하 조직이나 장기가 상한 것

나는 그날 밤 후지시로의 상태를 떠올렸다. 회사에 있을 때와는 딴판으로 기분이 나빠 보였는데, 그게 염좌 때문이었던 건가? 그리고 사건 전날 술집에서 후지시로가 '농구하다가 왼손 중지를 삐었어.'라고 말했던 것도 기억났다.

"후지시로 씨는 범인이 오기 전에 찬장에서 상자를 꺼내서 노트와 차용증을 살펴봤을 겁니다. 그것들을 상자에 넣어 찬장 속에 집어넣은 후, 발판으로 썼던 의자를 돌려놓으려고 했을 때 범인이 왔습니다. 그래서 의자는 제자리로 돌아오지 못하고 거기 남은 겁니다.

자, 그럼 후지시로 씨가 오른쪽 어깨를 다쳤다고 하면, 오른팔을 앞으로 뻗어 범인의 이름을 쓴다는 것은 말이 안 됩니다. 여기서 알 수 있는 것은 '범인은 후지시로 씨가 오른쪽 어깨를 다쳤다는 것을 몰랐다.'라는 사실입니다. 그걸 알았으면 시체의 오른팔이 아니라 왼팔을 앞으로 뻗는 자세로 위장했을 테니까요. 왼손 중지를 삐었어도, 검지와 엄지 사이에 볼펜을 끼워서 범인의 이름을 써 놓은 것처럼 위장하는 것은 가능했을 겁니다.

범인이 후지시로 씨의 오른쪽 어깨 염좌를 몰랐던 이유는 뭘까요? 그것은 후지시로 씨가 범인에게 염좌 이야기를 하지 않았고, 또 염좌가 생긴 사건이 범인의 눈앞에서 일어나지 않았기 때문입니다. 그럼 후지시로 씨는 언제 어디서 다친 걸까요? 후지시로 씨는 붕대를 감거나 파스를 붙이지 않았습니다. 즉, 병원에

가지 않았던 겁니다. 그것은 사건 당일 밤, 이미 병원이 문을 닫은 시각에 다쳤다는 것을 뜻합니다.

후지시로 씨는 오후 8시 전까지는 회사에 있었습니다. 병원이 문을 닫는 시각은 보통 7시. 고로 7시부터 8시 전까지 회사에 있는 동안에, 또는 퇴근하는 도중에, 또는 자기 집에서 다친 것으로 보입니다.

재료과 동료들 중에서 구보데라 씨와 사와모토 씨는 오후 6시경에 퇴근했습니다. 그래서 저희는 그 후에도 남아 있었던 에지마 고이치 씨와 하라구치 가즈코 씨를 찾아내 이야기를 들어 봤습니다. 그리하여 에지마 씨, 하라구치 씨, 후지시로 씨가 8시쯤에 같이 퇴근할 때, 후지시로 씨가 계단에서 발을 헛디뎌 넘어지려다가 반사적으로 난간에 매달렸다는 것을 알게 됐습니다. 그때 오른쪽 어깨를 다친 것 같다고 하더군요. 병원에 가고 싶어도 이미 문을 닫았을 시간이고, 그렇다고 구급차를 부를 만한 일도 아니어서 그대로 헤어졌다고 합니다. 에지마 씨와 하라구치 씨는 그것이 사건과는 관계없을 거라고 생각해서, 후지시로 씨의 염좌에 관해서는 수사관에게 말하지 않았다고 합니다."

나는 목이 타는 것을 느꼈다. 히이로 사에코의 추리가 어디로 향하고 있는지, 이제는 확실히 알 수 있었다.

"에지마 씨와 하라구치 씨는 염좌를 알고 있었습니다. 고로 범인은 그날 오후 6시경에 퇴근했기 때문에 염좌를 몰랐던 구보데라 씨와 사와모토 씨, 둘 중 하나입니다."

"……그래서 내가 범인이라고 말씀하신 거군요. 하지만 나는 알리바이가 있습니다. 그 점을 잊지 말아 주세요."

히이로 사에코와 데라다 사토시는 둘 다 대답 없이 가만히 이쪽을 보고 있었다.

"나는 10시 30분경에 아사카에 있는 집 근처의 편의점 CCTV에 찍혔어요. 설령 10시에 후지시로를 죽였어도, 10시 30분경에 아사카에서 CCTV에 찍힌다는 것은 100퍼센트 불가능합니다. 설마 당신들은 내가 후지시로의 집에서 우리 집까지, 뭔가 특별한 방법을 써서 삼십 분 안에 돌아왔다고 말하려는 겁니까? 아니면 편의점의 영상이 실은 다른 날 영상이었다고 주장할 거예요?"

두 사람은 여전히 대답 없이 이쪽을 보고 있었다. 빗소리가 커진 듯한 느낌이 들었다. 이윽고 히이로 사에코가 감정 없는 목소리로 말했다.

"알리바이가 있는 사람은 구보데라 씨입니다. 하지만 당신은 알리바이가 없어요. ……그렇죠? '사와모토 신야' 씨."

*

나는 한순간 침묵했다. 그 후 웃음을 터뜨렸다.

"무슨 헛소리예요? 나는 구보데라입니다."

"당신은 사와모토 씨입니다. 저희는 에지마 고이치 씨를 통해, 재료과 멤버가 모두 찍힌 사진을 봤습니다."

"……사진?"

"저희는 방금 말씀드린 것처럼 추리를 해서 범인이 사와모토 씨라는 것을 알아냈습니다. 그래서 사와모토 씨를 만나려고 했습니다. 그런데 사와모토 씨는 오키노가미 산업을 그만뒀더군요. 회사에 그가 사는 아파트의 주소가 남아 있어서 그쪽으로 가봤는데, 사와모토 씨는 이 년 전 어느 날부터 집은 그대로 놔두고 사라져 버렸다고 집주인이 가르쳐 줬습니다. 사와모토 씨는 독신이고 가족이나 친척도 없어서, 반년을 기다렸다가 그 집의 물건을 전부 처분했다고 하더군요.

그래서 저희는 마지막으로 구보데라 씨를 만나기로 했습니다. 구보데라 씨는 알리바이가 있으므로 범인일 가능성은 없지만, 사와모토 씨의 행방을 알지도 모른다고 생각했으니까요. 구보데라 씨도 회사를 그만두고 이사를 갔지만, 호적 부표*를 조사해 보면 어디로 이사 갔는지는 쉽게 알아낼 수 있었습니다."

그리고 히이로 사에코는 나를 똑바로 쳐다봤다.

"그런데 그곳에서 본 사람이 바로 당신이었습니다. 사와모토 씨. 저희는 일부러 당신을 구보데라 씨로 취급했습니다. 그러자

● 관청에 호적 원본과 함께 보관되어 있는 서류. 주소지가 기재되어 있다.

당신은 계속 구보데라 씨로서 행동했습니다. 당신이 스스로 구보데라 씨인 척하고 싶어 하는 것은 확실했어요. ……당신은 구보데라 씨를 죽이고, 그 사람으로 변신한 게 아닙니까?"

나는 깊은 한숨을 내쉬었다.

그래, 나는 사와모토이다. 구보데라를 죽이고 그 사람으로 변신했다. 왜냐하면 구보데라가 나한테서 사야를 빼앗았기 때문이다.

이십사 년 전 그날 밤, 후지시로는 죽기 직전에 "게다가 내가얻은 정보에 의하면, 그 여자는 구……."라고 말했다. 후지시로가 그때 무슨 말을 하려고 했는지, 나는 금방 알게 되었다. "그여자는 구보데라와 사귀고 있어."라고 말하려고 했던 것이다. 사건이 일어난 지 며칠 후에 사야는 나한테 헤어지자고 했다. 그리고 몇 달 뒤 구보데라와 결혼했다.

사야가 행복해진다면 그걸로 됐어. 나는 그렇게 생각해서 참았다. 그런데 구보데라는 사야를 소중히 여기지 않았다. 결혼 후십 년쯤 지나자 사야는 우울증에 걸렸다. 그리고 이 년 전에 스스로 목숨을 끊었다. 구보데라는 곧 회사를 그만뒀다. 데이 트레이더가 될 거라고 했다. 사야의 죽음으로 얻은 보험금을 밑천 삼아서 사업을 시작하려는 게 틀림없었다.

구보데라를 용서할 수 없었다. 그런 감정이 이윽고 살의로 변했다. 나는 이미 사람을 하나 죽였으니까, 그만큼 살인에 대한망설임이 적었던 걸지도 모른다.

구보데라를 죽이기 위해 그의 신상을 조사하다가, 그가 아파트를 구입해 이사 가려고 한다는 사실을 알게 됐다. 그때 마치 하늘의 계시처럼 퍼뜩 아이디어가 떠올랐다. ……그래, 내가 구보데라가 되자. 이사 가는 타이밍을 노린다면 아직 얼굴이 알려지진 않았을 테니까, 바꿔치기를 해도 들킬 가능성은 낮을 것이다. 그래도 조금이라도 더 구보데라와 비슷해지기 위해서 나는 그의 트레이드 마크였던 콧수염과 턱수염을 기르기 시작했다.

어째서 구보데라가 되려고 했을까. 그렇게 함으로써, 구보데라가 사야와 함께 보냈던 세월을 빼앗을 수 있을 거란 느낌이 들었기 때문이다. 그뿐만이 아니었다. 구보데라가 가지고 있던 사야의 사진을 갖고 싶었다. 사야가 만지고 아꼈던 그 일상의 모든 것들을 가지고 싶었다.

나는 우연인 척 구보데라를 만나서 그가 이사 가는 날짜를 알아냈다. 그리고 이사 가기 전날에 구보데라가 살고 있는 단독주택을 방문했다. 빈틈을 노려 그를 때려서 기절시키고 밧줄로 묶었다. 눈을 뜬 구보데라를 칼로 위협해 그의 신용카드나 은행 계좌의 비밀번호 등, 그로 변신하기 위해 필요한 정보를 알아냈다. 그렇게 필요한 정보를 얻고 나서 그를 칼로 찔러 죽였다. 시체를 차로 운반해 지바현의 어느 산속에 묻었다.

다음 날 구보데라인 척하면서 이삿짐센터의 직원을 만나 짐을 옮기게 했다. 그때부터 구보데라 마사히코로서 새 아파트에서 살기 시작했다. 내가 살던 아파트에는 두 번 다시 돌아가지 않았다. 그리하여 사와모토 신야는 실종된 것으로 알려지게 되었다.

구보데라가 가지고 있던 사야의 사진은 대부분 젊은 시절의 사진이었다. 마지막 사오 년 동안은 사진도 안 찍었나 보다. 그것이 사야에 대한 구보데라의 감정을 보여 주고 있었다. 두 사람이 같이 찍혀 있는 사진에서는 구보데라를 오려 내고 사야만 남겼다. 사야의 사진을 앨범에 보관해 놓고 질리지도 않고 봤다. 사야가 웃는 얼굴로 쳐다보고 있는 사람이 나인 것 같았다. 그리고 사야가 사용했던 프라이팬, 냄비, 식칼을 사용해 매일 음식을 만들었다. 그런 것들을 통해 사야의 손의 따뜻한 기운이 느껴지는 기분이 들었다.

사야를 위해 불단을 구입해 거실에 놔뒀다. 사야의 사진 중에서 제일 마음에 드는 사진을 영정 사진으로 장식했다.

구보데라가 된 나는 그의 목표였던 데이 트레이더가 되기로 했다. 그러나 나는 그쪽에는 재능이 없었다. 매일 화면에 표시되는 주식 정보를 보면서 증권회사에 매매 지시를 내렸지만 수익은 조금도 낼 수 없었고, 자금은 점점 줄어들어 갔다. 마치 옛날에 경마를 하면서 내내 지기만 했던 것처럼. 앞으로 몇 주일만 지나면 저금은 바닥날 것이다.

"후지시로 료스케 씨와 구보데라 마사히코 씨를 살해한 것을 인정하십니까?"

데라다 사토시의 말에 나는 "네." 하고 고개를 끄덕였다.

데라다 사토시가 휴대폰으로 어디론가 연락을 했다. 이윽고 남자들 여러 명이 집 안으로 들어왔다. 그중 한 명이 경시청 수사1과라고 신분을 밝혔다.

남자들한테 연행되어 거실을 나가기 전에 나는 사야의 영정 사진을 봤다. 언제나 나를 보면서 웃어 주던 사야가 지금은 나를 보려고도 하지 않았다. 나는 더 이상 구보데라가 아닌 것이다.

기억 속의 유리

1

한여름의 햇살을 받은 묘비들이 아름답게 빛나고 있었다.

주위에 있는 나무들에서는 매미 울음소리가 요란하게 쏟아지고 있었다. 바람 한 점 없는 날씨였다. 온몸에서 땀이 분출되어 옷이 푹 젖었다. 이제 곧 오후 5시가 되는데도 강한 햇볕은 한낮에 비해 거의 약해지지 않았다.

도다 나오토는 무덤 앞에서 향을 피웠다.

묘비에는 '도다 에이치 · 히나코'라고 새겨져 있었다. 부모님은 법명(法名) 같은 것은 싫어하셨으므로, 두 분이 돌아가셨을 때 나오토는 생전의 이름을 그대로 적기로 했다.

옆에는 그의 숙부인 유지가 서 있었다. 두 사람은 함께 눈을 감고 합장을 했다. 그러자 뜨거운 공기 속에서 갑자기 정신이 아득해지는 기분이 들었다.

"형님과 형수님이 돌아가신 지 벌써 십사 년이나 됐구나……."

합장을 마친 숙부가 중얼거렸다.

"하기야 그때 고등학생이었던 나오토가 이렇게 훌륭한 의사가 됐으니, 세월이 그만큼 지난 것도 당연한가. 그런데 참 순식간에 지나갔어."

"숙부님께는 정말 신세를 많이 졌습니다. 숙부님이 도와주신 덕분에 저는 대학에 들어가서 의사가 될 수 있었어요."

"난 당연히 해야 할 일을 했던 거야."

십사 년 전 오늘, 8월 13일. 부모님은 오쿠타마마치에서 일어난 버스 추락 사고로 세상을 떠났다. 부모님은 나오토가 중학생이 된 다음부터는 해마다 병원의 여름휴가 시기인 이때가 되면 부부끼리 단둘이 여행을 갔었다. 아버지와 어머니는 무척 금슬이 좋은 부부였다. 돌아가실 때도 두 분이 같이 돌아가신 것이 그나마 유일하게 다행한 일일지도 모른다.

'아버지, 어머니. 다음에 또 올게요.' 나오토는 속으로 그렇게 중얼거린 뒤 무덤 앞을 떠났다. 마침 일본의 추석 시기라서 그 외에도 몇몇 사람들이 성묘를 와 있었다. 모두들 땀을 뻘뻘 흘리면서 더위에 허덕이는 듯한 표정이었다.

나오토와 숙부는 묘지의 주차장으로 나왔다.

"내 차를 타고 갈래? 집까지 데려다줄게."

숙부가 그렇게 말했지만 나오토는 사양했다.

"지금도 차는 별로 안 좋아해서……."

"그 후로 시간이 많이 지났는데. 아직 그대로인 거야?"

"그대로예요. 어쩌면 평생 싫어할지도 몰라요."

"그렇구나……."

숙부는 "그럼 잘 가." 하고 손을 들어 인사하더니 아우디에 올라탔다. 차가 출발했다.

그 뒷모습을 지켜보고 나서 나오토는 미타카역으로 걸어갔다. 현기증이 날 정도로 더웠지만, 그래도 차에 타는 것보다는 나았다.

차를 싫어한다는 것은 진짜였다. 정확히 말하자면, 차에 타면 공포심을 느꼈다. 좁은 차 안에 몸을 집어넣은 채 바닥에 깔린 고무 매트의 냄새를 맡으면, 숨이 막히고 땀이 나고 의식이 몽롱해졌다. 그래서 근무하는 병원에도 전차와 도보로 출퇴근을 했다.

원인은 알고 있었다. 이십육 년 전의 그 사건이다.

다섯 살 때의 여름날. 나오토는 유괴를 당해서 자동차 트렁크 속에 감금됐던 것이다.

*

8월 아침이었다. 아침밥을 먹고 아동용 애니메이션을 다 봤으

기억 속의 유괴 223

니까 오전 9시가 넘은 시각이었을 것이다.

나오토는 그 무렵 곤충채집에 열중하고 있었다. 그 당시에 그의 집은 하치오지의 언덕을 깎아 만든 지역에 있어서, 근처에 숲이 남아 있었다. 그곳에 장수풍뎅이와 사슴벌레가 살고 있는 것을 발견하고 날마다 잡으러 갔었다. 부모님은 아직 유치원 상급반인 나오토가 혼자 숲에 다니는 것을 처음에는 걱정하셨지만, 점점 익숙해져서 이윽고 아무 말도 하지 않게 되었다. 오히려 아들의 자연 친화적인 활동에 기뻐하시는 듯했다.

나오토는 그날도 손에는 잠자리채를 들고, 어깨에는 곤충채집통을 메고, 머리에는 야구 모자를 쓴 채 집을 나섰다.

아직 아침인데도 강한 햇볕이 내리쬐고 있었다. 나오토는 주택가에서 벗어나 숲으로 가는 길을 혼자 걷고 있었다. 주변에 사람은 없었다. 매미 울음소리만 울려 퍼지고 있었다.

길가에 흰색 자동차 한 대가 세워져 있었다. 그 옆을 지나가려고 했을 때, 차 안에서 누군가가 말을 걸었다.

"꼬마야, 너 혹시 도다 나오토니?"

보니까 모르는 여자가 차창 밖으로 얼굴을 내밀고 있었다. 피부가 하얗고 머리가 길었는데, 연보라색 커다란 선글라스를 쓰고 있었다.

"응. 아, 아니, 네."

그 여자는 희미한 미소를 지었다. 붉은 입술이 경련하듯이 일

그러졌다. 어쩐지 그 미소가 몹시 무섭게 느껴졌다.

"나오토. 지금 곤충채집을 하러 가는 거니?"

"네."

"어떤 곤충을 좋아하는데?"

"장수풍뎅이랑 사슴벌레."

"그래? 아줌마도 좋아해. 아줌마네 집 근처에도 숲이 있는데, 거기에 정말로 큰 장수풍뎅이가 있어."

"크다니, 얼마나?"

"이 정도."

그 여자는 가느다란 검지와 엄지를 움직여 그 크기를 나타냈다.

"우와, 좋겠다."

"나오토, 너도 커다란 장수풍뎅이를 잡고 싶니?"

"응. 기린반의 아키라가 엄청나게 큰 장수풍뎅이를 키우고 있어서 늘 자랑하거든. 그래서 나도 그거보다 더 큰 장수풍뎅이를 찾고 있어. 그런데 찾기가 힘들어."

"그럼 아줌마가 커다란 장수풍뎅이가 있는 숲으로 데려가 줄게."

"어, 정말?"

"응. 자, 여기 타."

그 여자는 조수석 문을 열어 줬다. 나오토는 차에 타려고 하다가 발을 멈췄다.

"아, 하지만 모르는 사람은 따라가면 안 된다고 했는데."

그 여자는 재미있다는 듯이 웃었다.

"나오토. 난 너희 아버지와 어머니의 친구야."

"정말?"

"아버지 이름은 에이치, 어머니 이름은 히나코. 맞지? 아버지는 의사 선생님이시고."

"맞아."

이 사람이 아버지와 어머니의 친구란 것은 사실인가 보다. 나오토는 그렇게 생각했다.

"자, 어서 타렴. 점심때까지는 집에 다시 보내 줄게."

그 말을 듣고 나오토는 흰색 자동차에 탔다. 잠자리채와 곤충채집 통은 뒷좌석에 놔두기로 했다. 여자가 왼손을 내밀어 조수석 문을 탁 하고 닫았다.

"날씨가 덥네. 주스라도 마실래?"

여자가 대시 보드의 컵 홀더에 꽂혀 있는 오렌지 주스 캔을 건네줬다. 캔 뚜껑은 이미 열려 있었다. "고마워요." 하고 인사한 뒤 나오토는 주스를 꿀꺽꿀꺽 마셨다. 강한 햇볕 아래에서 걸었더니 목이 말랐다. 무의식중에 주스를 절반도 넘게 마셔 버렸다. 여자는 나오토가 주스를 마시는 모습을 가만히 바라보고 있었다.

"잘 먹었습니다."

나오토가 캔을 돌려주자, 여자는 그것을 컵 홀더에 다시 꽂았다. 그리고 천천히 차를 출발시켰다.

차의 흔들림에 몸을 맡긴 지 십 분쯤 지났을까? 미친 듯이 졸음이 쏟아졌다. 나오토는 어느새 잠들어 버렸다.

정신을 차려 보니 주위는 캄캄했다.

일어나려고 했는데 머리가 뭔가에 부딪쳤다. 팔을 뻗으려고 했지만, 딱딱하고 매끄러운 벽 같은 것에 가로막혔다. 나오토는 극심한 공포에 빠져 눈앞의 벽을 두드렸다. 금속성 소리가 나면서 벽이 살짝 진동했지만 결국 꿈쩍도 하지 않았다. 오른쪽으로 움직이자 이번에도 벽에 부딪쳤다. 왼쪽으로 움직여도 똑같이 벽에 부딪쳤다. 바닥에는 고무 같은 것이 깔려 있었다. 그 냄새가 강하게 코를 찔렀다.

대체 여기는 어디일까? 이 좁은 장소는 어디일까?

진동 같은 것이 느껴졌다. 이따금 쿵! 하는 충격이 발생하면서 몸이 벽에 부딪쳤다. 귀에 거슬리는 소리도 들렸다.

그때 문득 깨달았다.

여기는 자동차 트렁크 안이다. 나는 자동차 트렁크 안에 갇혀 있는 것이다.

어쩌다 이렇게 된 걸까? 그 여자가 잠들어 버린 나를 가둬 놓은 걸까? 왜 그런 짓을 한 걸까?

"살려 줘! 꺼내 줘!"

몇 번이나 소리를 질렀지만 트렁크는 전혀 열릴 기미가 보이지 않았다. 나중에는 목이 아파서 소리 지르는 것을 그만뒀다.

눈물이 뺨을 타고 흘렀다.

틀림없이 이것은 질 나쁜 장난일 거야. 금방 꺼내 줄 거야. 나오토는 공포에 질려 덜덜 떨면서도 필사적으로 그렇게 생각했다.

그러나 트렁크는 아무리 기다려도 열리지 않았다.

목이 마르고 배도 고팠다. 몸을 거의 움직이지 못해서 괴로웠다.

어머니와 아버지는 틀림없이 걱정하고 있을 것이다. 분명히 나를 찾고 있을 것이다.

트렁크는 여전히 열리지 않았다.

목이 심하게 말랐고, 배고픔은 참을 수 없을 지경이 되었다. 머리가 멍해져서 생각도 제대로 할 수 없었다.

이대로 여기서 죽는 걸까? 죽기 싫어. 하고 싶은 일이 잔뜩 있는데.

나오토는 꾸벅꾸벅 졸다가 눈을 뜨기를 반복했다. 어떤 곳에 갇힌 꿈을 꾸다가 너무 무서워서 눈을 뜨고, 현실에서도 자신이 갇혀 있다는 사실을 기억해 냈다.

그러는 도중에 완전히 의식을 잃어버렸다. 아무 소리도 들리지 않게 되었다.

"나오토! 나오토!"

위에서 그리운 목소리가 쏟아져 내렸다.

눈을 뜨자 트렁크 뚜껑이 위로 올라가 있었고, 황혼 같은 빛깔을 띤 하늘이 보였다.

부모님이 마음고생으로 핼쑥해진 얼굴에 기쁜 표정을 지으면서 이쪽을 들여다보고 있었다. 아버지도 어머니도 눈물을 줄줄 흘리고 있었다. 나오토는 아버지와 어머니에게 힘없이 손을 내밀었다. 아버지가 나오토의 상반신을 일으키더니 와락 끌어안았다. 그 온기에 안심한 나오토는 또다시 의식을 잃었다.

눈을 뜨자 커다란 침대 위에 있었다. 침대 양옆에는 난간이 붙어 있었다. 옆에 있는 의자에는 아버지와 어머니와 숙부가 앉아 있었다. 큰 창문을 통해 아침 햇살이 비쳐 들어오고 있었다.

"여긴, 어디야……?"

"일어났구나……."

어머니가 나오토의 손을 잡아 자신의 뺨에 가져다 댔다. 그리고 울음을 터뜨렸다.

"병원이야."

아버지가 말했다.

"넌 유괴를 당했는데, 어제 저녁에 구출됐어. 엄청나게 쇠약해진 상태였기 때문에 이 병원으로 데려온 거야."

"유개? 그게 뭐야?"

"유괴. 나쁜 사람이 억지로 너를 데려가서, 돌려받고 싶으면 돈을 내놓으라고 우리한테 말했던 거야."

"돈을 냈어?"

"내기 전에 나쁜 사람이 너를 풀어 줬어. 분명히 나쁜 짓을 했구나 하고 반성한 걸 거야."

부모님은 "다행이다, 다행이야." 하고 되풀이해 말했다.

그 후 뢴트겐검사도 하고 혈액검사도 했다. 그리고 의사 선생님이 와서 '어디 아픈 데는 없니?', '기분이 나쁘진 않니?' 하고 이것저것 질문을 했다.

"기운이 없긴 해도 특별히 아픈 데는 하나도 없어요."

나오토는 그렇게 대답했다.

얼마 후 남녀 한 쌍이 병실로 들어왔다. "네 사건을 조사해 주고 계시는 형사님이야." 아버지가 그렇게 말했다.

나오토는 깜짝 놀라 두 사람을 쳐다봤다. 둘 다 매우 평범한 아저씨와 아줌마 같았다. TV 드라마에 나오는 형사처럼 멋있진 않았다.

아줌마 형사가 다정한 말투로 이런저런 질문을 했다. 나오토는 납치될 당시의 상황을 자세히 이야기했다. 길을 걷고 있는데 처음 보는 여자가 자신에게 말을 걸었다, 그 여자가 주스를 줘서 마셨더니 잠이 왔다, 정신을 차려 보니 자동차 트렁크에 갇혀 있었다…….

"그 여자의 나이는 몇 살 정도였니?"

"잘 모르겠어. 우리 엄마보다 조금 젊어 보였는데."

"얼굴은 어떻게 생겼어?"

"얼굴이 하얗고, 머리카락이 길고, 연보라색 선글라스를 쓰고 있었어."

"옷은?"

"하늘색 긴 옷."

"원피스 말이구나."

아줌마 형사는 고개를 끄덕였다. 이어서 아버지와 어머니를 쳐다보며 물었다.

"범인인 그 여자가 누구인지, 짐작 가는 사람이 있으신가요?"

"아뇨, 없습니다."

아버지와 어머니는 둘 다 고개를 가로저었다.

"어떤 자동차였는지 기억해?"

"흰색 자동차였어."

"문의 개수는?"

"문은 네 개."

"차 안에 있는 물건들 중에서 뭔가 기억나는 것은 있니?"

"으음……. 없어."

그때 간호사가 병실에 들어오더니 형사들에게 말했다.

"나오토는 지금 쇠약해진 상태예요. 오늘 질문은 여기까지 하고 끝내 주시겠어요?"

"알겠습니다."

형사들은 고개를 끄덕였다. 그리고 범인을 반드시 잡겠다고 나오토에게 말한 뒤 병실을 나갔다.

그다음 날 나오토는 퇴원할 수 있었다. 보도진이 미리 기다리고 있다가, 아버지 품에 안겨 있는 나오토에게 일제히 카메라를 들이댔다. 그때 그 모습이 신문에 실리고 TV에도 나왔다. 그가 다니던 유치원에서는 선생님도 친구들도 모두 다 그 사건에 관한 이야기는 하지 않고 평소처럼 나오토를 대해 줬다. 나오토가 입원해 있는 동안에 자기들끼리 의논해서 그렇게 하기로 결정한 것이리라. 나오토는 고마움을 느꼈다.

*

사건 당시에는 아직 어렸기 때문에 자세한 설명은 듣지 못했다.

자세한 설명을 들은 것은 중학교 1학년이 됐을 때였다. "너도 이제 충분히 컸으니까 괜찮겠지."라고 아버지가 말씀하시더니 이야기를 해 주셨다.

범인이 나오토를 납치한 것은 8월 14일이었다. 부모님에게 전화를 걸어 500만 엔을 요구했다. 다음 날인 15일에 부모님은 자동차에 몸값을 싣고 출발해서 범인의 지시대로 도쿄도 내에서 이리저리 차를 몰고 다녔다. 그런데 범인은 무슨 이유인지는 몰라도 도중에 몸값을 받는 것을 포기하고, 오메시 구로사와의 어느 도로변에 세워 둔 흰색 자동차 트렁크에 나오토를 가둬 놓은 상태로 풀어 줬다.

나오토를 납치한 여자의 이름은 사가와 스미요. 나오토의 친어머니였다.

나오토는 한 살 때 학대를 당했다는 의혹으로 사가와 스미요한테서 구출되어 아동 보호 시설에 맡겨졌다고 한다. 그리고 그 후 아이를 가질 수 없는 체질이었던 도다 부부의 양자가 된 것이다.

친어머니가 몸값을 받아 내려고 자신을 유괴했다는 것보다도, 자신이 아버지와 어머니의 친자식이 아니라는 사실에 나오토는 더 큰 충격을 받았다. 그는 철이 들기도 전에 입양됐기 때문에 아동 보호 시설에서 살았던 기억은 전혀 없었다. 태어났을 때부터 계속 아버지와 어머니 밑에서 자랐다고 생각했다.

그러나 피가 섞이진 않았어도 부모님이 자신에게 깊은 애정을 쏟아 준다는 것은 잘 알고 있었다. 특히 유괴 사건 당시에 트렁크를 열고 자신을 구해 준 부모님이 보여 줬던 그 걱정과 기쁨의 표정은 잊을 수 없었다. 부모님은 친어머니보다 훨씬 더 진실하게 자신을 사랑해 주고 있었다.

나오토는 의사인 아버지를 존경했다. 나중에는 자기도 의사가 되고 싶다고 생각했다. 부모님이 오쿠타마마치에서 버스 추락 사고로 돌아가신 것은 나오토가 고등학교 3학년이었을 때였다. 이때 아버지와 마찬가지로 내과의였던 숙부는 도다 내과 의원을 이어받았고, 나오토가 고등학교와 대학교에 다닐 수 있도록 지원해 주셨다.

*

미타카역까지 걸어갔더니 너무 더웠다. 그래서 역 안에 있는 카페에서 아이스커피를 마시며 한동안 땀을 식혔다. 슬슬 전차에 탈까 하고 카페에서 나왔는데, 그때 뒤에서 누가 가볍게 그의 어깨를 두드렸다.

뒤를 돌아보니 그리운 얼굴이 웃고 있었다. 데라다 사토시. 고등학교 시절의 친구인데 같이 축구부에 들었었다.

"오랜만이다. 삼 년 전에 OB회에서 만난 게 마지막이지 않아? 오늘은 어쩐 일이야?"

"부모님 성묘를 하러 왔어. 미타카 공원묘지에 갔다 왔지. 오늘이 기일이거든."

"고3 때 너희 부모님이 돌아가셨던가? 그때는 참 힘들었지."

"응, 너도 나를 많이 위로해 줬잖아. 그러는 너는 오늘 웬일이야? 수사1과에 배속됐다고 전에 OB회에서 말하지 않았어? 탐문 수사 중이야?"

"아니, 이제는 수사1과는 아니야. 미타카시에 있는 범죄 자료관에서 근무하고 있어. 거기서 퇴근해서 집에 가는 중이야."

손목시계를 봤더니 오후 5시 45분이었다. 정시에 끝나자마자 직장에서 나온 건가.

"수사1과와는 달리 정시에 퇴근할 수 있는 곳이야. 가끔 늦게까지 일하는 경우도 있지만."

사토시가 나오토의 속마음을 꿰뚫어 본 것처럼 말했다. 나오토는 쓴웃음을 지었다. 옛날부터 날카로운 친구였다. 그래서 수사1과에 배속됐던 것이리라.

"범죄 자료관이라니, 그건 어떤 곳인데?"

"경시청 관내에서 일어난 모든 형사사건의 증거품과 유류품과 수사 서류를 보관하는 부서야. 어떤 사건이 해결되거나, 혹은 해결되지 않더라도 일정 기간이 지나면 그 증거품과 유류품과 수사 서류는 범죄 자료관으로 넘어오게 되어 있어."

삼 년 전에 만났을 때 사토시는 수사1과에 배속되는 것이 자신의 꿈이었다고 말했다. 그렇다면 거기서 다른 부서로 이동한 지금 이 상황이 결코 달갑지는 않을 텐데, 이 친구의 표정에는 그늘이 없었다.

묘지에서 숙부와 대화를 나누면서 간접적으로나마 그때 그 유괴 사건을 언급했기 때문일까? 문득 나오토는 옛날부터 궁금했던 것을 사토시에게 물어보고 싶어졌다.

"그러고 보니 경시청에는 미제 사건을 전문적으로 다루는 수사반이 있다고 했지?"

"응, 있어. 오 년 전인 2009년에 특명 수사 대책실이란 것이 탄생했지. 공소시효 연장, 그리고 DNA 검사 같은 수사 기술의 발전 덕분에 오래된 사건이라도 해결할 수 있게 된 것이 탄생 배경이었어."

"그 특명 수사 대책실이란 것은 시효가 만료된 사건도 재수사를 해 줘?"

"아쉽지만 시효가 만료된 사건의 범인은 형사처벌 할 수 없으니까 재수사는 안 해."

그때 갑자기 사토시가 놀란 표정을 지었다.

"……아, 맞다. 넌 다섯 살 때 유괴됐었지. 시효가 만료된 사건이라는 게 그거야?"

"응. 용하게 알았네?"

친구는 잠깐 머뭇거리다가 입을 열었다.

"시효가 만료된 사건이라도 재수사를 하는 부서가 경시청에 딱 하나 있어."

"어디인데?"

"내가 있는 범죄 자료관."

"그래? 굉장하네."

"다만 재수사를 한다고 공식적으로 정해져 있는 것은 아니고, 거의 관장님의 개인적인 취미나 마찬가지인데……. 넌 다섯 살 때의 그 유괴 사건을 재수사해 주길 바라?"

"응."

어째서 친어머니는 나를 유괴했을까……. 몸값이 목적이라고 들었는데, 그게 이유의 전부일 거란 생각은 들지 않았다. 그게 줄곧 마음에 걸렸었다. 어떻게든 그 이유를 알고 싶었다.

"너의 유괴 사건을 재수사할 수 없는지 관장님께 여쭤볼게. 그런데 별로 기대하지는 말아 줘. 관장님은 꽤 특이한 사람이라서, 보통 사람과는 사고방식이 전혀 다르거든. 그리고 만약에 범죄 자료관이 재수사를 하게 된다면 나도 그 재수사에 참가할 텐데, 그래도 괜찮아? 내가 수사 서류를 읽고 너의 유괴 사건을 자세히 알게 될 텐데. 그게 싫으면 말해 줘."

"괜찮아. 네가 재수사를 해 준다면 기쁘지. 아, 모처럼 만났으니까 좀 더 이야기를 하고 싶은데. 맥주나 마시러 가자."

2

다음 날인 14일과 15일은 여름휴가, 16일은 토요일, 17일은 일요일이었으므로 사토시가 범죄 자료관에 출근한 것은 18일 월요일이었다.

아침 8시 50분에 도착했더니, 수위인 오쓰카 게이지로가 주차장에서 보건체조를 하고 있었다. 오쓰카는 사토시를 보자 쑥스러워하는 표정으로 동작을 멈췄다.

"손자가 매일 아침마다 보건체조를 하기 시작했는데, '건강에 좋으니까 할아버지도 하세요!'라고 말해서, 나도 어쩔 수 없이 시작한 거야."

"좋은 손자분이시네요."

"데라다 군, 자네도 같이 하겠나?"

"아뇨, 전⋯⋯. 편하게 계속하세요."

사토시는 건물 안으로 들어갔다. 이번에는 미화원인 나카가와 기미코와 마주쳤다.

"데라다 군, 안녕? 여름휴가 때문에 데라다 군을 만나지 못해서 너무 외로웠어."

"그런가요. 죄송합니다."

"여름휴가 때 어디 놀러 갔어?"

"아뇨, 집에서 빈둥거리면서 쉬었습니다."

"어휴, 잘생긴 얼굴이 아깝네. 해수욕장에 가서 여자를 유혹해야지, 응? 내가 유혹하는 기술을 좀 알려 줄까? 나도 옛날에는⋯⋯ 아, 아니다. 지금도 틈만 나면 남자한테 유혹을 당하거든. 여심을 흔들어 놓는 유혹의 기술은 내가 가르쳐 줄 수 있어."

"아, 네. 감사합니다. 지금부터 일을 해야 하니까요. 다음에 하죠."

사토시는 조수실로 도망쳤다. 옆방인 관장실로 통하는 문을 두드렸다. 대답이 없으리란 것은 알고 있었으므로 마음대로 문을 열고 안으로 들어갔다.

평소와 마찬가지로 히이로 사에코 경정은 벌써 책상 앞에 앉아 서류를 읽고 있었다. 인사를 했지만 늘 그렇듯이 무시를 당했다. 상대가 사토시에게 악감정이 있어서 그런 것은 아니다. 누구에게나 공평하게 그렇게 한다. 평소 같으면 여기서 사토시는 조수실로 들어갔을 테지만, 오늘은 히이로 사에코에게 말을 걸었다.

"실은 관장님께서 검토해 주셨으면 하는 사건이 있는데요……."

설녀가 커다란 눈동자로 이쪽을 봤다.

"어떤 사건이지?"

"1988년 8월 14일에 하치오지시에서 발생한 아동 유괴 사건입니다."

사토시는 13일 밤에 도다 나오토와 비어 가든에서 맥주를 마시면서 들었던 사건의 줄거리를 이야기했다.

"……피해자의 친어머니가 범인으로 추정되는데, 그 사람은 행방불명이고, 도대체 왜 몸값을 받는 것을 도중에 그만뒀는지도 모릅니다. 영 찝찝한 사건이지요. 검토해 볼 만한 가치는 있다고 생각하는데요."

"지금 QR 코드 라벨을 붙이는 작업은 1989년 9월까지 거슬러 올라왔는데, 그것을 일시 중단하고 1988년 8월의 사건을 다뤄야 할 필요성은 무엇인가?"

"실은 그때 유괴된 피해자가 제 친구입니다. 얼마 전에 만났는데, 친어머니가 자신을 유괴한 이유가 지금도 이해가 안 돼서 가슴속에 응어리처럼 남아 있다고…….”

“사건 때문에 괴로워하는 피해자는 얼마든지 있어. 경찰관이 사적인 감정으로 특정 피해자의 이익을 우선시하는 것은 용납될 수 없는 일이다.”

“……죄송합니다.”

히이로 사에코는 무테안경을 슬쩍 밀어 올리더니 말했다.

“단, 그 사건에서 자네가 뭔가 의문점을 찾아낸다면 이야기는 달라지지.”

“네?”

“사건의 의문점은, 사건을 다시 살펴볼 때 유력한 단서가 된다. 그런 단서가 있는 사건이라면 우선적으로 다뤄도 문제가 되지 않아. 오늘 하루 동안 그 사건의 수사 서류를 읽고 의문점을 찾아 줘. 그러면 재수사를 해 보도록 하지.”

“……감사합니다!”

히이로 사에코는 무뚝뚝하게 고개를 끄덕이더니, 들고 있던 서류로 시선을 떨어뜨렸다.

*

보관실에 들어가자, 조금 서늘하지만 쾌적한 공기가 몸을 감쌌다. 증거품과 유류품을 양호한 상태로 보관하기 위해 일 년 내내 온도는 22도, 습도는 55퍼센트를 유지하고 있기 때문이다.

방 안에는 철제 선반이 여러 줄로 늘어서 있다. 그리고 그 선반에는 플라스틱 보관함이 즐비하게 놓여 있다. 각 보관함 안에는 사건의 유류품이나 증거품과 수사 서류가 들어 있다.

사토시는 1988년 8월에 해당되는 철제 선반에서 '하치오지시 아동 유괴 사건'이란 라벨이 붙어 있는 보관함을 꺼내 들고 조수실로 돌아갔다. 나오토한테서 사건의 줄거리를 듣긴 했지만, 재수사를 위한 의문점을 찾아내려면 역시 수사 서류를 읽어야 할 것이다.

보관함에서 서류철을 꺼냈다. 수사보고서, 현장검증 도면, 현장 사진을 붙여 놓은 두꺼운 종이 등이 모아져 있었다.

현장검증 도면에는 8월 14일에 나오토가 납치된 현장 부근의 도면과, 15일에 풀려났을 때 그가 갇혀 있었던 차의 주차 위치를 나타낸 현장 부근의 도면이 그려져 있었다. 두꺼운 종이에 붙어 있는 현장 사진은 나오토가 갇혀 있었던 차의 트렁크 내부를 찍은 것이었다. 바닥에는 합성섬유로 된 체크무늬 매트가 깔려 있는 것이 보였다. 다섯 살 된 소년이 이렇게 좁고 답답한 공간에 갇혀 있었다니. 사토시는 친구에게 강한 연민의 정을 느꼈다.

우선 수사보고서를 읽기 시작했다.

사건이 발생한 것은 1988년 8월 14일 일요일. 하치오지시 나가부사마치에 사는 도다 에이치·히나코 부부의 외아들 나오토 (5세)가 오전 9시경에 인근의 숲으로 곤충채집을 하러 갔다가 두 시간이 지나도 집에 돌아오지 않았다. 나오토는 유치원 상급반 이었는데 당시는 여름방학 기간이었다. 매일 숲으로 놀러 갔지 만, 이렇게 오랜 시간 동안 돌아오지 않은 것은 처음이었으므로 에이치와 히나코는 걱정하기 시작했다. 두 사람은 숲으로 가 봤 지만 나오토의 모습은 보이지 않았다.

두 사람은 집으로 돌아왔는데, 정오가 되기 전에 전화가 걸려 왔다. 히나코가 전화를 받았다. 그러자 남자인지 여자인지 모를 새된 목소리가 들려왔다.

"도다 나오토의 집이지?"

"네, 그런데요."

"나오토를 데리고 있다. 돌려받고 싶다면 500만 엔을 지불해라."

"······이상한 장난은 그만하세요."

"장난이 아니다. 우편함에 나오토의 야구 모자를 넣어 뒀다. 확인해 봐."

히나코는 수화기를 내던지고, 옆에 있는 에이치에게 그 사실 을 알렸다. 두 사람은 현관에서 뛰쳐나가 우편함 뚜껑을 열었다. 그 안에는 나오토의 작은 야구 모자가 들어 있었다.

두 사람은 집 안으로 돌아갔다. 이번에는 에이치가 수화기를 들었다.

"……아들을 돌려줘."

"500만 엔을 지불하면 돌려주마. 당신은 의사잖아. 그 정도는 금방 준비할 수 있지?"

"……언제, 어디서 지불하면 되는데?"

"내일까지 돈을 보스턴백에 넣어 준비해 둬라. 돈을 지불할 장소는 내일 오후 2시에 전화로 알려 주겠다. 미리 말해 두는데, 경찰한테는 절대로 신고하지 마. 신고하면 나오토는 죽는다."

그리고 상대는 전화를 끊었다.

도다 부부는 고민 끝에 경찰에 신고를 했다. 즉시 경시청 수사 1과에서 유괴나 기업 공갈을 전문적으로 다루는 특수범 수사계가 파견됐고, 관할 경찰서인 하치오지 경찰서에 수사본부가 설치됐다. 기자 클럽에 가맹한 각 언론사들 사이에서는 보도 협정이 체결됐다.

도다 부부는 JR 하치오지역 앞의 고야스마치에서 작지만 번듯한 내과 의원을 경영하고 있었다. 범인은 그 사실을 알고, 도다 가족이 부유하다고 생각해서 몸값을 노리고 아이를 유괴했을 가능성이 높았다.

오후 1시 넘어서 특수범 수사계의 멤버들 중 네 명이 피해자 대책반으로서 도다네 집을 방문했다. 직접 방문하면 범인에게 들킬 수도 있으므로 도다네 집 뒤의 집 마당을 통해 들어갔다.

피해자 대책반은 다음 날 걸려 올 범인의 전화에 대비하여 도다네 집의 전화기에 녹음 장치를 설치했다. 또 삼 년 전에 일본 전신전화공사가 민영화돼서 탄생한 NTT에 수사관을 파견하여 역탐지를 준비했다.

이날, 8월 14일은 일요일이었다. 다음 날인 15일 월요일 아침 9시에 영업이 시작되자마자 에이치는 거래 은행으로 뛰어가서 정기예금을 일부 해약해 500만 엔을 인출했다. 돌아오는 길에 보스턴백을 구입했고, 집에 돌아와 돈다발을 보스턴백 속에 채워 넣었다.

범인이 연락하겠다고 말했던 오후 2시가 됐다. 그런데 전화벨이 울리지 않았다. 수사관들이 초조하게 기다리고 있었는데 갑자기 현관 초인종이 울렸다.

히나코가 현관으로 가 봤더니, 도다 가족의 왼쪽 옆집에 사는 가정주부가 미심쩍어하는 표정으로 서 있었다. 자기 집에 전화가 걸려 왔는데, 그 상대가 이상한 목소리로 "도다 씨를 지금 당장 불러와."라고 말했다는 것이다.

피해자 대책반은 아차 하고 후회했다. 녹음 장치는 도다네 집의 전화에 접속시킨 한 대밖에 없어서 이웃집 전화에는 연결시킬 수 없었다. 범인은 자기 목소리가 녹음되는 것을 경계하여 꾀를 부린 것이다.

수사관이 이웃집 주부에게 유괴 사건이 발생했다는 사실을 알려 줬다. 그러자 그 여자는 얼굴이 창백해졌다. 에이치는 주부의 안내를 받아 옆집으로 들어갔다. 거실에 있는 전화의 수화기를 집어 들고 "애 아버지다."라고 신분을 밝혔다. 그러자 기묘한 목소리가 이렇게 말했다.

"당신과 당신 아내, 그렇게 둘이서 돈을 가지고 자동차에 타라. 2시 15분까지 JR 니시하치오지역 앞에 있는 '화이트 로터스'라는 카페로 와라. 절대로 늦으면 안 돼."

전화가 끊어졌다. 에이치는 옆집 주부에게 고맙다는 인사도 대충 하고 허둥지둥 집으로 뛰어 돌아갔다. 수사관에게 범인의 요구를 알렸다.

에이치와 히나코는 보스턴백을 가지고 자가용에 탔다. 뒷좌석 밑에 수사관 한 명이 숨었다. 수사관은 휴대용 무전기를 가지고 있어서 수사본부와 상시 연락을 할 수 있었다. 이윽고 에이치가 운전하는 차가 달리기 시작했다.

정확히 2시 15분에 '화이트 로터스'에 들어가자, "혹시 도다 씨 계십니까? 전화 왔습니다."라고 말하면서 웨이트리스가 플로어를 돌아다니는 것이 보였다. 에이치는 자기 이름을 밝히고 수화기를 받았다.

"도다다. 말해."

"간신히 시간 맞춰 왔군. 그럼 다음 연락 장소를 말하겠다. 2시 30분까지 게이오다카오선 메지로다이역 앞에 있는 '셰 유지'라는 레스토랑으로 와라."

에이치는 카페에서 뛰쳐나왔다. 히나코와 수사관이 기다리고 있는 차로 돌아가서 즉시 차를 출발시켰다.

2시 30분이 거의 다 됐을 때 '셰 유지'에 도착하자, 이번에도 또 같은 일이 반복됐다. 범인은 몇 시 몇 분까지 어느 음식점으로 가라고 지시하고, 거기 도착하면 또 몇 시 몇 분까지 어느 음식점으로 가라고 지시하는 것이었다. 이것은 유괴범이 경찰의 미행 유무를 확인하기 위해 흔히 사용하는 수단이었다. 이런 일을 몇 번이나 반복하다가 마지막에 몸값을 전달할 장소를 알려 주는 것이다.

여덟 번째 음식점인 '파티스리 데리스'라는 양과자점에 도착했을 때였다.

"상황이 달라졌다. 이제 돈은 필요 없다. 나오토를 풀어 주마."

범인은 뜬금없이 그런 말을 했다.

"……정말이냐?"

"그래."

"나오토는 어디 있어?"

"오메시 구로사와 2가에 있는 '이케가미 잡화점'으로 가라. 6시 정각에 그곳으로 전화해서, 풀어 줄 장소가 어디인지 가르쳐 주겠다."

도다 부부는 지시받은 장소인 '이케가미 잡화점'으로 차를 몰고 갔다. 도착한 것은 5시 43분. 그 주변은 온통 밭이었다. 진열

된 상품을 구경하는 척하고 있는데 6시 정각에 가게로 전화가 걸려 왔다. 전화를 받은 가게 주인이 의아해하는 표정으로 "이봐요, 댁이 도다 씨야?"라고 물어봤다. 에이치가 고개를 끄덕이자 주인이 수화기를 건네줬다.

"나오토를 풀어 줄 장소를 가르쳐 주겠다. 거기서 북쪽으로 500미터쯤 가면 흰색 자동차가 세워져 있을 거다. 그 차의 트렁크를 열어 봐. 단, 미리 경고하는데, 흰색 자동차까지는 걸어서 가라. 차를 타고 가면 안 돼. 무조건이다."

도다 부부는 지시받은 대로 북쪽을 향해 도로를 따라 걸어갔다. 500미터쯤 걸어갔더니 흰색 자동차가 세워져 있었다. 운전석에 사람은 없었다. 트렁크에 손을 대 보자, 잠겨 있지 않아서 그대로 열렸다.

그 안에 나오토가 갇혀 있었다. 의식을 잃은 것 같았지만, 부모의 목소리를 듣고 눈을 뜨더니 아버지와 어머니를 향해 힘없이 손을 내밀었다. 에이치는 아들의 상반신을 일으켜 와락 끌어안았다.

쇠약해진 나오토는 그 순간 안도했는지 다시 의식을 잃었다.

500미터쯤 떨어진 자동차 안에서 상황을 살펴보고 있던 수사관은 나오토가 무사히 도다 부부에게 구출된 것을 확인하고, 차 안에서 뛰쳐나와 도다 부부에게 달려갔다. 인질을 무사히 구출했다는 소식은 즉시 수사본부에 전해졌다.

보도 협정이 해제되자 기자회견이 열렸다. 수사관들은 안도했지만, 또 한편으로는 귀신한테 홀린 것처럼 얼떨떨한 기분이기도 했다.

범인은 두 번째로 도다 부부에게 연락할 때 도다네 집이 아니라 옆집에 전화를 했고, 몸값을 실은 차를 여기저기 이동시키기도 했다. 그렇게 심사숙고하여 범행을 진행시킨 것이다. 그런데 그토록 신중했던 범인이 지금까지 해 왔던 모든 일을 물거품으로 만들면서 몸값도 받지 않고 인질을 풀어 주다니. 이게 어떻게 된 걸까.

기자회견에서는 그 점에 관해 수사본부의 견해를 묻는 질문이 나왔지만, 이에 대해서는 현재 수사 중이라고 대답할 수밖에 없었다.

병원으로 옮겨진 나오토는 그다음 날인 16일 아침에 눈을 떴다. 뢴트겐검사와 혈액검사와 의사의 진찰을 받았는데, 나오토는 쇠약해지긴 했어도 그 외 이상한 점은 없었다.

수사관이 나오토에게 질문을 해 본 결과, 나오토를 납치한 사람은 피부가 하얗고 머리가 길고 연보라색 커다란 선글라스를 쓴 여자란 사실을 알게 되었다. 하늘색 원피스를 입고 있었던 모양이다. 나오토의 이야기에 의하면 어머니보다 조금 젊어 보인다고 했으니, 연령은 이십 대 후반에서 삼십 대 초반 사이로 추정됐다. 문이 네 개 달린 흰색 자동차를 타고 있었다고 한다. 아마도 나오토가 갇혀 있었던 자동차일 것이다.

수사본부는 철저히 수사를 진행했다.

나오토가 갇혀 있었던 흰색 자동차는 사건 전날인 8월 13일 심야에 신쥬쿠에서 도난당한 차였다. 조수석에서는 나오토의 지문이 검출됐다. 나오토를 납치하려고 조수석에 태웠을 때 묻은 것이리라. 그런데 그 외에 차 안에 남아 있는 지문은 오로지 차 주인의 지문밖에 없었다. 범인은 자신의 지문을 남기지 않으려고 세심한 주의를 기울인 것이리라. 차를 도난당했다는 것은 거짓말이고 실은 차 주인이 범인일 가능성도 있으므로, 만약을 생각해 그 주인도 조사해 봤지만 그에게는 완벽한 알리바이가 있었다.

범인은 오메시 구로사와 2가의 밭 근처의 도로에 흰색 자동차를 세워 둔 뒤, 그대로 걸어가거나 아니면 공범자의 차를 타고 그 현장을 떠났을 것이다. 그러나 목격 증언은 하나도 얻지 못했다.

범인은 도다 가족의 이웃집의 전화번호와 그 외 다양한 점포들의 전화번호를 알고 있었다. 하지만 이것은 인명 전화번호부나 업종별 전화번호부를 조금만 살펴봐도 금방 알 수 있는 정보였다. 고로 범인을 알아낼 단서가 되지는 못했다.

범인은 음성 변조기 같은 것을 사용해 목소리를 바꿨으므로 남자인지 여자인지도 알 수 없었다. 녹음되는 것을 경계한 범인은 첫 번째 전화를 제외한 나머지는 전부 다 녹음할 수 없는 전화기에 전화를 걸었다. 그래서 녹음한 목소리를 분석할 수도 없었다.

수사본부는 도다 부부가 경영하는 도다 내과 의원에서 혹시 유괴 사건으로 이어질 만한 갈등이 발생하진 않았는지도 조사해 봤다. 도다 내과는 개업한 지 이 년째였다. 그 동네에서 탐문 수사를 벌인 결과, 특별히 나쁜 소문은 없었고 환자와의 갈등도 없는 것 같았다.

수사본부는 도다 부부의 친인척, 친구, 지인도 수사 대상에 포함시켰다. 유괴 사건에서는 피해자의 친척이나 지인을 의심하는 것이 수사의 철칙이다. 그런 사람들 중에 범인이 있는 경우가 많기 때문이다.

도다 부부는 에이치와 히나코 둘 다 이미 부모님을 여의었다. 단, 히나코는 외동딸이라 형제자매가 없지만, 에이치에게는 유지라는 남동생이 있었다. 유지는 에이치보다 열 살 어려서 그 당시에 23세였고, 주오 의과 대학 5학년생이었다. 부모님이 돌아가셨기 때문에 형이 그의 학비를 대 주고 있다고 한다.

유지를 조사해 봤더니, 8월 14일과 15일에 그는 고엔지에 있는 공동주택의 자기 방에 계속 있었다고 대답했다. 그동안 만난 사람은 없었다고 한다. 그 공동주택에 사는 사람들에게 물어봤지만, 그들은 대부분 학생이라서 추석 연휴를 맞이해 고향에 돌아갔으므로 유지가 정말로 그 공동주택에 있었는지 없었는지를 증언해 줄 수 있는 사람은 없었다. 알리바이는 성립되지 않은 것이다. 단, 물론 이것은 증거가 될 수는 없지만, 이 사실은 오히려 그가 유괴 사건의 범인이 아니란 것을 증명해 준다고 볼 수도 있었다. 유지가 유괴 사건의 범인이라면 그때 흰색 자동차를 탔던 여자와는 공범 관계일 텐데, 그렇다면 그 여자가 14일 오전에 나오토를 납치하는 사이에 유지는 완벽한 알리바이를 만들어 놨을 것이다. 그래야지만 공범의 의의가 생기는 거니까. 그러나 유지에게는 그런 알리바이가 없었다. 이러고도 공범이라면, 일 처리가 참 엉망이라고 해야 할 것이다. 또 에이치와 유지는 매우 사이가 좋은 형제였다. 유지가 조카의 유괴 사건에 관여했을 가능성은 낮다고 판단됐다. 그래도 혹시 모르니까 유지의 친구나 지인 중에서, 그 흰색 자동차에 탔던 여자의 외모 및 연령과 일치하는 인물이 없는지 조사해 봤으나, 그런 사람은 한 명도 없었다.

그런데 얼마 있다가 흰색 자동차에 탔던 여자와 일치하는 인물이 발견됐다. 사가와 스미요라는 28세 여성이었다.

수사 과정에서 나오토는 양자란 사실이 밝혀졌다. 친어머니에게 학대를 받았다는 의혹으로 나오토는 한 살 때 아동 보호 시설로 보내졌다. 그리고 아이를 가지지 못하는 체질이었던 도다 부부가 양자를 들이기로 하고 나오토를 데려갔다.

사가와 스미요는 나오토의 친어머니였다. 패션모델로 잘 나가던 스물두 살 때 임신을 했고, 다음 해에 미혼인 채 나오토를 낳았다. 그 당시 패션 업계에서는 모델이 임신을 하면 끝이라는 풍조가 강했고, 또 미혼모에 대한 사회적인 반감도 심한 편이었다. 사가와 스미요는 일거리를 얻지 못하게 되었다. 그리고 가족과 도 연을 끊었으므로, 가족의 도움도 받지 않고 직업도 없이 혼자 자식을 키웠다. "싫어하는 남자한테 몸을 맡겨서 이 아이를 낳은 것이, 내 인생의 파멸의 시작이었어."라고 아는 사람에게 이야기 했다고 한다. 그런 상황이 학대로 이어지게 된 것처럼 보였다.

수사본부는 사가와 스미요의 사진을 입수해 나오토에게 보여 줬다. 그러자 나오토는 "나를 납치한 여자는 이 사람이야."라고 증언했다.

수사본부는 즉시 사가와 스미요의 현재 거주지를 조사했다. 하지만 그 여자의 거주지는 알 수 없었다. 사가와 스미요는 나오 토를 떠나보낸 뒤 다시 모델 일에 도전했지만, 자식을 학대했다 고 소문이 나는 바람에 아무도 상대해 주지 않았다. 꿈이 좌절된 그 여자는 자포자기했다. 끊임없이 이 남자 저 남자와 동거하다 가 헤어지기를 반복하는 타락한 삶을 살게 되었다고 한다. 게다 가 공허한 마음을 달래기 위해서인지, 자꾸만 신용카드를 긁으 면서 고액의 쇼핑을 하다가 300만 엔이 넘는 빚을 지고 말았다. 삼 개월 전부터는 동거하던 남자의 집에서 뛰쳐나와 어디로 갔 는지 알 수 없게 되었다.

많은 빚을 졌다는 것은, 몸값을 받으려고 유괴를 시도하는 유 력한 동기가 될 것이다. 또 사건이 일어나기 반년 전, 나오토가 있었던 아동 보호 시설에 사가와 스미요가 찾아와서 나오토가 어느 집에 입양됐는지 끈질기게 물어봤다는 사실도 알게 됐다. 입양된 곳은 비밀이므로 시설 측은 사가와 스미요에게 가르쳐 주지 않았다고 한다. 그러나 흥신소에 의뢰하면 알아내는 것이 가능하다. 사가와 스미요는 나오토가 입양된 곳을 알아내서, 자신이 낳은 아이를 인질 삼아 몸값을 요구하는 유괴 사건을 계획한 것이리라. 수사본부는 그 여자의 체포 영장을 발부받아 전국적으로 지명수배를 실시했다. 몰락한 그 여자의 인생이 TV 정보 프로그램이나 주간지에서 떠들썩하게 다뤄졌다.

범인은 틀림없이 사가와 스미요일 것이다. 그런데 이해가 안 가는 점이 딱 하나 있었다. 어째서 갑자기 몸값을 받는 것을 포기하고 나오토를 풀어 준 걸까?

이 수수께끼를 풀려면 사가와 스미요를 찾아내 진술을 들어 보는 수밖에 없는데, 그 사람은 행방이 묘연했고 결국 십 년의 세월이 흘러서 1998년 8월 14일 오전 0시에 사건은 공소시효가 만료됐다.

*

다음 날인 19일 아침에 출근하자마자 사토시는 수사 서류를 들고 관장실로 들어갔다.

"어제 하루 동안 사건의 수사 서류를 읽어 보고 의문점을 두 가지 발견했습니다."

히이로 사에코는 커다란 눈동자로 사토시를 봤다.

"여러 번 검토해 봤나?"

"네."

"그럼 나도 수사 서류를 한번 훑어보겠다. 한 시간 후에 와서, 자네가 발견한 의문점을 이야기해 줘."

사토시는 수사 서류를 히이로 사에코의 책상 위에 놔두고 옆방인 조수실로 돌아갔다. 문을 닫을 때 뒤를 돌아봤더니, 히이로 사에코는 상상을 초월하는 속도로 페이지를 넘기고 있었다. 늘 보는 광경인데도 역시 놀라지 않을 수 없었다. 아무래도 저 사람은 눈으로 본 것을 그대로 기억 속에 새겨 넣는 능력이 있나 보다.

정확히 한 시간 후에 사토시는 다시 관장실을 방문했다.

히이로 사에코는 무표정한 얼굴로 생각에 잠겨 있었다. 두툼한 수사 서류는 잘 덮인 상태로 책상 위에 놓여 있었다. 진짜로 다 읽었나 보다.

"의문점을 이야기해 줘."

"첫 번째 의문점은 범인이 도다 나오토를 풀어 줄 때, '이케가미 잡화점'에서 나오토가 갇혀 있는 자동차까지 도다 부부를 걸어가게 만들었던 것입니다. 범인은 어째서 나오토가 갇혀 있는 자동차까지 가는 500미터의 거리를, 차를 타지 말고 걸어가라고 지시한 걸까요?

이게 만약 몸값을 넘겨주는 경우라면, 수사관이 접근하지 못하도록 그 거래 장소까지 걸어가라고 지시하는 것은 이해가 갑니다. 도다 부부의 자동차 안에 수사관이 숨어 있어도, 수사관은 범인이 볼까 봐 밖으로 나오지 못하니까요. 그 결과 수사관은 거래 장소에서 멀리 떨어지게 되고, 범인이 몸값을 빼앗기 쉬워진다는 이점이 있습니다.

그런데 실제로는 그곳이 거래 장소가 아니라 인질의 감금 장소였습니다. 그러니까 범인은 도다 부부 앞에 모습을 드러낼 필요는 없었고, 수사관과의 거리에 신경 쓸 필요도 없었습니다. 고로 범인의 입장에서는 나오토가 갇혀 있는 자동차까지 그냥 차를 타고 가라고 도다 부부에게 지시해도 아무 문제도 없었을 겁니다. 그런데도 범인은 왜 도다 부부를 걸어가게 만들었을까요?"

"그렇군. 그럼 두 번째 의문점은?"

"두 번째는 범인이 몸값을 운반하는 역할을 도다 부부 중 한 사람이 아니라 두 사람 모두에게 맡겼다는 것입니다. 보통 유괴 사건에서 범인이 몸값을 운반하는 역할로 지명하는 것은 한 명입니다. 그게 두 명이 되면, 범인이 그들과 만났을 때 힘으로 압도당할 위험이 있어서 상황을 통제하기 어려워지기 때문이죠. 그런데 어째서 범인은 몸값을 운반하는 역할로서 부부 두 명을 다 지명한 걸까요?"

히이로 사에코는 한동안 입을 다물고 있었다. 내가 지적한 사건의 의문점은 타당한 것이었을까? 사토시는 그런 불안감을 느꼈다. 이어서 '타당할 것이다.'라고 자문자답을 했다. 어젯밤에 몇 번이나 검토해서 내린 결론이니까.

"자네가 지적한 두 가지 의문점은 지당하다. 이 사건은 우선적으로 재수사할 만한 가치가 있어."

사토시는 안도했다.

"감사합니다. 도다 나오토도 기뻐할 겁니다."

"자네 친구라고 했지."

"네. 자동차 트렁크 속에 오랫동안 갇혀 있었던 것이 일종의 PTSD*가 된 것 같아요. 좁은 차 안에서, 트렁크 바닥에 깔려 있었던 고무 매트의 냄새를 맡으면 공포를 느낀다고 했습니다."

그때 갑자기 설녀가 눈을 가늘게 떴다.

"……지금 뭐라고 했나?"

"공포를 느낀다고요."

"그 전에."

"고무 매트의 냄새를 맡으면…… 말인가요?"

히이로 사에코는 오랫동안 침묵을 지켰다. 그러다가 불쑥 한마디 했다.

● 외상 후 스트레스 장애

"진상을 알아냈다."

3

도다 내과 의원은 하치오지역 남쪽 출구와 가까운 고야스마치에 있는 8층짜리 아파트의 1층에 자리 잡고 있었다. 오후 8시에 히이로 사에코와 사토시는 '진찰 종료'라는 팻말이 문에 걸려 있는 의원을 방문했다.

사토시가 나오토에게 전화해 "범죄 자료관의 관장님이 진상을 말씀해 주시겠대."라고 말하자, 나오토는 유지 숙부님과 함께 그 이야기를 듣고 싶다고 했다. 그리하여 유지에게 물어본 결과, 진찰 및 뒷정리가 끝난 오후 8시에 도다 내과 의원에서 다 같이 모이기로 약속한 것이었다.

사토시와 히이로 사에코는 텅 빈 대기실로 안내됐다. 간호사들은 이미 퇴근한 모양이다.

도다 유지는 키도 몸집도 보통인 사십 대 후반의 남자였다. 눈빛은 날카롭지만, 온화한 입매가 자칫 차가워 보이기 쉬운 인상을 부드럽게 만들어 주고 있었다. 행동거지도 침착해서 안정감이 느껴졌다. 동네 개인 병원의 원장으로서는 안성맞춤인 풍모였다.

한편 나오토는 초조한지 안절부절못하고 있었다. 자기가 먼저 재수사를 해 달라고 말했으면서, 이제 와서 그것을 후회하는 것처럼 보이기도 했다.

유지가 말했다.

"이런 곳으로 불러서 미안한데, 집에서 만나면 시간이 더 늦어지니까. 여기서 만나는 것을 양해해 줘요. 어, 그래서 나오토한테 들었는데, 당신들이 진상을 알아냈다고요?"

"네."

히이로 사에코는 무표정하게 대답했다.

"말씀해 주세요."

"결론부터 말씀드리겠습니다. 유괴 사건의 범인은 도다 부부와 도다 유지 씨, 그렇게 세 사람입니다."

그러자 나오토가 발끈했다.

"……우리 부모님과 숙부님이 범인이라고요? 말도 안 돼. 아버지와 어머니가 나를 구해 줄 때 보여 줬던 그 걱정과 기쁨의 표정은 거짓이 아니라 진짜였어요."

유지도 말했다.

"형님과 형수님과 내가 유괴 사건의 범인이라니, 그게 무슨 말씀이신지? 이상한 헛소리는 그만하세요."

히이로 사에코는 나오토에게 눈을 돌렸다.

"부모님이 당신을 구해냈을 때 보여 줬던 걱정과 기쁨의 표정이 진짜였다는 것과 부모님이 유괴 사건의 범인이라는 것은 모순되지 않습니다. 왜냐하면 당신의 감금 사건과 유괴 사건은 따로따로 일어난 사건이기 때문입니다."

*

"……따로따로 일어난 사건?"

"네. 사가와 스미요가 당신의 감금 사건을 일으켰고, 그 후 부모님이 당신의 유괴 사건을 일으켰습니다."

"그걸 어떻게 알아요?"

"당신의 기억 덕분입니다."

"……내 기억이라고요?"

나오토는 의아해하는 표정을 지었다.

"당신이 사가와 스미요에 의해 감금당했던 자동차의 트렁크 바닥에는 고무 매트가 깔려 있어서 그 냄새가 강하게 코를 찔렀다고 하던데요, 그 일 때문에 당신은 좁은 차 안에서 고무 매트의 냄새를 맡으면 공포를 느끼게 되었습니다. 그렇죠?"

"네, 그렇습니다만."

"한편 사건의 수사 서류에 포함되어 있는 8월 15일에 당신이 구출된 자동차 트렁크의 내부를 촬영한 현장 사진을 보면, 트렁크 바닥에는 합성섬유로 된 체크무늬 매트가 깔려 있습니다. 당신의 기억과 현장 사진이 모순되는 거죠."

사토시는 깜짝 놀랐다. 듣고 보니 그랬다. 어째서 지금까지 눈치채지 못했을까.

"이게 어떻게 된 걸까요? 당신이 사가와 스미요에 의해 감금 됐다가 부모님 덕분에 구출된 자동차의 트렁크에는 고무 매트가 깔려 있었습니다. 그런데 8월 15일에 부모님이 당신을 구출했던 자동차 트렁크에는 합성섬유로 된 매트가 깔려 있었습니다. 여기서 도출할 수 있는 결론은, 당신 부모님이 자동차 트렁크에서 구출해 줬을 때의 당신의 기억은, 8월 15일에 부모님이 당신을 자동차 트렁크에서 구출해 줬을 때의 기억이 아니란 것입니다."

"8월 15일의 기억이 아니라고요……?"

"네. 그럼 그것은 언제의 기억일까요? 8월 15일에 부모님이 당신을 자동차 트렁크 속에서 구출한 후, 기절한 당신은 즉시 병원으로 옮겨져 다음 날인 16일 아침에 겨우 눈을 떴습니다. 자동차 트렁크 속에 있다가 부모님의 도움으로 구출됐을 때의 당신의 기억은, 16일 아침에 눈을 떴을 때의 기억보다는 전이니까 당연히 16일의 기억은 아닙니다.

그리고 8월 14일 오후 1시 이후에는 경찰이 당신의 집에 머물면서 부모님과 같이 있었으므로, 당신이 기억하는 것과 같은 사건은 일어날 수 없습니다. 부모님이 당신을 자동차 트렁크 속에서 구해 주셨을 때 당신은 황혼 같은 빛깔을 띤 하늘을 봤다고 하더군요. 그럼 14일 오전도 아닐 겁니다. 고로 당신이 부모님의 도움으로 자동차 트렁크 속에서 구출됐을 때의 기억은, 아마도 13일의 기억이었을 겁니다."

"……제가 트렁크에서 구출된 것은 유괴 사건이 일어나기 전이었다고요? 그런, 말도 안 되는…….."

"그것이 트렁크 바닥에 깔려 있던 매트의 모순에서 도출될 수 있는 유일한 결론입니다."

"하지만 제가 트렁크 속에서 구출된 것이 유괴 사건보다 전이었다면, 저는 유괴 사건이 일어나는 동안에는 뭘 하고 있었던 겁니까?"

"강제로 잠들어 있었던 거죠. 유괴 사건 전날인 13일에 사가와스미요의 자동차 트렁크 속에서 구출되고, 그 후 16일 아침에 병원에서 눈을 뜰 때까지 계속."

"내가 강제로 잠들었다고요? 누가 그런 짓을 했는데요?"

"당신 부모님입니다. 부모님은 당신을 마취제로 재워 놓고, 당신이 자는 동안에 가짜 유괴 사건을 일으켰던 겁니다."

"대체 왜 그런 짓을…….."

"당신이 감금 사건과 유괴 사건을 동일한 사건이라고 믿게 하기 위해서입니다. 부모님은 감금 사건이 일어났다는 사실을 당신이 모르기를 바랐어요. 당신이 그것을 유괴 사건이라고만 생각하기를 바랐던 겁니다."

"아니, 그런데 왜 감금 사건과 유괴 사건을 동일한 사건처럼 꾸미려고 했던 겁니까?"

"그렇게 함으로써 그 감금은 몸값을 노린 유괴 사건의 일환이었다는 인식을 심어 줄 수 있으니까요. 실제로 감금은 다른 목적으로 실행됐지만, 마치 몸값을 노린 유괴 사건의 일환인 것처럼 꾸민다면 감금의 진짜 목적을 숨길 수 있습니다."

"감금의 진짜 목적……?"

"사가와 스미요는 무슨 목적으로 당신을 납치해서 자동차 트렁크 속에 감금했을까요? 몸값을 받기 위해서는 아닙니다. 또 같이 살기 위해서도 아니었을 겁니다. 같이 살기 위해서라면 아이를 자동차 트렁크에 가두는 식으로 함부로 대하지는 않을 테니까요. 사가와 스미요는 당신이 한 살이 될 때까지 당신을 학대했던 전과가 있으니, 당신에게 어떤 위해를 가하는 것이 목적이었을 가능성이 높습니다."

"……어떤 위해라고요?"

"예를 들면, 죽인다든가. 사가와 스미요는 싫어하는 남자한테 몸을 맡겼다가 당신을 낳은 것이 자기 인생의 파멸의 시작이었다고 말한 것 같습니다. 그리고 사건이 일어나기 세 달 전에 모습을 감췄을 때는 엉망진창인 삶을 살아가고 있었고요. 그렇다면 그 여자가 자기 인생을 망친 계기라고 믿었던 당신이란 존재를, 죽이기로 마음먹었을 가능성도 있습니다. 그런데 직접 목을 조르거나 칼로 찌르지는 못하겠다고 생각한 그 여자는 당신을 트렁크에 가둬 놓고 저절로 쇠약해져서 죽게 만들려고 했던 겁니다."

나오토의 얼굴이 일그러졌다.

"쇠약해져서, 죽게 만들려고……?"

"물론 이것은 추측입니다. 그럼 여기서, 당신 부모님의 관점에서 이 상황을 한번 봅시다. 당신은 그 당시에는 사가와 스미요가 친어머니라는 사실을 몰랐지만, 언젠가는 알게 될 겁니다. 그리고 그 여자의 사진을 보면, 그 사람이 자신을 납치해 트렁크에 가둬 놨던 여자란 사실을 눈치챌 테지요. 친어머니가 자신을 트렁크에 가둬서 죽게 만들려고 했다는 사실을 알게 된다면, 아들은 엄청나게 상처받을 것이다……. 부모님은 그렇게 생각했을 겁니다. 그래서 '트렁크 속에 갇혀 있었다는 사실'에 다른 의미를 부여해야만 했던 거죠. 아이를 쇠약해져서 죽게 만들려고 했던 것이 아니라, 다른 목적이 있어서 그랬다는 인식을 심어 줘야 했던 겁니다.

하지만 그렇게 특이한 기억에 도대체 어떤 다른 의미를 부여할 수 있을까요. 부모님은 고민 끝에 유일한 방법을 생각해 냈습니다. ……'자신은 몸값을 받아 내기 위해 유괴된 것'이란 생각을 당신에게 심어 주는 것이었습니다. 친어머니에게 살해될 뻔했다는 것보다는, 친어머니에게 몸값을 목적으로 유괴됐다는 것이 그나마 당신 입장에서는 충격이 덜할 테니까요."

멍하니 이야기를 듣고 있던 나오토가 "그렇군요." 하고 고개를 끄덕였다.

"친어머니가 어째서 나를 유괴했을까? 하는 의문이 가슴속에 남긴 했어도, 친어머니가 나를 죽이려고 했다는 사실을 알게 되는 것보다는 훨씬 충격이 적었을 거라고 생각합니다."

그때 나오토는 문득 뭔가를 눈치챈 것처럼 말했다.

"저, 그런데 아버지와 어머니는 자동차 트렁크 속에 갇혀 있던 저를 어떻게 발견하신 겁니까?"

"그 부분은 상상을 해 볼 수밖에 없습니다. 어쩌면 사가와 스미요는 당신을 트렁크에 가둬 놓고 당신 부모님께 전화를 걸었을지도 모릅니다. 부모님을 괴롭히려고 그랬던 거겠지요. 그때 그 사람은 자신이 어디에 있는지 은근슬쩍 암시했고. 부모님은 그 단서를 토대로 사가와 스미요가 있는 곳을 알아내서, 그 자동차 트렁크 속에서 당신을 구출한 겁니다."

"그 여자는…… 사가와 스미요는, 얌전히 그걸 지켜보고 있었던 겁니까?"

"그러진 않았을 겁니다. 아마도 당신 부모님은 사가와 스미요와 싸우다가 그 여자를 죽였을 거라고 생각합니다."

"죽였다고요……?"

나오토는 눈을 크게 떴다.

"사가와 스미요는 사건이 일어나기 세 달 전부터 행방불명됐다고 합니다. 아마도 채권자를 피해 차를 타고 이리저리 돌아다니면서 살았을 테죠. 그러니까 그 사람을 죽이고 시체를 어디에 숨겨도, 발견될 가능성은 낮았을 겁니다."

"근거도 없는 헛소리야."

유지가 끼어들었다. 그는 대기실 안에서 초조하게 우왕좌왕하면서 돌아다니고 있었다.

"도다 부부는 십사 년 전인 8월 13일에 오쿠타마마치에서 일어난 버스 추락 사고로 돌아가셨다고 들었습니다. 오쿠타마마치에 가려고 했던 이유는, 도다 부부가 이십육 년 전 8월 13일에 그곳에서 사가와 스미요의 시체를 묻었기 때문이 아닐까요. 그리고 더 나아가 도다 부부는 매년 그 사람의 시체를 묻었던 장소에 명복을 빌러 갔던 게 아닐까요. 도다 부부는 나오토 씨가 자동차를 타지 못하게 됐기 때문에 자가용을 팔아 버렸을 겁니다. 그래서 오쿠타마마치까지 가려면 버스를 탈 수밖에 없었어요. 그 버스를 타고 가는 도중에 사고를 당했던 겁니다."

"나오토, 믿지 마."

유지가 말했다. 그러나 나오토는 그 말도 귀에 들어오지 않는 것 같았다. 크나큰 충격에 몸이 경직돼 버린 듯했다. 히이로 사에코는 차갑고 단정한 얼굴에 아무런 표정도 띠지 않은 채 그런 나오토의 모습을 지켜보고 있었다.

"아까 하던 이야기를 계속하죠. 도다 부부는 어떤 식으로 당신에게 자신이 유괴됐다는 인식을 심어 주면 좋을까? 하고 고민했을 겁니다. 유치원생인 당신에게 '넌 유괴를 당했던 거야.'라고 말하는 것만으로는 충분하지 않았을 테지요. 먼 미래까지 당신을 철저히 속여야 했습니다. 그러려면 경찰을 개입시켜서, 유괴 사건이 일어났다는 것을 기록으로 확실하게 남겨 놔야 했습니다.

당신을 구출한 직후에 부모님은 그 계획을 순식간에 세웠을 겁니다. 우선 구출 직후에 의식을 잃어버린 당신에게 마취 주사를 놔서 당신을 더 오래 잠들게 했습니다. 당신 부모님은 직업상 마취제를 얼마나 사용하면 생명의 위험 없이 장시간 잠들게 할 수 있는지 알고 있었을 겁니다. 그리고 도다 내과 의원의 어느 곳에 몰래 당신을 데려가서 재워 놨던 거죠. 그날은 8월 13일이었으니까 아마 의원은 그날부터 여름휴가가 시작됐을 겁니다. 간호사도 없어서 누구한테 들킬 염려는 없었을 테지요.

당신 부모님은 다음 날인 14일부터 시작되는 위장 유괴 사건 때문에 집에 틀어박혀 있어야 할 상황이었습니다. 그래서 나오토 씨를 돌봐 줄 사람이 필요했습니다. 그 역할을 맡은 사람이 도다 유지 씨입니다."

이리저리 걸어 다니던 내과의가 돌연 걸음을 멈췄다.

"마취제로 잠들어 있는 나오토 씨를 돌봐 줄 사람은, 불의의 사태에 대처할 수 있는 의학 지식이 있는 인물이어야만 합니다. 또 위장 유괴의 공범자라는 위험한 역할을, 도다 부부가 단순한 고용 관계로만 맺어진 간호사에게 맡기지는 않았을 겁니다. 정말 끈끈한 인연으로 맺어진 인물이어야만 했을 거예요. 의대생이자 도다 에이치 씨의 남동생인 유지 씨는 바로 그 역할에 알맞은 인물이었습니다."

"······아니야."

"당신 부모님과 유지 씨는 13일 심야에 흰색 자동차를 훔쳤습니다. 나오토 씨를 납치했던 여자가 타고 있었던 자동차로 위장하기 위해서였죠.

14일에 드디어 위장 유괴가 시작됐습니다. 정오가 되기 직전에 아들을 유괴했다는 전화가 걸려 왔다고 경찰에 신고해서, 경찰이 개입하게 만들었습니다. 나중에 경찰이 통화 기록을 조사할 것에 대비하여 공중전화 같은 데서 실제로 당신의 집으로 전화를 걸었을 겁니다. 그 전화를 건 사람은 유지 씨였을 테고요. 그런데 당연히 협박하는 말은 하지 않았을 겁니다. 단지 일정 시간 동안 통화 상태로 놔뒀을 뿐이지요.

다음 날인 15일 오후 2시에 유지 씨는 음성 변조기로 목소리를 바꿔서 당신 가족의 이웃집에 전화를 걸었습니다. 그리고 자기 형과 미리 정해 둔 대화를 나눴습니다. 그다음부터는 역시 정해 놨던 가게들로 차례차례 전화를 걸어, 형과 대화하면서 정해 둔 대사를 읊었습니다. 그리고 여덟 번째 가게에서는 아들을 풀어주겠다고 말하고, 오메시 구로사와 2가에 있는 잡화점으로 가라고 지시했습니다.

유지 씨는 여전히 잠들어 있는 나오토 씨를 미리 훔쳐 둔 흰색 자동차에 태우고 자기도 그 오메시 구로사와 2가로 향했습니다. 조수석에 나오토 씨의 지문을 묻히는 것도 잊지 않았고요. 그리고 나오토 씨가 그 차의 트렁크 속에 이틀 동안 갇혀 있었던 듯한 상황을 연출하기로 했으니, 당연히 그곳에는 오줌을 싼 흔적도 남아 있어야 했습니다. 그래서 나오토 씨를 도다 내과 의원의 어느 곳에 몰래 데려가 재워 두는 동안에 카테터로 오줌을 채취해 놨다가, 나오토 씨의 바지, 팬티, 트렁크 바닥에 그것을 뿌렸습니다.

오메시 구로사와에 있는 밭 근처 도로에 도착하자, 유지 씨는 잠들어 있는 나오토 씨를 자동차 트렁크 속으로 옮겨 놓고 그곳을 떠났습니다. 그리고 공중전화에서 잡화점으로 전화를 걸어 형에게 지시를 내렸습니다.

도다 부부는 '범인'의 지시에 따라 자동차 트렁크 속에서 나오토 씨를 '발견'했습니다. 그렇게 위장 유괴는 종료됐습니다. 몸값 거래가 갑자기 중단된 이유는, 더 이상 계속해 봤자 그만큼 경찰에게 들킬 위험성이 높아지기도 하고, 또 나오토 씨를 마취제로 재워 두는 시간이 너무 길어지면 인체에 악영향을 미칠 가능성이 생기기 때문이었습니다.

나오토 씨는 실제로는 13일에 사가와 스미요에게 납치돼서 그날 저녁에 구출된 직후 의식을 잃었고, 그대로 마취되어 잠들었습니다. 현실은 그랬는데, 14일에 납치돼서 15일에 구출된 직후 의식을 잃었다……는 식으로 착각을 하게 되었습니다. 13일에 납치된 것을 14일에 납치된 것처럼 꾸몄으니, 나오토 씨의 주관적 입장에서는 하루가 싹 날아가 버린 셈이지요. 어른이라면 금방 이상한 점을 눈치챘을 겁니다. 그러나 당시 나오토 씨는 아직 유치원생이라서 날짜나 요일 감각이 애매했고, 또 여름방학 중이라 그게 한층 더 애매해졌습니다. 나오토 씨가 자신이 납치된 날짜를 13일이라고 인식하고 있을 가능성은 낮다. 당신 부모님은 그렇게 판단했습니다."

나오토는 아련한 눈빛으로 회상에 잠겼다.

"……그러고 보니 그 당시에 저는 날짜나 요일은 잘 몰랐습니다. 그저 14일에 납치됐다는 말을 듣고 그렇게 생각했을 뿐이죠. 실은 그보다 더 전이었을지도 몰라요."

유지는 초조한 것처럼 머리를 쥐어뜯었다.

"나오토, 너까지 무슨 말을 하는 거니. 이 사람이 하는 말은 망상에 불과해."

"나오토 씨는 14일부터 15일까지 이틀에 걸쳐 트렁크 속에 감금되어 있었다고 알려졌는데, 실제로 그 기간은 13일 단 하루였습니다. 사람은 새까만 공간 속에 갇혀 있으면 시간 감각이 이상해집니다. 그러니까 감금된 일수의 차이도 나오토 씨에게 들킬 염려는 없었을 겁니다."

"그렇게 되는대로 말하지 마세요."

히이로 사에코는 내과의의 말에는 아랑곳하지도 않고 이야기를 계속했다.

"여기 있는 데라다 군은 사건의 의문점 두 가지를 지적해 줬습니다. 제가 방금 이야기한 내용이 사건의 진상이라면, 그 두 가지 의문점은 해소됩니다.

첫 번째 의문점. 범인은 나오토 씨를 풀어 줄 때, 잡화점에서 나오토 씨가 갇혀 있는 자동차까지 부모님을 걸어가게 만들었습니다. 범인은 어째서 문제의 그 자동차까지 가는 500미터의 거리를, 차를 타지 말고 걸어가라고 지시한 걸까요?

좀 전에 말씀드렸듯이 사가와 스미요에 의해 자동차 트렁크 속에 갇혀 있던 나오토 씨를 발견한 사람은 부모님이었습니다. 즉, 트렁크가 열렸을 때 나오토 씨가 맨 처음 본 사람은 부모님이란 겁니다. 부모님은 나오토 씨에게 '그때 유괴의 감금 장소에서 구출된 것'이란 인식을 심어 주고 싶어 했습니다. 고로 유괴 사건에서 자동차 트렁크를 맨 처음 열고 나오토 씨를 발견한 사람은 부모님이었다는 '사실'을 남겨 둘 필요가 있었습니다. 만약에 수사관이 맨 처음 트렁크를 열고 나오토 씨를 발견했다면, 나오토 씨의 기억과 모순되는 점이 생깁니다. 언젠가 유괴 사건의 자세한 기록을 읽을 기회가 오거나, 언론 보도 등을 통해 그것을 알게 될 기회가 올지도 모릅니다. 그러면 나오토 씨는 반드시 그 모순점을 눈치챌 테지요. 그걸 계기로 자신이 자동차 트렁크에서 구출됐을 때의 기억은, 유괴 사건 당시 트렁크에서 구출됐을 때의 기억이 아니란 사실을 알게 될 겁니다. 그러니까 트렁크를 여는 장면에 수사관이 같이 있도록 놔둘 수는 없었습니다.

게다가 감금 사건 당시 나오토 씨가 트렁크에서 구출됐을 때, 나오토 씨는 잠깐 의식을 되찾고 부모님의 얼굴을 봤습니다. 한편 유괴 사건에서는 마취되어 잠든 나오토 씨를 발견 직전에 트렁크 속에 눕혀 놨으므로, 당연히 나오토 씨는 의식이 없는 상태였습니다. 만약에 트렁크를 여는 장면을 수사관도 직접 봤더라면, 의식이 없는 나오토 씨를 발견하게 됐을 겁니다. 그것도 트렁크에서 구출됐을 때의 나오토 씨의 기억과 모순되는 점이지요. 그것을 막기 위해서라도, 트렁크를 여는 장면에 수사관이 참가하게 놔둘 수는 없었습니다.

만약에 부모님이 문제의 자동차가 있는 곳까지 차를 타고 갔다면, 뒷좌석에 숨어 있던 수사관은 즉시 밖으로 나올 수 있었을 겁니다. 트렁크를 여는 장면에 직접 참가할 가능성이 있었죠.

그래서 부모님은 문제의 자동차까지 걸어서 가라는 범인의 지시를 꾸며 낸 겁니다. 그렇게 하면 뒷좌석에 남은 수사관은 범인에게 들킬까 봐 밖으로 나오지 못할 테니까요. 부모님이 트렁크를 여는 장면에 수사관은 참가하지 못하게 되므로, 나오토 씨의 기억과 모순된 점이 생길 염려가 없습니다.

　자, 다음은 두 번째 의문점입니다. 범인은 몸값을 운반하는 역할을 부모님 중 한 사람이 아니라 두 사람 모두에게 맡겼습니다. 그 이유는 무엇일까요?

　이것도 감금 사건 당시 나오토 씨를 트렁크에서 발견한 사람이 부모님이었기 때문입니다. 나오토 씨는 자신이 트렁크에서 구출됐을 때 아버지와 어머니가 둘 다 있었던 것을 기억하고 있어요. 그것과 모순이 생기지 않게 하려면, 유괴 사건에서도 나오토 씨를 트렁크에서 발견하는 사람은 부모님이어야만 합니다.

　요컨대 감금 사건에서 나오토 씨를 발견했을 때와 똑같은 상황을 일부러 유괴 사건에서도 만들어 내려고 했기 때문에, 유괴 사건에서 나오토 씨의 발견 장면이 다소 부자연스러워진 겁니다."

　사토시는 자신이 느꼈던 의문점이 멋지게 설명되자 감탄했다. 자신은 의문점을 발견할 수는 있었지만, 그것을 분석해서 진상을 알아낼 단서로 삼을 수는 없었다. 분하지만 수사관으로서의 역량의 차이를 확인하게 된 기분이었다.

　"숙부님, 어떤가요. 히이로 경정님의 추리가 맞습니까?"

　나오토가 간절하게 유지를 바라봤다. 내과의는 대답하지 않았다.

　"진실을 말씀해 주시면 안 될까요? 만약에 히이로 경정님의 추리가 옳다면, 아버지와 어머니와 숙부님은 저를 위해 엄청난 희생을 해 주신 거잖아요. 그 점에 대해서는 진심으로 감사드립니다. 그런데 저는 진실을 알고 싶어요. 저를 위해 숨기고 계신 거라면, 제발 진실을 가르쳐 주시면 안 될까요?"

유지는 대기실 소파에 털썩 앉았다. 그 얼굴에는 피로한 기색이 완연했다. 그는 오랫동안 침묵을 지키다가 이윽고 조용히 입을 열었다.

"……알았다. 진실을 이야기해 주마. 히이로 경정님의 추리는 거의 다 맞았다."

"그랬군요……."

나오토의 시선이 허공을 이리저리 맴돌았다.

자신의 추리가 거의 다 맞았다는 말을 들었는데도 히이로 사에코의 표정은 전혀 변하지 않았다. 낮은 음성으로 유지에게 질문을 던졌다.

"아직 모르는 점이 있으니 가르쳐 주세요. 도다 부부가 사가와 스미요를 살해한 것은 어떤 상황이었습니까?"

"사가와 스미요는 흥신소를 이용해서 나오토를 입양해 간 사람이 우리 형님 부부란 것을 알아냈다. 그래서 푸념인지 괴롭힘인지 모를 전화를 몇 번이나 하기도 하고, 실제로 형님 부부의 집에 쳐들어온 적도 있다고 했어. 형님 부부는 그때마다 그 여자를 어르고 달랬지. 마음씨 착한 형님 부부는 걱정을 하면서도, 그 여자가 다시 일어설 수 있도록 도와줘야겠다는 생각까지 하고 있었어.

그런데 8월 13일 아침에 사가와 스미요가 자기 자동차로 나오토를 납치하더니 형네 집에 전화를 한 거야. 그때 마침 나는 형님 부부의 집에 와 있었지. 수화기를 향해 이야기하는 형의 얼굴이 새파래졌기 때문에 그 통화가 끝난 뒤에 나는 무슨 일이냐고 물어봤어. 그러자 형은 사가와 스미요가 오쿠타마 호숫가로 오라고 요구했다는 것을 가르쳐 줬어. 경찰한테는 절대로 알리지 말라고 했다면서. 자기는 나오토를 자동차 트렁크 속에 가둬 놨다, 경찰관의 모습이 보이면 즉시 차를 몰아 호수로 뛰어들겠다, 그렇게 말했다는 거야. 나는 경찰에 신고하라고 말했지만, 형님 부부는 내 말을 듣지 않았어. 당장 오쿠타마 호수로 가겠다고 했지. 하지만 형님 부부는 너무 심하게 긴장해서 도저히 차를 운전할 수 있는 상태가 아니었어. 그래서 내가 운전해서 형님 부부를 오쿠타마 호수까지 데려가기로 했던 거야⋯⋯."

나오토는 멍하니 듣고 있었다.

"⋯⋯그 여자가 지정한 장소는 오쿠타마 호숫가에서도 특히 후미진 곳이었어. 주위에 민가는 없었지. 우리가 도착했을 때는 오후 6시가 넘어서 사람도 차도 다니지 않았어. 흰색 자동차가 거기 멈춰 서 있었어. 그 여자의 자동차였다. 차에서 나온 그 여자는 시끄럽게 깔깔 웃었어. '나한테는 이미 아무런 꿈도 없어, 이 아이 때문이야!' 하고 소리를 지르더군. 형은 바닥에 납작 엎드려 빌었어. 나오토를 풀어 달라고. 그러나 그 여자는 고개를 옆으로 흔들었다. '그 애 때문에 나는 이 꼴이 됐는데, 그 애는 당신들한테 보호받으면서 무럭무럭 자란다고? 그건 너무 불공평하잖아?' 하고 말했어. 당신이 다시 일어설 수 있도록 도와주겠다, 그러니 제발 진정해라, 그렇게 형은 상대를 달래려고 했어. 그러나 그 여자는 말을 듣지 않았어. '그 애도, 그 애를 데려간 당신들도 다 싫어, 전부 엉망진창으로 만들어 주겠어!' 그렇게 소리를 지르더니 갑자기 자기 차 안으로 뛰어들었어……."

"차를 몰아 호수에 뛰어들어서 억지로 나오토 씨와 동반 자살을 하려고 했던 거군요."

히이로 사에코의 말에 유지는 천천히 고개를 끄덕였다. 그 점 하나만은 히이로 사에코의 추리가 빗나간 것이다. 사가와 스미요는 친자식을 쇠약하게 만들어서 죽이려고 했던 것이 아니라, 그를 데리고 동반 자살을 하려고 했던 것이다.

"……너무 갑작스런 사태라서 나와 히나코 형수님은 꼼짝도 할 수 없었는데, 형님은 달랐어. 사가와 스미요가 무슨 짓을 하려는지 순식간에 이해하고, 즉시 자기도 문을 열고 그 여자의 차 안으로 뛰어든 거야. 그리고 마구 날뛰는 상대를 제압했지. 그러다 퍼뜩 정신을 차려 보니, 그 여자가 움직이지 않는 거야. 상대를 제압하느라 목을 붙잡았다가 그만 그 여자를 질식하게 만들었던 거지. 우리는 그 여자를 서둘러 차에서 끌어 내렸어. 내가 어떻게든 소생시켜 보려고 인공호흡과 심장마사지를 시도하는 동안에 형님 부부는 자동차 트렁크를 열고, 그 안에 갇혀 있던 나오토를 구출했다. 나오토는 의식이 없었는데 이름을 부르자 아주 잠깐 눈을 떴다가, 금방 또 의식을 잃었어."

"내가 트렁크에서 구출됐을 때, 그런 일이 일어나고 있었군요……."

나오토가 떨리는 음성으로 말했다.

"……사가와 스미요는 결국 되살아나지 못했어. 형님은 자수하겠다고 했지. 하지만 내가 그걸 막았어. 형님은 아무 잘못도 안 했는데 자수할 필요가 없다고 말했어. 그보다도 지금은 나오토의 기억을 더 걱정할 필요가 있다. 나오토는 사가와 스미요의 얼굴을 기억하고 있다. 언젠가 그 여자가 자신의 친어머니란 것을 알게 된다면, 친어머니한테 살해될 뻔했다는 사실을 눈치챌 거다. 그러면 심하게 상처받을 거다. 그것을 막으려면 어떻게든 손을 써야 한다……. 나는 그렇게 말하고, 순간적으로 떠오른 계획을 제안했어. 감금을 유괴로 위장하는 계획을."

"그럼 그 계획은 숙부님이 생각하신 건가요……?"

유지는 자조적으로 웃었다.

"나오토의 기억을 걱정할 필요가 있다고 했지만, 그건 일종의 핑계였어. 실은 형님을 자수하지 못하게 하려는 방편이었지. 그 당시에 나는 아직 의대생이라서 형님이 대 주시는 학비로 공부를 하고 있었거든. 형님이 자수한다면 의원은 문을 닫을 수밖에 없어. 그러면 내 학비를 대 주지도 못할 테고. 그런 사태를 막으려면 형님이 자수하지 못하게 해야 해. 그래서 나오토의 기억을 걱정할 필요가 있다고 말했던 거야. 형님이 자수하려는 마음을 먹지 못하도록, 최선을 다해 위장 유괴에 임하도록, 나는 가능한 한 면밀한 계획을 세웠어. 나오토. 너는 형님과 히나코 형수님이 돌아가신 후에 내가 네 고등학교와 대학교 학비를 내 준 것을 고마워했지만, 그건 말도 안 되는 이야기야. 오히려 고마워해야 할 사람은 나야. 난 그저, 형님이 나에게 해 줬던 것을 그대로 너에게 해 줬을 뿐이니까."

나오토는 뭔가 말하고 싶어 했지만, 그것은 결국 말로 표현되지 못했다.

"우리는 사가와 스미요의 시체를 다시 차에 집어넣고 그대로 그 차를 호수에 빠뜨렸어. 밤의 어둠이 깔리는 가운데 그 차가 천천히 물속으로 가라앉는 광경은 지금도 생생하게 기억해……. 형님은 그때 자수하지 않았던 것을 내내 후회했어. 그리고 매년 사가와 스미요의 기일이 되면 부부가 둘이서 오쿠타마 호수에 명복을 빌러 갔어. 그런데 십사 년 전에 버스 사고가 나서 돌아가시고 말았지. 그 일을 계기로 나는 이 의원을 이어받았다. 결국 그 사건 덕분에 지금의 내가 존재하는 거나 마찬가지야……."

나오토가 히이로 사에코를 봤다.

"숙부님은 형사처벌을 받게 되나요?"

"아뇨."

설녀는 무표정하게 말했다.

"도다 부부와 유지 씨의 행위는 유괴 자작극이므로 형법 제 225조 2항, 재물을 목적으로 한 유괴죄는 성립되지 않습니다. 경범죄 처벌법 제1조의 허위 신고 죄에 해당됩니다만, 이는 단기간의 구류 또는 벌금으로 끝나는 가벼운 죄이며, 이미 오래전에 시효가 만료됐습니다. 그리고 사가와 스미요를 살해한 것에 관해서도 살인죄의 시효는 십오 년 후인 2003년에 만료됐습니다. 형사처벌을 당할 이유는 없습니다."

"다행입니다."

나오토는 그렇게 중얼거렸다.

"저를 위해 엄청난 희생을 하셨는데, 그것 때문에 처벌을 받는다면 너무 죄송하잖아요."

그러자 유지는 괴로운 듯이 말했다.

"너희 아버지와 어머니는 네 기억을 지키기 위해, 너에게 진실을 알리지 않기 위해 희생을 하셨어. 그런데 결국 나는 이렇게 너에게 진실을 이야기하고 말았구나. 너희 아버지와 어머니의 노력을 헛되게 만들었어."

"아뇨, 그건 아닙니다. 아버지와 어머니와 숙부님은 저에게 이십육 년이나 되는 시간을 주셨습니다. 제가 강해질 수 있는 시간을. 저는 이제 진실을 견뎌 낼 정도로 강해요."

그리고 히이로 사에코에게 질문을 던졌다.

"사가와 스미요…… 제 친어머니의 시신을 인양하고 싶습니다. 이건 어디에 부탁을 드리면 될까요?"

"오쿠타마 호수를 관리하고 있는 도쿄도 수도국이 인양 작업을 하게 될 겁니다. 그 후 유지 씨나 당신에게 비용을 청구할 테죠. 유지 씨는 민사소송 대상이 될 가능성도 있습니다."

"전부 다 제가 부담하겠습니다. 만약에 숙부님이 고소를 당하더라도, 그 비용은 제가 부담할 겁니다. 친어머니의 장례를 제대로 치러 드리고 싶어요. 그것이 저희 부모님의 소원이기도 했을 테니까요."

나오토는 그렇게 말했다.

문고본 해설
_가타야마 다이치(미스터리 평론가)

냉정한 미녀 명탐정, 히이로 사에코가 돌아왔다!

《기억 속의 유괴》는 경시청 부속 범죄 자료관의 여주인인 히이로 경정이 미제 사건의 재수사를 실시하는 '붉은 박물관 시리즈'의 제2권이다. 2015년에 간행된 시리즈의 개막 작품 《붉은 박물관》은 기상천외한 취향이 집약된 수수께끼 풀이 소설집으로, 〈2016년 본격 미스터리 베스트10〉 6위를 차지할 정도로 호평을 받았다. 그리고 〈범죄 자료관: 히이로 사에코 시리즈 '붉은 박물관'〉이란 제목으로 두 번에 걸쳐 TV 드라마로 제작됐다(TBS 방송국의 〈월요 명작 극장〉에서). 마쓰시타 유키가 연기한 히이로 관장은 아무래도 원작의 '설녀' 같은 이미지와는 일치하지 않는 부분이 있지만, 그래도 두 편 모두 매우 수준 높은 수사 드라마로 완성됐다. 이런 이야기는 설레발처럼 느껴질 수도 있지만, 이 책의 두 번째 단편 〈연화連火〉나 표제작인 〈기억 속의 유괴〉가 영상화하기에 딱 알맞은 내용이라고 생각한다. 부디 TV 드라마 시리즈도 계속 나왔으면 하는 바람이다.

이 '붉은 박물관 시리즈'의 저자 오야마 세이이치로는 레이와 시대(2019.05.01.부터 현재까지)에 가장 주목받고 있는 미스터리 작가 중 한 명이다. 아야쓰지 유키토, 노리즈키 린타로, 아비코 다케마루 등 수많은 미스터리 작가를 배출한 교토대학 추리소설 연구회 출신인 오야마 세이이치로는 번역가로서 일본 미스터리 업계에 등장하자마자 전자 서적 판매 사이트인 e-NOVELS나 아유카와 데쓰야가 감수한 공모 앤솔러지 《신新 본격 추리》에 야심 가득한 단편을 발표하더니, 2004년에는 《알파벳 퍼즐러들》을 발표하며 본격적으로 소설가로 데뷔했다. 시공을 초월하는 불로(不老)의 명탐정이 밀실 사건을 해결하는 《밀실 수집가》(2012년)로 제13회 본격 미스터리 대상을 획득해 업계에서 확고한 지위를 차지했고, 그 후 TV 아사히 방송국에서 하마베 미나미 주연의 TV 드라마 시리즈로 제작된 《알리바이를 깨드립니다》(2019년 국내 출간), 주변 사람의 추리력을 향상시키는 특수 능력자가 등장하는 《왓슨력》(2022년 국내 출간) 등, 작품 수는 적지만 미스터리 팬의 기대를 저버리지 않는 수작을 계속 발표해 왔다. 이제 '오야마 세이이치로'는 이름만으로 '구매'를 결정해도 될 정도로 신뢰와 실적이 있는 본격 미스터리의 브랜드가 되었다.

아마도 지금 서점의 '문고 신간 코너'에서 이 책을 발견해서 권말 해설을 읽고 있는 당신은, 이미 시리즈 제1권 《붉은 박물관》을 즐겁게 읽으셨을 것이다. 그렇다면 당신은 문춘문고 오리지널 작품으로 간행된 제2권 《기억 속의 유괴》를 당장 계산대로 들고 가는 것이 정답이다. 참으로 충실한 이 책의 내용은 제1권보다 나으면 나았지 결코 못하지 않다. 아니, 개인적으로는 미스터리로서의 박력이 한층 더 넘친다고 확실히 장담하는 제2권을 꼭 철저하게 음미해 주시길 바란다! 앞서 나온 제1권에서는 여주인공이 범죄 자료관에서 한 발짝도 밖으로 나오지 않고 사건을 해결하는 안락의자 탐정이란 입장을 고수했는데, 의외로 이 제2권에서는 전직 수사1과 형사인 '믿음직한 조수' 데라다 사토시와 함께 재수사의 탐문 수사나 용의자와의 직접 대결에 참가하는 등, 행동의 변화를 보여 주고 있는 것도 신선하다. 그럼 스포일러가 되지 않도록 주의하면서 제2권에 수록된 각 에피소드를 소개해 보겠다.

제1화 〈황혼의 옥상에서〉

졸업식 리허설을 했던 날의 방과 후, 학교 건물 옥상에서 비극이 일어났다. 이제 곧 헤어지게 되는 '선배'에 대한 억누를 수 없는 마음을 전한 여고생은 가엾게도 살아서 옥상 밖으로 나가지 못한다. 경찰의 의혹의 시선은 미술부에 속한 3학년생 세 명에게 집중되는데…….

독자는 이십삼 년 전에 발생한 '옥상의 비극'의 증인과 같다. 어렴풋이 옥상에서 들려온 소녀의 목소리를 들은 청소업자와 '동일한 조건'임을 의식하는 것이 범인을 찾는 힌트가 될 것이다. 그리고 이야기의 결말에서, 그 당시 용의자 중 한 명이었던 사십 대 남성의 자기 나름대로 행복하다고 믿고 있었던 일상에 치명적인 금이 가는 장면에서는, 독자도 전율을 금치 못할 것이다.

제2화 〈연화連火〉

신출귀몰한 방화범은 자신이 목표로 삼은 주택은 흔적도 없이 태워 버리지만, 불을 붙인 직후에 "불났다, 도망쳐."라고 전화해서 사망자는 나오지 않게 한다. 왜냐하면 방화범의 목적은 화재로 인해 그 현장에 나타나게 될 '그 사람'을 만나는 것이기 때문에…….

'그것'을 일으키면 특정 인물과 만날 수 있다. 즉, 미스터리의 전통적인 한 형식이라고 할 수 있는 〈야채 장수 오시치〉 패턴의 새로운 형태에 도전한 작품이다. 집이 불타 버린 피해자들을 상대로 탐문 수사를 할 때, 사토시와 동행한 히이로 관장이 참으로 고전적인 명탐정답게 '이상한 질문'을 모든 피해자에게 던져 대는 장면은 독자에게 웃음을 준다. 그리고 방화범이 만나고 싶어 하는 사람은 정말 의외의 장소에 있었는데…….

제3화 〈죽음을 10으로 나눈다〉

피해자인 남성의 시체는 열 개의 부위로 산산조각 나 있었다. 머리와 몸통은 따로 떨어졌고, 양팔은 어깻죽지와 팔꿈치 부분, 양다리는 고관절과 무릎 부분을 기준으로 각각 절단되어 있었다. 게다가 어찌 된 일인지 이 피해자의 아내는 남편의 시체가 발견되기 전날에 전차 앞에 뛰어들어 돌연 세상을 떠났는데…….

시체를 토막 내는 것은 대체로 힘이 없는 사람이 시체를 유기하기 쉽게 만들기 위해서이다. 그러나 몸통 부분을 옮길 정도의 힘이 있다면, 팔이나 다리를 굳이 둘로 나눌 필요가 없었을 것이다. 사건 해결의 초점은 '시체를 토막 낸 이유를 찾는 것'이다. 무릇 사람은 이기적으로 행동할 때보다도, 스스로 이타적이라고 믿고 행동할 때 더 잔혹해지는 생물이다.

제4화 〈고독한 용의자〉

이십사 년 전. 어느 상사의 직원이었던 '나'는 상당한 돈을 빌렸던 남자 동료를 죽이고, 그 죄로 체포되지도 않고 무사히 빠져

나왔다. 범행 후 가짜 다잉 메시지를 남겨서 경찰의 수사를 혼란시킨 것도 도움이 된 것 같은데…….

제1화 〈황혼의 옥상에서〉와 같이 맨 앞의 프롤로그 같은 1장에 교묘한 함정이 설치되어 있다. 이야기 중반에 틀림없이 독자는 혼란에 빠질 것이다. 돌발적으로 동료를 죽여 버린 '나'는 놀랍게도 알리바이를 가지고 있는 것이다. 제2화 〈연화連火〉도 그렇지만, 사건의 이면에 또 다른 사건이 숨어 있다는 것은 이 작가의 특기 중 하나이다.

제5화 〈기억 속의 유괴〉

다섯 살 난 소년이 인질이 되는 영리 유괴 사건 발생! 그런데 이상하게도 범인은 범행 도중 몸값 500만 엔을 받는 것을 포기하고 인질을 풀어 줬다. 그래도 수사를 계속하던 경찰은 용의자인 '흰색 자동차에 탄 여자'가 소년의 '친어머니'였다고 단정하는데…….

소년의 양부모가 몸값을 운반하는 역할로 지명된 유괴 사건에 관하여, 독자는 우선 청년 조수인 데라다와 함께 의문점을 찾아보는 즐거움을 얻을 수 있다. 친어머니가 한 번 버렸던 자식을 데려간 것은 정말로 돈 때문이었을까? 어린 시절의 애매한 기억을 더듬어 보는 이 단편을 쓸 때 작가는 아마도 렌조 미키히코의 걸작 〈흰 연꽃 사찰〉(1980년에 간행된 《회귀천 정사》 수록 단편)을 의식했을 것이다. 두 작품 다 마지막에 강렬한 광기를 띠고 드러나는 것은 친어머니의 적나라한 실상이다.

생각건대 오야마 세이이치로는 지금까지 쭉 미스터리에서는 남용을 금하고 있던 '우연'의 효용에 집착해 온 작가일 것이다. 그런데 그 집착은 이 '붉은 박물관 시리즈' 제2권에서 하나의 목표를 달성했다고 평가해도 될 것이다. 이 책에서 '우연'이란 것은 수수께끼를 낳는 엔진으로 기능하면서 플롯의 중추가 되었다. 청소업자가 옥상에서 들리는 누군가의 목소리만 우연히 엿들은 것. 방화범이 우연히 자신이 만나고자 하는 사람을 찾는 데 도움이 되는 직업을 가지고 있었던 것. 한 쌍의 부부 중 남편이 살해당하고 아내가 자살하는 타이밍이 우연히 비슷해졌던 것. 살인 사건의 피해자가 살해되기 직전에 우연히 오른쪽 어깨를 다쳤던 것. 납치된 소년의 양아버지가 우연히 개인 병원 원장이었던 것……. 대표작이라고 평가받는 《밀실 수집가》나 이 시리즈의 제1권 《붉은 박물관》을 보면, 범인이 사용한 트릭을 성립시키기 위해 운 좋게 우연의 힘이 작용하기도 했고, 또 그로 인해 사람의 행동이 부자연스럽게 보이는 단점도 있었다. 그러나 이 《기억 속의 유괴》에서는 그런 억지스러운 부분이 보이지 않고, 우연의 효과에 의해 인간의 은밀한 망념이 뚜렷이 부각된다.

인생을 '우연'이 끌고 간다. ……아니, 사람의 단 한 번뿐인 인생에서 일어나는 일은 아무리 믿어지지 않는 일이라 해도, 그 일이 일어난 당사자에게는 잔혹하지만 '필연'적인 일이라고 받아들일 수밖에 없지 않을까? 그때 그것을 '운명'이라고 인식하는 것은, 이미 광기에 젖은 생각일지도 모른다……. 여주인공인 히이로 사에코도 마찬가지로 '범죄의 상아탑'에 운명적으로 갇혀 있는 사람처럼 보인다. 어쩌면 히이로 사에코가 이 시리즈 제2권에서 매번 밖으로 나온 것은 자신과 비슷한 사람을 만나기 위해서가 아니었을까.

기억 속의 유괴

1판 1쇄 발행 2023년 11월 27일
1판 2쇄 발행 2024년 3월 12일
지은이 오야마 세이이치로 | **옮긴이** 한수진 | **펴낸이** 최원영
편집부장 윤영천 | **편집부** 김서연 이지윤 | **북디자인** 곰곰사무소
본문조판 양우연 | **마케팅** 김민원
펴낸곳 (주)디앤씨미디어 | **출판등록** 2002년 4월 25일 제20-260호
주소 서울시 구로구 디지털로 26길 111 제이앤케이디지털타워 503호
전화번호 02.333.2513 | **팩스** 02.333.2514

ISBN 979-11-92738-20-8 04830
ISBN 979-11-92738-18-5 (set)

정가 16,700원